Sissy — Ein Walzer in Schönbrunn

MARIELUISE VON INGENHEIM

Sissy

Ein Walzer
in Schönbrunn

BREITSCHOPF
WIEN - STUTTGART

Cip-Titelaufnahme der Deutschen Bibliothek

Ingenheim, Marieluise von:
Sissy – Ein Walzer in Schönbrunn/Marieluise von Ingenheim.
Wien; Breitschopf 1987
ISBN 3-7004-0110-8

Titelillustration: Atelier Moser-Brandsch

© by Breitschopf KG, Wien 1987

ISBN 3-7004-0110-8

Erster Teil

1. Der verschwundene Erzherzog

„Noch immer keine Nachricht von Erzherzog Johann Salvator?" fragte Sissy und zog gespannt die Brauen hoch; allmählich kam es ihr seltsam vor, daß der Toskaner, auch wenn er aus der kaiserlichen Familie freiwillig ausgeschieden war und sämtlicher Titel und Würden entsagt hatte, so gar nichts mehr von sich hören ließ.

„Nein, Majestät", schluckte der Obersthofmeister der Kaiserin, Baron Nopsca, verlegen.

Sissy schüttelte unwillig den Kopf.

„Aber was ist denn passiert?" fragte sie verständnislos. „Es wird ihm doch nicht etwa auf See etwas zugestoßen sein?"

„Ich weiß es nicht, Majestät, wir haben keinerlei Nachricht."

„Aber hat man denn nicht nachgeforscht?" drängte die Kaiserin stirnrunzelnd. „Schließlich handelt es sich doch nicht um irgend jemanden, der uns gleichgültig wäre... Auch wenn er sich nunmehr ‚Johann Orth' nennt, so ist er doch nach wie vor ein Verwandter!"

„Gewiß, gewiß... Es ist auch nicht so, daß Seine Majestät alle Brücken abbrechen wollte... Dies tat vielmehr Seine Kaiserliche Hoheit, der Erzherzog — als er es noch war, meine ich. — Sein Verhalten war brüskierend... Erst die Heirat mit dieser Tänzerin — und dann sein Verzicht auf die Zugehörigkeit zum Erzhaus — er hat das Goldene Vlies zurückgeschickt...!"

Der Baron schien entschlossen, alle Missetaten des Erzherzogs aufzählen zu wollen. Doch Sissy unterbrach ihn mit einer schroffen Handbewegung.

„All dies ist mir bekannt", erklärte sie heftig. „Ich wün-

7

sche lediglich zu wissen, wo sich der Erzherzog derzeit aufhält."

„Herr Johann Orth —" der Baron lächelte maliziös — „der frühere Erzherzog — scheint spurlos verschwunden zu sein. Ich bedaure außerordentlich, mit keinen Informationen dienen zu können."

Sissys Augen wurden schmal und dunkel. Ihr Gesicht, noch immer schön und ausdrucksvoll, erstarrte zu einer Maske. Hoch aufgerichtet stand sie, wie stets seit dem Tode ihres Sohnes Rudolf in Schwarz gekleidet, vor dem Baron. Rudolf lebte nicht mehr. Nun aber ging es um das Schicksal seines Freundes Johann von Toskana. Dessen Pläne und Streben nach einem Thron auf dem Balkan und die damit verbundenen politischen Aktivitäten waren vielleicht eine der Ursachen für das Drama von Mayerling gewesen, das zwei Menschen das Leben gekostet hatte: das des Kronprinzen und das der jungen Baronesse Mary Vetsera.

Der Baron stand sichtlich wie auf Nadeln. Man merkte ihm an, daß er das Ende dieses unangenehmen Gespräches herbeisehnte. Doch so schnell ließ ihn Sissy nicht ziehen. Zu beunruhigend war diese neuerliche Ungewißheit. Das neue Rätsel, das mit dem geheimnisvollen Geschehen im Jagdschloß Mayerling in ursächlichem Zusammenhang zu stehen schien.

„Ist er tot?" fragte sie gepreßt. „Schonen Sie mich nicht, Baron. Sagen Sie mir die volle Wahrheit!"

„Aber ich sage ja die Wahrheit", verteidigte sich Nopsca. „Tot? — Wer kann es wissen! Man hofft noch immer, Majestät."

„Erzählen Sie mir alles, was Sie wissen. Verschweigen Sie mir nichts, Baron!"

„Wie könnte ich, Majestät! Die letzte Nachricht, welche

vom Erz- vom Herrn Johann Orth nach Österreich gelangte, stammt vom 13. Juli vergangenen Jahres."

„So lange hat man nichts mehr von ihm gehört?"

„So ist es. Majestät befanden sich ja meist auf Reisen und sind daher nicht informiert..."

„Nun, ich dachte, es sei alles in schönster Ordnung und der Erzherzog hätte sich längst als Kapitän und Handelsreeder etabliert."

„Das ist keineswegs der Fall, Majestät. Bei dieser Nachricht, die ich vorhin erwähnte, handelt es sich zwar um einen genauen Bericht des Erzherzogs an seine Frau Mutter, die Erzherzogin, über den bisherigen Verlauf seiner Reise mit der St. Margaritha."

„Das ist der Segler, den er sich in Hamburg kaufte und auf dem er sich mit einer selbstangeheuerten Mannschaft und seiner Frau, der Tänzerin Milli Stubel, einschiffte?"

„So ist es, Majestät. Er überquerte mit dem Segelschiff den Ozean. Der Brief kam aus Südamerika."

„Demnach scheint die Überfahrt glatt verlaufen zu sein?"

„Diese ja, Majestät."

„Und seither keine Nachricht mehr?"

„Nein, Majestät."

„Dann muß ein Unglück geschehen sein! Ein Unglück, oder — ein Verbrechen..."

Nopsca wurde bleich. Unwillkürlich wich er einen Schritt zurück. Er machte eine abwehrende, fahrige Handbewegung.

„Das muß man doch nicht annehmen, Majestät!"

„Man war wohl nachlässig, was die Nachforschungen betraf, sonst wüßte man Näheres."

Daß diese vielleicht auch aus anderen Gründen, die in Zusammenhang mit den Ereignissen in Mayerling stehen könnten und auf Rudolfs und Johanns gemeinsamen Aktionen basierten, nicht sehr erfolgreich waren, erwähnte Sissy nicht. Es war auch unnötig; sie wußten es beide, sie und der Baron.

Mit ihren eigenen Sorgen und dem Bau ihres Schlosses auf Korfu beschäftigt, hatte sie sich nicht weiter mit dem Problem des aus dem Erzhaus ausgeschiedenen Erzherzogs Johann von Toskana befaßt. Nun aber war sie plötzlich mit dem geheimnisvollen Verschwinden eines Mannes konfrontiert, der ihr sehr sympathisch war und den sie gerne wiedergesehen hätte.

Er, der ‚Grüne Jäger', der sie damals im Lainzer Tiergarten vor dem angriffslustigen Eber gerettet hatte, besaß wohl ein Anrecht auf ihr Interesse, auch wenn sein Name in der Umgebung des Kaisers nicht mehr genannt wurde.

„Der Brief kam, wie gesagt, am 18. August des Vorjahres in Orth an", wiederholte Nopsca verlegen. „Dem Schreiben zufolge schien alles in Ordnung. Die St. Margaritha würde in wenigen Stunden aus dem Hafen von La Plata auslaufen, berichtete der Erzherzog seiner Mutter. Doch an ihrem Zielhafen ist sie nicht angelangt!"

„Johann Salvators Schiff ist vielleicht gesunken? Oder was vermutet man sonst?"

„Es gibt tatsächlich zwei Möglichkeiten, Majestät: entweder, die St. Margaritha ist, wie eben ausgesprochen, gesunken —"

„Oder?"

Sissy stampfte ärgerlich auf den Teppich, weil sie das Gefühl hatte, dem Baron jedes Wort abringen zu müssen.

„— oder der Erzherzog hat seinen Namen neuerlich geändert und ist von La Plata aus ins Landesinnere von Brasilien gegangen. Mit seiner Frau, selbstverständlich."

10

„Um seinen Verfolgern zu entgegen, meinen Sie. Ja, dann muß er wohl seine Frau mitgenommen haben."

„Es spricht nichts dagegen, daß er das getan haben könnte."

„Ja, gibt es denn irgendwelche Anhaltspunkte in dieser Hinsicht? La Plata ist eine große Stadt; dort muß es doch Menschen geben, welche die beiden gesehen und gesprochen haben und die doch genauere Aussagen machen könnten."

„Das wäre anzunehmen", seufzte Nopsca.

„Man muß alle Hebel in Bewegung setzen!" verlangte Sissy eindringlich.

„Halten zu Gnaden, Majestät; das hat wohl schon des Erzherzogs Mutter veranlaßt. Bedenken Majestät, er ist schließlich ihr Sohn. Majestät können sich die Sorge seiner Mutter vorstellen."

„Das kann ich wohl, aber sie hat vielleicht nicht die Mittel und Möglichkeiten. Hat Seine Majestät nichts veranlaßt?"

„Unser Konsul in La Plata ist in dieser Sache tätig. Es gibt verschiedene Gerüchte, wonach Johann Orth gesehen worden sein soll. Aber nichts Sicheres, keinen konkreten Hinweis."

„Hm... Und was spricht für die Hypothese des Schiffsuntergangs, Baron? Nur die Tatsache daß das Schiff nicht an seinem Zielhafen anlangte?"

„Ein Sturm, Majestät, der zur fraglichen Zeit in den Gewässern um Kap Hoorn tobte und dem auch andere Schiffe zum Opfer gefallen sind."

„Darüber ist man informiert?"

„Zuverlässig, Majestät, leider... Außerdem war die St. Margaritha nach einer Havarie nur unzureichend ausge-

11

bessert worden; es ist daher nicht auszuschließen, daß sie das Unwetter nicht überstanden hat."

„Und niemand ist gerettet worden? Niemand, der über das Schicksal des Erzherzogs und seiner Mannschaft Auskunft geben kann?"

Der Obersthofmeister zuckte hilflos mit den Schultern: „Wir wissen leider tatsächlich nicht mehr, Majestät…"

„Das kann ich nicht glauben. Da steckt doch wieder etwas dahinter!" rief Sissy und wandte sich um. Sie starrte hinunter durch das Fenster auf den Platz vor der Reichskanzlei, wo eben die Burgwache zur Ablöse aufmarschierte.

Es war wie immer ein prächtiges Bild, das zahlreiche Schaulustige anlockte. Diese Parade der Burgwache demonstrierte die Macht und die jahrhundertealte Tradition der österreichisch-ungarischen Monarchie. Doch dieses Gespräch zwischen der Kaiserin und ihrem Obersthofmeister, das in einem von Sissys Salons stattfand, ließ erkennen, daß es hinter den Kulissen, hinter der Fassade der Hofburg, nicht zum besten stand. Und Sissy dachte an die Rolle, die der verschwundene Erzherzog bei der Tragödie von Mayerling gespielt hatte. Sekundenlang dachte sie auch an die Kassette, die sie in der Hermesvilla in einem Geheimfach ihres Sekretärs aufbewahrte. Diese enthielt ihre Aufzeichnungen, ihre eigenen Wahrnehmungen und die Confidentenberichte zu dem geheimnisvollen Tod ihres Sohnes Rudolf.

Die Möglichkeit, daß sich der Erzherzog in La Plata abgesetzt hatte, um im Landesinneren Brasiliens unterzutauchen und so einem möglichen Anschlag gegen sein Leben zu entgehen, war nicht von der Hand zu weisen…

Allerdings — irgendwelche gedungenen Mörder hätten es vermutlich während seines Aufenthaltes in Hamburg und später in London, wo er sein Schiff ausrüstete und die

12

Mannschaft der St. Margaritha anheuerte, wesentlich leichter gehabt, ihn zu erledigen. Wenngleich man einen Toten vielleicht in Brasilien noch unauffälliger verschwinden lassen konnte. Einen Toten nur? Nein, zwei... Denn dann hätte ja wohl auch die Tänzerin Milli Stubel, die nunmehrige Frau Orth, ihr Leben lassen müssen.

Genau wie Mary Vetsera, fiel es Sissy ein. Eine steile Falte des Grübelns stand auf ihrer Stirn. Sie schien die Anwesenheit ihres Obersthofmeisters vergessen zu haben, bis sich dieser durch ein diskretes Hüsteln in Erinnerung brachte.

Sissy wandte sich ihm wieder zu. Er stand noch immer auf demselben Platz und wartete auf irgendwelche Weisungen. Sein Blick war ergeben auf die Kaiserin gerichtet, und Sissy bemerkte seufzend zu ihm: „Nopsca, halten Sie mich auf dem laufenden. Ich will sofort informiert werden, wenn sich etwas Neues ergibt."

„Selbstverständlich, Majestät", nickte er.

„Es ist gut, Baron, Sie können jetzt gehen."

Das Gespräch war beendet. Der Obersthofmeister verbeugte sich gemessen und verließ eilig den Salon. Er war froh, sich empfehlen zu dürfen. Nachdenklich folgte ihm Sissy mit den Augen. Sie kannte den Baron seit vielen Jahren; er stand lange genug in ihrem Dienst und schien ihr treu ergeben; doch seit Rudolfs Tod in Mayerling traute sie allerdings niemandem mehr. Sogar ihr Mann Franzl war von diesem Mißtrauen nicht ausgeschlossen. Daran war sein verschlossenes Wesen schuld und die abweisende Art ihr gegenüber, wenn sie versuchte, die wahren Ursachen von Rudolfs Tod zu ergründen.

Die Hofburg, in der seit Jahrhunderten die Habsburger regierten, war voller Geheimnisse. Geheimnisse auch für die Frauen der Habsburger. Sissy wußte von Franzl, daß er ihr manches in der besten Absicht verschwieg. Er wollte sie schützen… Doch war es nicht besser, einer Gefahr, die man kannte, offen ins Auge zu sehen…?

War Johann Salvator das zweite Opfer eines Komplotts ihr unbekannter Mächte geworden? War er tatsächlich ins Landesinnere von Brasilien geflüchtet, oder war er samt seinem Schiff und seiner Frau im Sturm um Kap Hoorn untergegangen? Ein Schiff konnte übrigens nicht nur durch einen Sturm zum Sinken gebracht werden, sagte sie sich. Es konnte aber auch unter falschem Namen und geänderter Flagge anderswo wieder auftauchen! — Aber die Mannschaft?!

Sissy zweifelte wohl oder übel daran, daß es Johann Salvator in Hamburg und London gelungen war, zuverlässige Leute anzuheuern, die mit ihm durch Pech und Schwefel gingen. Dem Erzherzog stand wahrscheinlich eine reichlich bunt zusammengewürfelte Crew zur Verfügung. Solche Leute waren sicher bestechlich und…

Es war allerdings nur ein Verdacht, daß die gleichen Kräfte, welche Kronprinz Rudolf, den künftigen österreichischen Kaiser, nicht an die Macht kommen lassen wollten, nun auch interessiert waren, dessen Freund und Mitwisser, Erzherzog Johann Salvator, beseitigen zu lassen. Und so sah es Sissy auch ein, daß Franzl es vorzog, sie nicht in alles einzuweihen, wovon er wußte. Vielleicht hätte sie sich tatsächlich zu unbedachten Maßnahmen hinreißen lassen, zu denen sie sich als Mutter eines ermordeten Sohnes berechtigt fühlte. Und damit neuerliches Unglück heraufbeschworen. Immer wieder riet ihr Franzl, sich nicht zu engagieren. Auch sah er ihre zahlreichen Reisen ins Ausland nicht gern, wobei er ihr auch den Grund nannte: Sein Arm reiche nicht überall hin, um sie hinreichend zu beschützen, und Europa erlebe unruhige Zeiten.

14

Noch immer sträubte sich alles in ihr, einfach hinzunehmen, was geschehen war. Den Tod in Mayerling als eine Liebestragödie erscheinen zu lassen. Den Kaisersohn als einen Mörder hinzustellen, der seine Geliebte erschoß, bevor er sich selbst tötete...

Sie spürte plötzlich, daß sie fror. Wie immer, wenn sie an jenes schreckliche Ereignis dachte. Sie preßte ihr Taschentuch vor den Mund und unterdrückte ein aufkommendes Schluchzen. Ja, sie war mit ihren Nerven am Ende. Voll innerer Unruhe wartete sie auf die Mittagsstunde, zu der sie sich mit dem Kaiser an der gemeinsamen Tafel treffen sollte.

2. Unter vier Augen

Der Tisch des kleinen Speisesaales war nur für zwei Personen gedeckt. Sie würden also unter sich sein, Sissy und Franzl. Und das war ihr sehr lieb; da konnte sie ihm endlich wieder einmal ihr Herz ausschütten.

Vom Turm der Michaelerkirche drang zitternd der Halbstundenschlag herüber. Und mit dem Glockenschlag halb eins trat der Kaiser ein. Er kam aus seinem Arbeitszimmer und sah ein wenig abgespannt aus. Seit vier Uhr früh war er schon auf den Beinen und beschäftigt. Sein Arbeitstag war ausgefüllt von Konferenzen, Audienzen und Vorträgen seiner Minister, die von ihm Entscheidungen verlangten.

Doch seine Augen leuchteten auf, als er Sissy sah. Sie las in seinem Blick noch immer — nach all den vielen Ehejahren — Liebe und Bewunderung. Und dabei hatten sie schon ihre Silberhochzeit hinter sich! Er ging auf sie zu und küßte ihr die Hand.

„Sissy", begrüßte er sie, „wie schön, dich zu sehen, mein Engel!"

Das war — sie mußte es sich beschämt eingestehen — für ihn keine Selbstverständlichkeit. Viele Tage, Wochen, ja Monate eines jeden Jahres, in denen sie fern von Wien auf Reisen war, mußte er sie vermissen.

„Grüß dich, Franzl", lächelte sie und nahm links von ihm Platz.

„Wir sehen einander viel zu selten", meinte er, während die Lakaien aufzutragen begannen. „Sieht deine Welt jetzt ein wenig freundlicher aus?"

„Nun, Franzl", begann sie vorsichtig. „Wie ich eben vorhin von Baron Nopsca hörte, gibt es keinerlei konkrete Nachricht über Johann Salvator?"

Der Kaiser sah unangenehm überrascht auf. Dieses Tischgesprächsthema hatte er nicht erwartet, und es kam ihm offensichtlich auch gar nicht gelegen.

„Nein", antwortete er pikiert, „aber es besteht leider Grund zur Befürchtung, daß die ‚St. Margaritha' auf der Höhe von Kap Hoorn gesunken ist."

„Das hörte ich schon von Nopsca", nickte die Kaiserin.

„Er sagt die Wahrheit; mehr weiß ich auch nicht, Sissy. Der Erzherzog hat im übrigen noch vor dem Auslaufen aus La Plata sein Testament gemacht."

„Ah", entfuhr es ihr überrascht, „das klingt ja beinahe, als hätte er mit einem baldigen Ende gerechnet..."

Er blickte auf, sah den gespannten Ausdruck in ihrem Gesicht und schüttelte abwehrend den Kopf.

„Nein, nein", meinte er, „so würde ich das nicht auffassen... Wenn man eine Reise antritt, wie er sie vorhatte, trifft man eben gewisse Maßnahmen. Schließlich hat man ja Verantwortungsgefühl."

16

„Du meinst, er machte das Testament im Hinblick auf die Gefahren der Seefahrt, für alle Fälle?"

„So und nicht anders sehe ich das, mein Engel. Wie gesagt, das Testament ist vorhanden und in Händen seiner Mutter. Aber es kann natürlich nicht vollstreckt werden. Denn solange wir nicht sicher sind, ob er nicht vielleicht doch noch lebt, kann keine amtliche Todeserklärung erfolgen."

„Es besteht also noch Hoffnung?" fragte sie bang.

Franzl schaute angestrengt auf seinen Teller und zuckte müde mit den Schultern.

„Unser Schicksal liegt in Gottes Hand", antwortete er orakelhaft und wechselte sprunghaft das Thema: „Aus deiner Reise nach Amerika wird nichts, mein Engel!"

Sie hatte in der letzten Zeit Andeutungen gemacht, sie habe Lust, sich die Vereinigten Staaten anzusehen. Große Hoffnung auf das Einverständnis des Kaisers zu dieser Reise hatte sie sich nicht gemacht; doch nun sagte er endgültig ‚nein'.

„Und warum nicht?" fragte sie kühl.

„Du weißt, mein Engel, daß ich dir in allem und jedem deinen freien Willen lasse", meinte er gütig. „Aber diesmal muß ich darauf bestehen. Es ist ganz und gar ausgeschlossen."

Diese letzten Worte betonte er mit Nachdruck. Sissy hob müde und ergeben die Schultern. Ihr Gesicht zeigte Enttäuschung.

„Schon gut, Franzl", nickte sie. „Vergessen wir's. Sehr viel lag mir ohnehin nicht daran. Ich fahre eben wieder nach Korfu."

Es klang lustlos, und das ärgerte ihn.

„Das Achilleion, das neun Millionen Goldfranken geko-

stet hat", murrte er, „und dessen du nun schon wieder über-
drüssig bist. So geht es wirklich nicht", meinte er streng.

Sie aß schweigsam, ohne zu widersprechen. Es war besser
so. Sie wußte, daß er sie nicht verstanden hätte.

„Nein, mein Engel", fuhr er dann auch fort, „für eine
Weile wirst du dein Korfu-Schloß schon noch behalten
müssen. Dieses Achilleion war doch dein Traum! Nun steht
es, ist eben erst fertiggestellt. Wenn du es wieder verkaufen
willst, hält man dich wirklich für verrückt."

„Verrückt wie meinen Cousin, den König Ludwig von
Bayern, seinen Bruder Otto und noch zwanzig andere Leute
aus dem Hause Wittelsbach, aus dem ich stamme! Das
wolltest du doch sagen, nicht wahr, Franz?!" rief sie und
legte klirrend ihr Besteck beiseite.

Seine Worte hatten sie tief getroffen und ihre geheimsten
Ängste bloßgelegt. Die Angst vor dem, was sie die ‚Wittels-
bachsche Krankheit' nannte. Die Furcht davor, in geistige
Umnachtung zu fallen, was angeblich in ihrer Familie erb-
lich war. Ja, allein die Verdächtigung, verrückt zu werden,
versetzte sie schon in Panik.

Was hat die Zeit, haben die Jahre, hat mein Schicksal aus
mir gemacht, fragte sie sich zitternd, während er rasch die
Hand beruhigend auf ihren Arm legte. Sie hatte aufstehen
und den Raum verlassen wollen, doch er zwang sie mit dem
stahlharten Blick seiner graublauen Augen, sitzen zu bleiben.

Der Druck seiner Finger tat ihr weh; doch seine Stimme
war seltsam weich, als er sagte: „Es sind uns doch nur so
kurze Augenblicke gegönnt, mein Engel. Und du weißt, wie
sehr ich dich liebe…"

Sie seufzte und spürte plötzlich ihre Augen feucht werden.

18

„Ich weiß, du hast es schwer mit mir, Franzl", gestand sie.

„Es ist dennoch schön, mein Engel", schüttelte er leise den Kopf. „Und Gott möge uns einander erhalten."

Streichelnd fuhren seine Finger zärtlich über ihre schmale Hand. Dann legte er abrupt Messer und Gabel beiseite, nahm noch einen Schluck Wein und winkte dem Lakaien ab, der die Nachspeise servieren wollte.

„Ich habe keine Zeit mehr", entschuldigte er sich, „man erwartet mich schon wieder."

Damit war die Tafel aufgehoben. Sissy hatte kaum etwas gegessen, aber sie verspürte keinen Hunger. Ein schwerer Druck lag auf ihren Schläfen.

Auf dem Weg in ihr Appartement begegnete Sissy einem Lakaien, der ihr ein Billett ihrer Schwiegertochter, der Kronprinzessin-Witwe Stephanie, überbrachte. Mit wenigen Zeilen bat sie um Sissys Besuch. Das geschah selten. Stephanie wohnte noch immer in der Hofburg, doch seit Rudolfs Tod waren die beiden Frauen einander aus dem Weg gegangen. Jede gab der anderen einen Teil der Schuld an dem Drama. Mangelnde mütterliche Fürsorge für das Kind, urteilte Stephanie, und mangelnde Gattenliebe, fand Sissy, hätten zu der Katastrophe mit beigetragen.

Sissy war beunruhigt. Sie folgte dem Lakaien zu dem Schweizertrakt der Burg, ins Kronprinzenappartement, das Stephanies Zuhause war.

Die schlanke, blonde Tochter des Königs der Belgier empfing Sissy mit sichtlicher Erleichterung über deren Erscheinen. Sie wirkte nervös, ja verstört.

„Ich danke dir für dein Kommen, Mama", eilte sie Sissy entgegen.

„Stephanie, was ist denn los?" fragte Sissy verwundert.

„Oh, Mama, ich muß weg. Ich halte es hier nicht mehr aus", eröffnete Stephanie und fuhr sich mit den Händen an den Kopf.

„Du hast Migräne", stellte Sissy fest.

„Migräne? Ja, das auch. Doch das ist es nicht, Mama. Ich — ich kann einfach in Wien nicht mehr bleiben. Und du bist die einzige, von der ich annehmen darf, daß sie mich versteht. Denn dir geht es ja immer wieder ebenso."

„Stephanie, ich —"

„Mama, man kann mich doch nicht hier in der Hofburg wie eine Gefangene festhalten. Rudolf ist tot; was soll ich noch hier? Hier ist doch alles zu Ende!"

„Stephanie", versuchte Sissy den Wortschwall ihrer Schwiegertochter zu unterbrechen. Doch vergebens. Die Kronprinzessin fuhr fort, in einem Tonfall, der fast einen Anfall von Hysterie befürchten ließ.

„Mama, hör mich an: Ich habe eine Einladung von Tante Victoria. Du weißt, daß ich ihre Lieblingsnichte bin. Sie möchte, daß ich zu ihr nach Windsor-Castle komme. Ich könnte dort, in England, bei ihr und ihrer Familie bleiben! Oh, ich möchte fort von hier, aus diesen schrecklichen Wänden, in denen mich alles an die bisher schlimmste Zeit meines Lebens erinnert!"

„Und mein Enkelkind?!" fragte Sissy stirnrunzelnd.

„Wie?" fragte Stephanie, wie aus einem unheilvollen Rausch erwachend. „Was sagtest du?"

„Ich erinnerte dich an mein Enkelkind. An deine und Rudis Tochter! Die möchtest du doch wohl mitnehmen, oder...?"

Stephanie schien sich zu besinnen. Sie dachte angestrengt nach. Da war das Kind, ‚die arme Kleine‘, wie Rudolf sie in seinem Abschiedsbrief an Stephanie genannt hatte. Die kleine Prinzessin Elisabeth. Sie war auf den Vornamen der Kaiserin getauft…

„Ich denke schon", murmelte sie ernüchtert. „Ja, natürlich nehme ich sie nach England mit", sagte sie nun entschlossen.

Sissy aber schüttelte den Kopf.

„Der Kaiser würde niemals einwilligen, daß Elisabeth nach England mitkommt", erklärte sie hart und bestimmt. „Das wirst du doch wohl einsehen, liebe Stephanie!"

„Mama, ich habe auch noch andere Gründe wegzufahren", drängte jedoch die Kronprinzessin weiter. „Das Verhältnis meines Schwagers, des Prinzen Coburg, zu meiner Schwester Louise verschlechtert sich von Tag zu Tag. Er ist rasend vor Eifersucht, und ich fühle mich da mit hineingezogen."

„Unsinn, Stephanie."

„Aber, Mama! Begreife doch! Ich fühle mich nicht nur deswegen davon betroffen, weil Louise meine Schwester ist, sondern weil Prinz Philipp auch der Freund meines Mannes war. Er und Rudolf —"

Sissy wandte sich brüsk von ihr ab und begann nervös auf und ab zu laufen.

„Verstehst du nicht, Stephanie", sagte sie plötzlich hart und blieb vor ihr stehen, „daß jedermann annimmt, daß du mehr über die Pläne meines Sohnes weißt, als du zugibst?"

„Aber ich weiß doch wirklich nichts Näheres, Mama", verteidigte sich Stephanie erregt. „Rudolf hat mich ja kaum ins Vertrauen gezogen!"

„Das glaubt dir doch niemand, Stephanie! Du weißt vielleicht sogar mehr über Rudolfs Tod als ich. Du kannst unmöglich nach England gehen, Stephanie! Das kann dir der Kaiser gar nicht erlauben!"

Stephanie starrte sie entgeistert an. Dann schlug sie die Hände vors Gesicht und begann hysterisch zu schluchzen.

„Dann brenne ich mit meinem Kind einfach durch, Mama!" rief sie außer sich. „Ihr werdet schon sehen!"

„Nichts werden wir sehen, Stephanie. Beruhige dich und überlege vernünftig. Schreibe an Königin Victoria, daß es dir leid tut, ihre Einladung ablehnen zu müssen. Ich bin sicher, du brauchst ihr gar nicht zu erklären, warum. Die dicke, alte Tante Victoria ist nicht auf den Kopf gefallen... Ich kenne sie. Und Franzl kennt sie auch. Und du solltest sie eigentlich gleichfalls kennen... Im übrigen mußt du Geduld haben. Du bist die Mutter meiner Enkelin, Stephanie, meine Liebe. Das solltest du niemals vergessen."

3. Einsame Tränen

Als sie den Hafen von Gasturi näher kommen sah, wurde ihr leichter ums Herz. Wieder einmal hatte sie es in Wien nicht ausgehalten. Hals über Kopf war Sissy abgereist, nach Miramar, und von dort weiter mit der Jacht nach Korfu.

Das Achilleion grüßte bereits von luftiger Höhe, weit über das Land schauend, und nun war auch das Heine-Denkmal, das sie im Park aufstellen ließ, endlich fertiggestellt. Baron Nopsca hatte diese überraschende Reise organisiert. Mit von der Partie war die unvermeidliche Festetics und — die ganze Jacht mit einer Parfumwolke vernebelnd — der kleine Christomanos.

Er hatte beinahe geheult vor Glück, als er die Nachricht bekam, die Kaiserin wolle ihn wieder als Griechischlehrer mitnehmen. Er hatte alles liegen und stehen lassen, seine

Barschaft in frische Garderobe investiert und war in Miramar an Bord gekommen. Er schwamm förmlich in Seligkeit, war er doch noch immer bis über beide Ohren in Sissy verliebt.

Beim Anblick des Achilleion vergaß Sissy all die Sorgen, die sie in Wien geplagt hatten: das Schicksal des Erzherzogs Johann Salvator, von dem man noch immer keine Nachricht hatte, die Thronfolgerfrage und die Probleme der Politik, mit denen sich Franzl herumschlagen mußte. Da ging es, die immer wieder auflodernden, von den Nationalisten in Ungarn, Böhmen und den italienischen Provinzen geschürten Flammen halbwegs zu bändigen. Und der noch immer im Amt befindliche Ministerpräsident Graf Taaffe machte dabei nicht die beste Figur.

Die Jacht ging im kaiserlichen Privathafen vor Anker. Im Laderaum des Schiffes ruhte das ganze Gepäck, das Sissy mitgenommen hatte — Briefpapier mit dem Signet des blauen, gekrönten Delphins hatte sie noch in Wien drucken lassen. Aus Venedig kam wunderschönes, handgeschliffenes Kristall: Gläser und Karaffen, gleichfalls mit Sissys Korfu-Signet versehen. Herrliche Porzellanservice für alle Gelegenheiten, Silberbestecke, Bettzeug für ihr eigenes und für Gästezimmer — und überall mußte der gekrönte, blaue Delphin zu sehen sein.

So gab es eine Menge auszupacken. Sissy, ganz Feuer und Flamme, überwachte alles selbst und begrüßte völlig außer Atem kaum Herrn von Bucovich, der berichtete, der Bildhauer Professor Hesselried, der Schöpfer des Heine-Denkmals, sei gleich selbst mitgekommen, um die Aufstellung seines Werkes zu überwachen.

„Wie, der Professor ist hier?"

„Selbstverständlich, Majestät; das hat er sich doch nicht

nehmen lassen, zu erleben, wie sein Heine-Denkmal ein wunderschönes Plätzchen bekommt. Und außerdem die Gelegenheit, Majestät zu begegnen…"

Es war ein lautes Treiben um die Jacht. Nur der kleine Christomanos, dessen Schneider sich alle Mühe gegeben hatte, durch geschicktes Wattieren seiner Anzüge seinen Höcker zum Verschwinden zu bringen, stand, in Sissys Anblick versunken, selig in ihrer Nähe und starrte glänzenden Auges vor sich hin.

Doch als Sissy das Achilleion betrat, das sie mit so viel Enthusiasmus hatte bauen lassen, beschlich sie wieder die alte Enttäuschung.

Wie ein Schatten fiel es über ihr schönes Gesicht.

„Oh, Majestät", sorgte sich Christomanos, ergeben nähertretend, „ist etwas? Fühlen sich Majestät nicht wohl?"

Sissy lächelte: „Es ist nichts weiter, Konstantin. Man sollte eben Träume nicht verwirklichen wollen. Ich bereue es, das Achilleion gebaut zu haben!"

„Aber, Majestät", staunte Christomanos, „dieses herrliche Schloß — alle Welt beneidet Majestät um dieses Bauwerk!"

„Das verstehen Sie nicht, Konstantin. Dieser Fleck Erde, diese herrliche Insel, sie hat mich fasziniert. Ich dachte, hier würde ich leben können. Ja, hier wäre es schön, einst zu sterben und begraben zu werden… Ich träumte einen Traum, Christomanos… Ein Traum, der nicht Wirklichkeit werden konnte, der es niemals werden kann, und würde ich hundert Denkmäler auf diese Insel schleppen. Ich darf es dem Professor gar nicht sagen — ich fürchte nämlich, daß alles, was Menschenhand schaffen kann, den Zauber dieser Landschaft nur entweiht."

„Aber, Majestät —"

24

„Nein, nein, Christomanos. Das geht nicht gegen den Professor, das geht gegen mich selbst! Ich war vermessen. Jeder Halm, der hier wächst, jede Distel, die hier blüht, ist schöner als mein ganzes Achilleion!"

Christomanos begriff nicht, was sie meinte. Er schaute sie nur todtraurig an, weil er fühlte, wie sie litt. Und Sissy bereute den Bau tatsächlich. Sie sehnte sich zurück nach diesem Fleck Erde, so wie er war, bevor er verbaut wurde.

Im Haus begrüßte sie nun den Bildhauer; das Denkmal stand schon auf seinem Platz im Park, in einer Art kleinem, griechischem Tempelchen. Es war noch verhüllt. Seine Umrisse schimmerten zwischen den Säulen hervor; Sissy war neugierig, obwohl sie den Entwurf genau kannte.

„Wir werden es heute nachmittag feierlich enthüllen", freute sie sich. „Alle müssen zu der kleinen Feier kommen! Herr von Bucovich wird das arrangieren."

Zu Mittag prunkte zum erstenmal, frisch geputzt und poliert, das kostbare Silberbesteck auf der geschmückten Tafel, und das Essen wurde auf Tellern serviert, welche der Delphin mit der Krone zierte. Der Delphin, das heilige Meerestier, in das sich Meergott Neptun verwandelt hatte...

Am Nachmittag versammelten sich alle um den kleinen, offenen weißen Tempel, und Sissy nahm persönlich die Enthüllung vor. Der Bildhauer hatte den Dichter an einen Stuhl gelehnt dargestellt, ein von ihm beschriebenes Blatt in Händen. Alles klatschte dem gelungenen Werk Beifall, und die Kaiserin drückte dem Bildhauer ergriffen die Hand.

Als die Dämmerung über die Insel fiel, kehrte die Kaiserin von einem Spaziergang zurück. Müde setzte sie sich mit der Festetics auf eine Steinbank, und beide betrachteten das Heine-Denkmal.

„Es stimmt melancholisch", fand Marie.

„Heines Gedicht von den einsamen Tränen", erklärte Sissy, „hat den Professor zu diesem Standbild inspiriert. ‚Was will die einsame Träne? Sie trübt mir ja den Blick...‘ Hesselried hat versucht, die Stimmung darzustellen, in der Heine dies geschrieben hat..."

„Majestät umgeben sich mit zu viel Melancholie."

„Es paßt zu meinem schwarzen Kleid, Festetics... Das Leben ist nicht immer heiter."

„Eben! Wozu dann sich auch noch so einen traurigen Dichter in den Garten stellen", rügte die Festetics. „Majestät sollten an fröhliche Dinge denken... An den kleinen Enkel etwa, der wohl bald ankommen wird. Und an die junge Mutter Marie-Valerie, Euer liebstes Kind..."

„Wie fern sie doch alle sind", meinte Sissy sinnend und ein wenig nervös.

Sie erhob sich, und die beiden Frauen kehrten ins Haus zurück. Vielleicht hatten die Leute recht, die von ihr sagten, sie mache sich selbst das Leben schwer. Seit Rudolfs Tod war vieles anders geworden. Oh, sie begriff Stephanie, als sie an ihr letztes Gespräch in Wien zurückdachte. Sie wollte doch selbst vor all dem davonlaufen, das ihr als Schuld dünkte, doch sie konnte es nicht. Und Stephanie würde es ebensowenig können.

Sissy nahm an diesem Abend nur wenig zu sich. Die anderen gingen bald schlafen, doch sie fand keine Ruhe. Angespannt wanderte sie in ihrem Schlafgemach auf und ab; durch die offenen Fenster drang das Rauschen der Palmen, klang von irgendwoher eine ferne Flötenmelodie. Das war wohl ein Hirt bei seiner Herde, der auch keine Ruhe fand.

Sie warf sich einen Mantel über und verließ auf leisen Sohlen das Haus, ging hinaus in den Park. Es zog sie wieder zu Heine, der einst, im Schloß der Königin Carmen Sylva, versucht hatte, ganz von ihr Besitz zu ergreifen...

Seither hatte Sissy keine Feder mehr angerührt, um zu dichten. Er stand still im Mondlicht, kein Geist wie damals auf Sinaia, sondern ein Standbild, unbeweglich und schweigsam. Dann aber wandte sie sich still um und kehrte ins Haus zurück. Sie hatte wohl die Lust verloren, ihren nächtlichen Spaziergang fortzusetzen.

Unten, an der Mole, schaukelte die weiße kaiserliche Jacht Miramar im sanften Wellengang. Sie war wie ein Traumschiff im flutenden Silberlicht des Mondes anzusehen.

Der Matrose Kernstock, ein Mann aus der Steiermark, der gerade auf Deck Wache hielt, dachte, daß daheim in seinem Heimatdorf jetzt vielleicht Schnee auf die Dächer fiele. Das Plätschern der Wellen an der Bordwand wurde plötzlich von einem anderen, leisen Geräusch übertönt. Es war das Ticken des Morsetelegraphen in der Telegraphenstation, aus der ein schwacher Lichtstrahl auf die Deckplanken schimmerte.

Wahrscheinlich eine Nachricht für die Kaiserin, dachte sich Kernstock. Vielleicht vom Kaiser aus Wien... Wenn es etwas Wichtiges ist, muß man es noch hinauf ins Schloß bringen. Auf dem steilen, in den Fels gehauenen, halb verwachsenen Steig von der Mole zum Schloß ist das bei Nacht eine halsbrecherische Angelegenheit...

Und in der Tat kletterte auch bald ein übernächtiger Matrose den gefährlichen Steig hinauf.

Baron Nopsca fuhr ärgerlich aus den Federn, als es an die Tür seines Schlafzimmers pochte.

„Ein Telegramm für Ihre Majestät", meldete ein Diener. „Es wurde soeben von der Jacht heraufgebracht."

Fluchend fuhr Nopsca in seine Lederpantoffeln und schlurfte zur Tür. Er öffnete diese einen Spalt, ließ sich das Telegramm hereinreichen und überflog im Licht der elektrischen Wandampel, die er hastig angeknipst hatte, die wenigen Zeilen:

HERZOGIN LUDOVICA
IN BAYERN SCHWER ERKRANKT.
ANWESENHEIT WÄRE ZU EMPFEHLEN.

FRANZ JOSEPH

las er erbleichend.

„Du lieber Himmel", kratzte er sich den Schädel, „soll ich damit bis morgen früh warten? Sie ist imstande und läßt uns noch diese Nacht abdampfen. Besser, sie kriegt es zum Frühstück. Oder doch nicht? Am Ende stirbt die Herzogin, bevor sie in Possenhofen eintrifft... Nein, die Verantwortung will ich nicht übernehmen. Dann noch lieber bei Nacht und Nebel die Anker lichten!"

Sissy schlief tief und traumlos. Aber sie war rasch hellwach, als ihr das Telegramm überbracht wurde.

„Mama schwer erkrankt", rief sie aus. „Und Franzl meint, ich müsse gleich nach Possenhofen... Wahrscheinlich hat er recht. Sie sah ja schon bei meinem letzten Besuch aus, daß mir ganz Angst um sie wurde..."

Wenige Minuten später glich das Achilleion einem aufgescheuchten Bienenschwarm. Und die kaiserliche Jacht lichtete im Morgengrauen ihre Anker.

28

4. Der Sarg und die Wiege

Der Sonderzug der Kaiserin ratterte über die hohen Viadukte der Semmeringstrecke in Richtung Wien. Der Morgen dämmerte über tief verschneiten Tannenwäldern. Nebel hing in den Schluchten. Die Lokomotive ließ schrille Warnpfiffe hören, und dichte Dampfwolken entstiegen dem Rauchfang. Eintönig ratterten die Räder der Waggons über die Geleise.

In Graz war Frau von Mikes zugestiegen; sie hatte Verwandte besucht und ergriff die Gelegenheit, den Sonderzug für die Rückfahrt zu benutzen und der Kaiserin Gesellschaft zu leisten und behilflich zu sein.

„Ich dachte mir, Majestät können jetzt ein wenig Ermunterung gebrauchen", erklärte sie bei der überraschenden Begrüßung. „Seine Majestät hat schon den Leibarzt nach Possenhofen geschickt. Der Doktor wird es nicht zum Äußersten kommen lassen."

„Meine Mutter ist bereits im vierundachtzigsten Lebensjahr", versetzte Sissy ernst und voll Besorgnis.

„Gott, wie schön", seufzte Frau von Mikes und verdrehte die Augen himmelwärts. „Das ist doch ein gottgesegnetes Alter, Majestät! Ich wollte, ich würd' auch einmal vierundachtzig. Doch mich holt wahrscheinlich schon früher der Krampus."

„Es ist ein Alter, in dem man mit allem rechnen muß", meinte jedoch Sissy ernst. „Aber wenn ich meine Mutter verlieren sollte... was bliebe mir dann noch auf der Welt?"

„Majestät tun sich versündigen", tadelte die Mikes resolut. „Majestät haben den Herrn Gemahl, den Kaiser. Haben liebe Kinder; und ein Enkerl kommt auch demnächst, hab' ich mir sagen lassen."

„Oh", horchte Sissy auf, „hat man etwa Nachricht aus Wels?"

„Man hat", grinste die Mikes vielsagend. „Die Frau Tochter ist pumperlg'sund. Nur der künftige Herr Papa hat's bereits mit den Nerven."

„Ja, ist es denn schon bald soweit?" rief Sissy.

„Offenbar", lachte Frau von Mikes.

„Und ich sitz' hier im Zug", rief Sissy ärgerlich, „und kann nicht weg!"

„Im Zug sitzen ist in so einem Fall das gescheiteste, was man tun kann — im Zug sitzen und hinfahren, mein' ich", erklärte Frau von Mikes. „Fragt sich nur: wohin. Das ist nämlich Ihr Dilemma, Majestät. Majestät können unmöglich zugleich nach Possenhofen und nach Schloß Lichtenegg bei Wels. Majestät aber würden an beiden Stellen gebraucht. In Lichtenegg beim Zurweltkommen und in Possenhofen, in Possenhofen…"

Sie unterbrach sich und biß sich auf die Lippen. Beinahe hätte sie „zum Sterben" gesagt.

Sissy hatte sie auch so verstanden. Die Lebhaftigkeit, die sie bei der Nachricht von der bevorstehenden Geburt ihres Enkelkindes überkommen hatte, wich blitzartig der Depression.

„Das ist aber jetzt wirklich ein Problem", fand sie bedrückt. „Aber nein, da gibt es gar keinen Zweifel, daß ich auf schnellstem Weg nach Bayern muß. Wenn mein Enkelkind gesund zur Welt kommt, werde ich — so Gott will — es noch oft genug sehen. Meine arme Mutter aber sehe ich vielleicht nie mehr wieder."

„Ist ja schon recht, Majestät. Ich an Ihrer Stell' tät' auch nix anderes machen. Ich fahret auch nach Possenhofen. Und mir ging's auch zu langsam, g'rad so wie Ihnen jetzt.

Aber den Semmering, den muß sich der Zug halt schön langsam hinaufschnaufen, da hilft alles nix. Auf der anderen Seit' geht's dann dafür ein bisserl schneller hinunter."

„Sooft ich diese Strecke fahre, bewundere ich den Baumeister, den Karl Ghega, den mein Mann zum Ritter geschlagen hat; es ist ja wirklich eine einmalige Bahn... Fünfzehn Tunnels und sechzehn Viadukte, davon der mit zweihundertachtzig Metern Länge über das Schwarzatal! Österreich kann schon stolz sein auf seine Südbahn von Wien nach Triest."

„Das war wohl eben die Kaiserin, nicht wahr?" lächelte Frau von Mikes verstehend. „Sehen S', Majestät, solche kleinen Reden sollten Sie öfter halten, aber net hier, im Hofzug, sondern in aller Öffentlichkeit. Das meint sicher auch Seine Majestät, der Herr Gemahl. Der hätt' jetzt g'wiß applaudiert, wenn er das g'hört hätt'."

„Ich halt' keine Reden in der Öffentlichkeit", wehrte Sissy ab. „Das überlass' ich den Herren Politikern von den Parteien. Ich red', wo ich will und was ich will, und sag' meine ehrliche Meinung. Der Ghega hat seinen Ritterschlag und sein ‚von' verdient, sag' ich."

Und nun fuhr man über achtundvierzig Meter hohe Viaduktbögen und sah vor den Fenstern nichts als eine grauweiße Nebelsuppe im trüben Morgenlicht.

Bei heißem Tee und Gebäck unterhielten sich die Kaiserin, Marie von Festetics, die Mikes und der Baron. Und Frau von Mikes schien gesonnen, die Passagiere des Hofzuges und insbesondere die Kaiserin bis zur Ankunft in Wien mit dem neuesten Klatsch und Tratsch aus der Residenzstadt zu versorgen, worüber ihr alle dankbar waren. Die Oper, die Theater, die Wiener Nobelcafés und ihre Gäste, sie alle mußten als Gesprächsstoff herhalten, und Frau von

Mikes wußte über alle und jeden etwas Amüsantes zu plaudern.

„Was auch immer passiert, das Leben geht weiter, und darum gibt's immer was Neues, einmal ernst, einmal g'spaßig", meinte die Hofdame plaudernd. „Was die Leut' bloß jetzt Aufhebens machen mit dem alten Bruckner, dem Komponisten, Majestät wissen ja, wen ich mein'. Die längste Zeit hat sich keiner um ihn gekümmert, dann haben s' ihn nach Strich und Faden verrissen und jetzt haben s' den ehemaligen Unterlehrer zum Doktor phil. honoris causa promoviert, und die Studenten haben ihn im Sophiensaal auf den Schultern 'tragen. Und der alte Herr kann sich jetzt auf seine Visitenkarten ‚Dr. Anton Bruckner' drucken lassen."

„Der hat 's genauso verdient wie der Ghega sein ‚von'", fand Sissy aufrichtig.

„Auch in die Oper sollten S' jetzt wieder einmal gehen, Majestät... Der Jahn hat eine Neuentdeckung gemacht — eine Sopransängerin, sag' ich, nach der die Herren in den Logen Stielaugen kriegen. Und singen kann s' auch noch! Auf'm Programm steht s' als „Marie Renard", aber in Wirklichkeit heißt s' Pöltzl und ist die Tochter von ein' Fiaker aus Graz..."

So verging die Zeit wie im Flug, und der Hofzug hatte längst die gebirgige Strecke verlassen und ratterte schnaufend auf Wiener Neustadt zu, als Sissy wieder an ihr Problem erinnert wurde.

„Ich muß natürlich zuerst nach Possi, und von dort fahre ich so bald wie möglich nach Lichtenegg", entschied sie sich nach einiger Überlegung.

„Ich glaube, das ist sehr vernünftig", pflichtete Marie Festetics bei. „Doch, Majestät, wenn ich mich von dieser

Fahrt beurlauben dürfte... ich hätte dringend private Erledigungen in Wien, und —"

„Ja, natürlich, obwohl —"

Sissy schien es gar nicht recht zu sein, denn sie hatte sich sehr an die Gesellschaft Maries gewöhnt. Doch Frau von Mikes fiel sofort ein: „Dann fahre ich selbstverständlich mit, wenn es Majestät recht ist. Und vielleicht auch Frau von Ferenczy."

„Und natürlich ich", ertönte aus dem Hintergrund die Stimme der Friseuse, Frau Feifal.

Die war jetzt erst aus ihrem Abteil gekommen; sie hatte verschlafen und entschuldigte sich. Das Personal habe sie nicht geweckt, was unerhört sei, und Majestät säße jetzt unfrisiert beim Tee...

„Ich habe befohlen, Sie nicht zu wecken, weil Sie gestern abend Migräne hatten und furchtbar schlecht aussahen", erklärte Sissy. „Doch jetzt wäre es mir schon recht, wenn Sie sich meiner Haarpracht annehmen wollten..."

„Inzwischen kann ich ja noch weitererzählen", meinte die Mikes. „Nachdem Majestät das Neueste vom Meister Bruckner g'hört haben, erzähl' ich auch noch was vom Meister Strauß. Aber das ist weniger erfreulich. Der Johann Strauß ist nämlich unter die Opernkomponisten g'gangen. Ich war selbst ganz neugierig auf seine Premiere", berichtete die Mikes.

„Und?" fragte Sissy gespannt, während Frau Feifal ihr einen Frisiermantel um die Schultern legte und mit vorsichtigen Strichen Sissys wunderschönes, langes Haar durchzubürsten begann. Das versprach, wie an jedem Morgen, eine längere Prozedur zu werden, der die Hofdamen nicht fernzubleiben brauchten.

Frau von Mikes machte ein rätselvolles Gesicht und versuchte, Sissys Frage zu beantworten: „Ich weiß nicht recht, Majestät. Vielleicht lag's an der Musik, vielleicht aber auch daran, daß es g'rad der Neujahrstag war und die meisten Leut' noch von der Sylvesternacht her net recht munter war'n. Kurzum, ich bin beinah' eing'schlafen, und andere haben g'sagt, es ist ihnen g'rad so ergangen. Der ‚Ritter Pasmann' wird sich net halten…"

„Das ist aber schad'", meinte Sissy.

„Der Strauß sollt' halt doch lieber eine neue Fledermaus schreiben", meinte Frau von Festetics, „das liegt ihm besser als Opern komponieren."

„Aber das ist doch g'rad sein Ehrgeiz", fand Sissy. „Ein jeder strebt nach mehr Vollkommenheit — das versteh' ich völlig!"

„Ja Sie, Majestät. Aber das Publikum versteht's net", meinte Frau von Mikes. „G'rad, daß s' net 'pfiffen haben. Bloß g'schnarcht haben s'!"

„Der arme Strauß…"

„Er wird's überleben, Majestät. Was wollen S', er ist halt auch net mehr der Jüngste. Und wann der Bruckner eine Operette komponieren möcht', würd auch nix Gscheit's dabei herauskommen!"

Der Zug legte jetzt ein beträchtliches Tempo vor. Wiener Neustadt war schon passiert, danach Baden. Die Vorstädte Wiens zeigten sich an den Waggonfenstern, es war schon heller Vormittag.

Frau von Feifal hatte ihr Werk beendet und das Haar Sissys aufgesteckt. In ihrem schwarzen Reisekleid war Sissy eine vornehme, schlanke Dame. Ihre sportliche Art stand in krassem Gegensatz zu der rundlichen Gemütlichkeit der Gräfin Jovanka Mikes, und dennoch vertrugen sich die beiden Frauen ausgezeichnet.

34

Baron Nopsca war beinahe erleichtert, daß ihm die Gräfin mit ihrem angeborenen Sinn fürs Praktische einen Teil der Arbeit abnahm; denn jetzt kam es darauf an, schon bald den Hofzug zu entladen, soweit er Gepäcksstücke enthielt, die für Wien bestimmt waren. Möglichst schnell mußte frisches Wäschegepäck von der Hofwäscherei, neuer Proviant, Kohle, Trink- und Kesselwasser aufgeladen werden. Denn sowohl der Baron als auch Frau von Mikes rechneten damit, daß die Kaiserin unverzüglich nach Bayern weiterreisen werde. Der Aufenthalt in Wien konnte wohl höchstens nur einige Stunden dauern.

Da rollte der Zug auch schon in die weite, elegante, glasgedeckte Halle des Südbahnhofes ein, und der Kaiser stand mit kleinem Gefolge am Bahnsteig, um seine Frau zu erwarten...

Schnaubend kam die Lokomotive zum Stehen, krachten die Puffer der Waggons aneinander, drang der Lärm der Bahnhofshalle durch die sich öffnenden Fenster.

Und dann stieg Sissy auch schon aus, ihre kleinen Füße berührten den roten Teppich, der ihr zu Ehren ausgelegt war, und sie eilte auf Franzl zu. Sie sah zuerst gar nicht seine ernste Miene, ließ sich nur von seinen Armen umschließen und spürte den sehnsuchtsvollen Kuß auf ihren Wangen.

„Franzl", stieß sie atemlos hervor, „Franzl!"

„Mein armer Engel", sagte er ernst und löste sich von ihr. „Ich verließ eben die Hofburg, als die Nachricht aus Possenhofen kam..."

Sissy erstarrte.

„Mama...?!" preßte sie bang hervor und starrte ihn angstvoll an.

„Sie ist tot", nickte Franzl und zog sie gleich wieder an sich. „Mein armer, kleiner Engel... Gott hat sie von uns genommen. Dr. Widerhofer teilte mir mit, es habe Komplikationen gegeben — Lungenentzündung, hervorgerufen durch das Liegen... Dazu das schwache Herz. Sie hat ausgelitten. Du hättest nichts mehr für sie tun können, mein Engel."

„Aber ich hätte bei ihr sein, hätte ihre Hand halten können..." machte sie sich heftige Vorwürfe und brach in Schluchzen aus.

Er streichelte sie sanft: „Nicht doch, Sissy. Es kam, wie es kommen mußte. Du kannst nichts dafür. Allenfalls hättest du sie in Agonie liegend vorgefunden; sie hätte dich nicht einmal mehr erkannt. Nein, es ist besser so. Komm jetzt nach Hause."

Er sagte es sanft, tröstend und voller Güte. Als wolle er sie vor aller Unbill des Lebens schützen, so hielt er sie für eine kurze Weile wärmend umschlungen; dann fiel sein Blick auf die Ordonnanzen und die neugierige Menge, die sich jenseits der Sperre angesammelt hatte. Diese Leute wußten nichts vom Schmerz der Kaiserin. Sie deuteten die Szene vielleicht sogar falsch. Denn böswillige Propagandisten hatten das Gerücht in Umlauf gesetzt, die Kaiserin sei nach dem Tod ihres Sohnes von der ‚Wittelsbachschen Krankheit' — dem Wahnsinn — befallen worden und nur deshalb nie in der Wiener Öffentlichkeit zu sehen, weil sie sich dauernd irgenwo in einem geheimgehaltenen Sanatorium für Geisteskranke befände. Daran war natürlich kein wahres Wort, aber man mußte vorsichtig sein und durfte den bösen Zungen keine neue Nahrung geben.

„Komm jetzt, Sissy", sagte deshalb Franzl, löste sich von ihr und zog sie sanft mit sich fort. „Nimm dich zusammen. Du bist die Kaiserin. Wie es in dir und in mir aussieht, geht niemanden etwas an."

36

5. Lichtenegger Glück

Kaum vierundzwanzig Stunden nach Erhalt der Unglücksbotschaft aus Possenhofen kam die Nachricht aus Lichtenegg bei Wels: Franz und Marie-Valerie haben eine Tochter...

Nun mußte Sissy wieder den Hofzug besteigen, um wenigstens bei der Taufe dabeizusein. Danach konnte sie nach Possenhofen fahren, und vielleicht kam sie sogar noch zur Beisetzung zurecht.

Die Herzogin hatte es nicht mehr erlebt, die Urgroßmutter der kleinen Elisabeth zu werden. Denn natürlich mußte das Neugeborene Elisabeth heißen, darüber herrschte in Lichtenegg nicht einen Augenblick auch nur der geringste Zweifel.

„Wir werden sie einfach Ella rufen", meinte die glückstrahlende Mutter Marie-Valerie, als sie ihre Mama umarmte.

Sie war stolz und wohlauf, und der frischgebackene Vater hatte natürlich Urlaub genommen und war nicht von der Wiege wegzubekommen.

„Ist sie nicht wunderhübsch?" strahlte er.

„Ganz der Papa", versicherte Sissy ernsthaft. „Bloß, daß ihr der Schnurrbart fehlt. Ich fürchte, den wird sie auch später nicht mehr bekommen."

„Das wollen wir doch hoffen, Mama", rief Marie-Valerie lachend. „Nein, sie wird sicherlich eine hübsche, gescheite kleine Dame werden, nicht wahr, Mama?"

Das Glück auf Schloß Lichtenegg schien vollkommen, seit die kleine Erdenbürgerin geboren war. Auch der Kaiser wäre am liebsten gekommen, war aber in der Reichskanzlei unabkömmlich und sandte durch Sissy seine Glückwünsche und ein Geschenk an die kleine Ella, die damit freilich jetzt noch nicht viel anfangen konnte.

Die Taufe fand in der kleinen Schloßkapelle statt, in aller Stille — wenn man von dem Protestschrei des Täuflings absehen will, als der geistliche Herr die kleine Stirn mit dem Taufwasser benetzte.

Nach der Taufe wurde Sissy bereits wieder unruhig, denn ihr Pflichtgefühl rief sie ja auch noch nach Possenhofen. Vor der Abreise wandte sie sich noch an Franz.

„Hast du keinerlei Nachricht von deinem Bruder Johann?"

Doch der Erzherzog schüttelte nur betrübt den Kopf.

„Weder meine Mutter noch ich wissen etwas über ihn", antwortete er ernst. „Du kannst dir denken, Mama, was das für mich und vor allem für unsere Mutter heißt. Johann steht ihr fast noch näher als ich. Als er noch auf Schloß Orth lebte, ja schon in unserem Exil in Böhmen war er es, der sich um fast alle Angelegenheiten unserer Mutter gekümmert hat. Er war es auch, der das Schloß bei Gmunden kaufte, wo sie jetzt wohnt. Er hätte uns niemals verlassen sollen."

„Und ist es nicht möglich, daß er im Landesinneren von Brasilien untergetaucht ist?"

„Möglich? Möglich ist es vielleicht... Aber wir denken, daß er dann dennoch Mittel und Wege gefunden hätte, um uns auf irgendeine Weise davon zu verständigen, daß er lebt."

„Ihr glaubt also auch, daß er mit der St. Margaritha Schiffbruch erlitt?"

„Sie müssen alle ertrunken sein", nickte Franz Salvator beklommen. „Er geriet wohl mit dem Segler in jenen Orkan, bei dem mehrere Schiffe sanken."

„Doch von diesen anderen Schiffen gab es Überlebende,

Schiffbrüchige, die die Nachricht von der Katastrophe in irgendeinen Hafen brachten. Von der St. Margaritha aber hörte man nichts; so, als ob sie der Ozean mit Mann und Maus verschluckt hätte."

„Ja, das ist das Sonderbare dabei", mußte der junge Erzherzog zugeben. „Und auch der Grund, weshalb wir immer noch Hoffnung haben. Mutter ist fest davon überzeugt, daß mein Bruder noch lebt."

„Hat sie vielleicht irgendeinen Anhaltspunkt?"

„Nein, keinen. Sie sagt, sie spürt es einfach, daß Johann nicht tot ist, und eine Mutter könne sich in dem Punkt nicht irren, sagt sie immer."

„Es mag sein, daß sie recht hat", meinte Sissy nachdenklich. „Eine Mutter kann das vielleicht empfinden. Hätte ich doch nur zu meinem Rudolf einen solch engen Kontakt gehabt! Doch dieses Glück war uns beiden nicht beschieden."

Die kleine Tauffeier wirkte noch lange in ihr nach und war wie ein allmählich verblassendes Licht in dem Dunkel, das um sie her wuchs, je mehr sie sich dem Ort ihrer Kindheit näherte.

Possenhofen — das liebe, alte Possi! — es trug Trauer. Schwarze Fahnen wehten vom Schloß.

Der Schlitten, der Sissy und Frau von Mikes vom Bahnhof abholte, jagte über knirschenden Schnee dahin. Selbst das winterliche Land am Ufer des Starnberger Sees schien in frostklirrender Kälte Trauer zu tragen.

Wie herrlich war es dagegen wohl jetzt auf Korfu…! Sissy verscheuchte diesen ihr wie einen Frevel erscheinenden Gedanken rasch. Hier, dieses Possenhofen, war doch ihr eigentliches Zuhause. Doch diesmal scheuten ihre Füße fast davor zurück, die alte, gewohnte Schwelle zu überschreiten.

Denn das Herz dieses alten Schlosses, das war zugleich auch das Herz von Sissys Mutter gewesen. Und nun schlug dieses geliebte Herz nicht mehr…

Die Beisetzung war schon vorüber; Herzogin Ludovica ruhte an der Seite ihres Mannes in der Gruft unter der kleinen Schloßkapelle. Mit Sissys Kommen hatte niemand mehr gerechnet, war sie doch in Korfu gewesen, als sich der Zustand Ludovicas kritisch verschlimmerte.

Auch Dr. Widerhofer, der kaiserliche Leibarzt aus Wien, war noch da. Nun hoffte er, mit dem Hofzug der Kaiserin zurück nach Wien fahren zu können; hier gab es ja für ihn nichts mehr zu tun, seine Pflicht war erfüllt, aber er hatte der Kranken nicht helfen können.

„Mein herzliches Beileid, Majestät", wünschte er. „Wenn es ein Trost sein sollte — sie hat am Schluß nicht mehr gelitten. Sie hat nichts mehr wahrnehmen können, Majestät."

„Aber — hat sie vorher — nach mir verlangt?"

„Sie verlangte nach all ihren Töchtern. Doch es war keine einzige da. Natürlich haben wir alle verständigt."

„Gisela —?"

„Die Herzogin lag bereits in Agonie."

„Und meine Schwester Sophie-Charlotte?"

„Kam mit ihrem Gatten, dem Herzog von Alençon, am Tag der Beisetzung an. Den gesetzlichen Bestimmungen gemäß ließ sich die Zeremonie nicht länger verzögern."

„Arme Mama! — So starb sie einsam. Nur der Verwalter und eine gefühllose Dienerschaft waren zugegen…"

„Und ich, Majestät", zeigte sich Doktor Widerhofer gekränkt. „Verzeihen, Majestät; ich war gewiß nicht gefühllos. Aber es lag nicht mehr in meiner Macht, den Tod von ihr abzuwenden."

„Entschuldigen Sie, meine Worte waren unbedacht gewählt", bat Sissy. „Der Kaiser und ich wissen Sie zu schätzen."

Sie ging allein hinunter in die Gruft, ließ Kerzen anzünden und stand vor dem Sarg ihrer Mutter.

Sie erinnerte sich an jene schreckliche Nacht, in der sie in der Kapuzinergruft in Wien, einsam wie jetzt, am Sarg ihres Sohnes gekniet war. Damals war ihr Inneres voll Aufruhr gewesen. Jetzt war es in ihr merkwürdig still. Als habe sich all ihr Leid um den Tod der geliebten Mutter auf der Fahrt hierher erschöpft, empfand sie jetzt nichts. Sie starrte auf den Sarg, der den Körper barg, der einst ihr eigenes Leben geboren hatte. Sie blieb dabei innerlich leer, wie ausgebrannt, und weinte keine Träne.

Sie verließ die Gruft, ging hinauf, in ihre alte Kinderstube, die wie immer erfüllt war vom eifrigen Ticken der uralten Pendeluhr. Sie setzte sich ratlos auf ihr Bett. An dieser Stelle hatte Mama oft gesessen und sie in den Schlaf gesungen, als Sissy noch ein kleines Mädchen war.

Unwillkürlich sah sie sich nach der Türe um, als könne Mama Ludovica eben jetzt hereinkommen. Daß sie da unten starr und erkaltet in ihrem Sarg in der Gruft lag, schien Sissys Verstand noch nicht begriffen zu haben.

Sissy lächelte schmerzlich über sich selbst. Sekundenlang hatte ihr dieser Raum die alte Vertrautheit wiedergegeben. Doch die Illusion schwand rasch wieder dahin.

Auch hier also habe ich keine Heimat mehr, dachte die Ruhelose. Auch hier bin ich von jetzt an eine Fremde! Und plötzlich durchfuhr sie der Schmerz, den sie vorhin in der Gruft vermißt hatte. Er durchbohrte ihr Inneres wie ein glühendes Schwert. Jäh sich aufbäumend warf sie sich auf das Bett und schluchzte laut. Und die erlösenden Tränen kamen.

So fand sie Sophie-Charlotte, die besorgt nach der Schwester sehen wollte. Sie, die einst die Braut des seltsamen Königs von Bayern gewesen war, des Königs Ludwigs II.

Der seltsame König und Mäzen Richard Wagners, der Träumer von Neuschwanstein und der Roseninsel, er war unter geheimnisvollen Umständen im Starnberger See ums Leben gekommen, nachdem ihn sein Onkel, Prinz Luitpold, durch einen Staatsstreich entmachtet hatte. Er sei, gleich seinem Bruder, dem Prinzen Otto, ein Opfer der „Wittelsbachschen Krankheit" gewesen, hatte es offiziell geheißen. Er hätte in einem Anfall von geistiger Umnachtung sein Ende gefunden.

Sophie-Charlotte, die „sitzengelassene" Königsbraut, hatte den Herzog von Alençon geheiratet und lebte in Frankreich.

„Sissy", beugte sie sich über die Schwester und versuchte sie mit sanftem Streicheln zu trösten. „Sissy, weine doch nicht, Schwester... Mama hatte ein gutes, langes Leben. Wer weiß, ob es das Schicksal mit uns so gut meint."

„Du hast recht! Auch glaube ich, daß der Tod nur ein Übergang in eine andere Welt ist. Ja, wir werden Papa und Mama wiedersehen. Und auch Rudolf — und Nené, unsere liebe Schwester... Alle werden wir sie eines Tages wiedersehen."

Sissy erhob sich mit einem Ruck.

„Du bleibst doch hier — zumindest diese eine Nacht?" fragte Sophie-Charlotte. „Wir haben einander so lange nicht gesehen, Schwester."

„Diese Begegnung hat einen allzu traurigen Anlaß", fand Sissy, die sich von Possenhofen fortsehnte. „Der Abschied von Possi fiel mir immer sehr schwer, du weißt es, Sophie.

42

Diesmal aber hält mich hier nichts. Ich hoffe, daß ihr mir nicht böse seid. Ich fahre noch heute abend, der Hofzug steht unter Dampf, und ich nehme auch Doktor Widerhofer mit nach Wien. Franzl ist in großer Sorge um mich. Er erwartet mich."

6. Hofpflichten

Was war das doch für eine andere Welt! Hier, in Wien, in der Hofburg, summte der Reichskanzleitrakt wie ein aufgescheuchter Bienenschwarm. Überall in den Büros herrschte rege Betriebsamkeit. Beamte, Würdenträger, Audienzwerber und Hoflakaien belebten die Stiegen und Korridore. Im Arbeitszimmer des Kaisers, das man vom Franzensplatz aus, als zur „Belle Etage" gehörig, leicht ausnehmen konnte, brannte schon am frühen Morgen Licht; die Lampe stand auf dem bescheidenen Schreibtisch des Kaisers, der hier schon in den frühen Morgenstunden sein schweres Tagewerk begann.

Es war winterlich-kalt, und es herrschte ein unfreundliches Schneetreiben. Wenig freundlich war auch die Stimmung der Minister, die zum Kaiser zum Vortrag befohlen waren. Es ging um eine unerfreuliche Wendung in der Weltpolitik: Frankreich und Rußland bereiteten ein Bündnis vor, das ohne Zweifel auf eine Machtbeschränkung Österreichs hinzielte. Wie schon seinerzeit, als die Türken noch Wien belagerten, zeigten sich die Franzosen am Balkan interessiert und setzten dort den Hebel an, dessen Kraftwirkung auf Wien gerichtet war. Waren es einst die Sultane, so war es jetzt der Zar, den sich die Franzosen zum Partner erkoren hatten. Das war zwar nicht für die Gegenwart, aber möglicherweise in Zukunft ein Gefahrenmoment für Österreich-Ungarn.

Von diesen Problemen unberührt entstieg Sissy ihrer Hofkutsche, nachdem sie die Einfahrt zur Burg passiert hatte. Sie wußte wohl, daß etwas Besonderes vorgefallen sein mußte, weil Franzl sie nicht wie sonst vom Bahnhof abgeholt hatte. Und sie hoffte nur, daß die Luft im Arbeitszimmer des Kaisers nicht allzu dick wäre, wenn sie jetzt zu ihm hinauflief, um ihm einen guten Morgen zu wünschen.

Sie eilte über die Stiegen des Reichskanzleitraktes nach oben; über einen Heizergang führte der kürzeste Weg durch eine Tapetentür zu Franzl. Für gewöhnlich wurde der Gang nur von Bediensteten benutzt. Aber Sissy, die zu dem kleinen Kreis auserwählter Personen gehörte, die zu Franzl jederzeit Zutritt hatten, stieß sich nicht daran.

Sie klopfte kurz an und trat ein. Franzl war nicht allein. Der Außenminister, Graf Berchthold, war bei ihm. Stirnrunzelnd standen die beiden Herren einander gegenüber. Es war ganz offensichtlich, daß Sissy eine wichtige Besprechung störte. Doch Franzl, der aufsah, als sie im Türrahmen stand, begann erst zu lächeln und dann zu strahlen.

„Sissy", rief er aus, „du kommst gerade im richtigen Augenblick!"

Merkwürdigerweise erhellten sich auch die Züge des Grafen zusehends.

„Majestät haben wie immer einen glänzenden Einfall", pflichtete er bei. „Genau dadurch könnten wir die Russen davon überzeugen, daß Österreich nicht die geringsten feindlichen Absichten hegt…"

Verwundert trat Sissy näher und ließ sich von Franzl umarmen.

44

„Darf ich fragen, was hier ausgeheckt wird?" fragte sie mißtrauisch. „Ich komme eben aus Bayern und bin überhaupt nicht im Bilde. Worum geht es?"

„Um dich, mein Engel", rief Franzl enthusiastisch.

„Um mich?" staunte Sissy. „Was, um alles in der Welt, habe ich mit den Russen zu tun?"

„Nun, nicht mehr und nicht weniger, als daß sie bekanntlich für Frauenschönheit nicht gerade unempfindlich sind."

„— und wir infolgedessen hoffen dürfen, mit Hilfe des Eindrucks, den Eure Majestät hervorrufen werden —", setzte der Minister fort.

„Ich soll einen Eindruck hervorrufen?" staunte Sissy immer mehr.

„Gewiß; und zwar bei einem Bankett, das wir für den Großfürsten Dimitri geben wollen."

„Er ist der Bruder des Zaren", setzte Graf Berchthold mit besonderer Betonung hinzu. „Man könnte mit Fug und Recht sagen: er ist der zweitwichtigste Mann im großen russischen Reich!"

„So ist es, Sissy. Und er kommt in einer halboffiziellen Mission nach Wien. Wir haben den Eindruck, den Russen ist bei dem Abschluß ihres Freundschaftsbündnisses mit Frankreich nicht ganz wohl in ihrer Haut. Nun hat der Zar seinen Bruder nach Wien geschickt, um die gespannte Lage zu entschärfen", erklärte Franzl.

„Und wir wiederum sollen den Russen beweisen, daß auch uns an einem von Spannungen getragenen Verhältnis zu Rußland nichts liegt", setzte Berchthold hinzu, „und das können wir wohl am besten durch den freundlichen und festlichen Empfang, den wir dem Bruder des Zaren bereiten."

„Alle Welt weiß, Sissy, daß du diplomatischen Empfängen fernzubleiben pflegst. Um so höher werden es die Russen zu schätzen wissen, wenn du ausgerechnet zur Begrüßung des Großfürsten Dimitri erscheinst", setzte Franzl fast bittend hinzu, denn er merkte wohl, daß Sissy von den Eröffnungen, die ihr hier, kaum daß sie den Fuß wieder auf das Parkett der Hofburg gesetzt hatte, nicht gerade erbaut war.

„Aber ich trage doppelt Trauer", wandte sie ein. „Meine Mutter ist gestorben — ich komme gerade von einer Trauerfeier!"

„Sissy", meinte Franzl ungeduldig, „hier geht es nicht um Privates, mein Engel. Hier geht es um Weltpolitik. Um die Erhaltung des Friedens für Österreich-Ungarn."

Schwer seufzte Sissy auf.

„Ich muß mich erst einmal hinsetzen", stieß sie hervor. „Auf dergleichen war ich wirklich nicht gefaßt. Ich bin ja noch im Reisekleid. Ich wollte dich bloß begrüßen, weiter nichts...!"

Wieder zog Franzl sie an sich. Sie machte sich von ihm los und sank auf einen der weinrot gepolsterten Stühle. Sie nahm ihr Hütchen vom Kopf; ihr Gesicht wurde dadurch von dem verhüllenden Schleier frei.

„Wenn Majestät diesen Anblick auch dem Großfürsten Dimitri gönnen würden", rief Graf Berchthold bewundernd, „dann —"

„Sissy, du mußt es einfach tun", drängte auch Franzl bittend. „Du mußt dich, dem Reich zuliebe, überwinden —!"

„Es ist doch wohl klar", sagte sie nach kurzer Überlegung, „daß ich in Schwarz erscheinen werde?"

Ein Ausruf der Erleichterung kam sowohl aus dem Mund des Kaisers als auch aus dem seines Ministers. Denn mit diesen Worten hatte Sissy praktisch zugesagt.

46

„Schwarz ist festlich", fand Berchthold begeistert. „Majestät werden den Gast aus Rußland entzücken!"

„Laß deine Schneiderinnen kommen, Sissy", rief Franzl eifrig, „und sie sollen sich das Allerschönste einfallen lassen, was man in Schwarz nur schneidern kann — und wenn dem Großfürsten darüber die Augen aus dem Kopf fallen!"

„Majestät", setzte der Außenminister ernst und gemessen hinzu, „was tut man nicht alles für das Vaterland!"

Sissy erhob sich kopfschüttelnd. Die Begrüßung ihres Franzls war an diesem Morgen etwas anders ausgefallen, als sie erwartet hatte. Sie war gekommen, weil sie Trost und Hilfe in ihrem Schmerz suchte. Je mehr sich der Hofzug von Possenhofen entfernt hatte, um so trauriger war sie geworden; es war, als bliebe ein Stück von ihr selbst in dem alten Schloß zurück für immer und ewig. Es tat sehr weh. Es war nicht der Tod ihrer Mutter allein. Vielmehr — das empfand sie ganz deutlich — war wieder ein Lebensabschnitt mit diesem Tod für sie zu Ende gegangen. Es wurde immer einsamer um sie, das empfand sie während der Fahrt. Und nun, diese Ankunft, diese Begrüßung in Wien, der Sturz aus ihrer Isolation mitten in den Trubel des Weltgeschehens — das stand in krassem Widerspruch zu dem, was sie auf dieser Fahrt nach Wien empfunden hatte.

„Das mit der Einsamkeit habe ich mir wohl nur eingeredet", murmelte sie auf dem Weg zu ihrem im Amalientrakt gelegenen Appartement. „Ich merke, ich bin wieder in Wien; es geht wieder los. Die Kaiserin muß sich, ob sie will oder nicht und ganz egal, wie ihr zumute ist, wieder ins Geschirr werfen..."

Sie verstand ja Franzl und seinen Minister vollkommen. Was zählte schon privater Schmerz, was wogen Laune und Empfindungen einer Frau, wenn es um die gutnachbarlichen Beziehungen zweier so gewaltiger Reiche ging! Da hatte alles andere hintanzustehen. Und sie hatte nur ‚ja' zu sagen und zu tun, was man von ihr verlangte…

Sie kannte den Großfürsten nicht und hatte auch nicht die geringste Lust, ihn kennenzulernen. Aber wenn von diesem Mann so vieles abhängen mochte, dann war sie bereit, einen Abend lang mit ihm Konversation zu machen, so daß er einen guten Eindruck von Wien mit nach Hause in sein fernes Petersburg nahm.

In ihrem Appartement hatte Ida von Ferenczy schon alles für Sissys Empfang nach der Reise vorbereitet. Mit einem Seufzer der Erleichterung kuschelte sich Sissy in ihre Wanne voll heißen, schaumigen Wassers, um erst einmal den Staub der Reise loszuwerden.

Nachher sah die Welt wieder ein wenig freundlicher aus. Sie begann sogar, diese Sache mit dem Empfang für den Großfürsten als eine interessante Abwechslung in ihrem Dasein zu akzeptieren. Und als sie dann ihren Hofdamen von dem bevorstehenden Ereignis erzählte, mußte sie feststellen, daß die Frauen genauso dachten.

„Ich habe mir sagen lassen, dieser Großfürst Dimitri soll ein sehr interessanter Mann in den besten Jahren sein", meinte Sarolta von Majlrath angeregt. „Man erzählt sich in Ungarn über seine galanten Abenteuer allerhand Geschichten…"

Mit feinem Glockenschlag verkündete eine alte Konsoluhr die volle Stunde. Zarter Duft von Parfum und von fremdartigen, in den Gewächshäusern von Schönbrunn gezogenen tropischen Blumen, die in hohen chinesischen Vasen den intimen Salon der Kaiserin schmückten, erfüllte den Raum.

Eine behagliche Stimmung breitete sich aus, ganz anders

als die von hektischer Nervosität getragene Atmosphäre im Arbeitszimmer des Kaisers in der Reichskanzlei.

Franzl kam gern herüber, hierher zu seiner Sissy, wenn es ihm die Zeit erlaubte. Hier nahm man auch gemeinsam den Tee mit Kathi Schratt, wenn sie zu Besuch kam, um mit dem Kaiser und der Kaiserin zu plaudern.

Schade, daß sie nicht hier ist, dachte Sissy. Sie hätte sicher ein paar passende Vorschläge für meine Garderobe an diesem Abend parat... Die traurigen Gedanken an Possenhofen verflüchtigten sich allmählich; dafür wurde umso angeregter über die kleine Erdenbürgerin von Schloß Lichtenegg geplaudert, welche die jungen Eltern ‚Ella‘ rufen wollten.

Sissy bestellte die Hofschneiderinnen für Nachmittag und fragte auch nach der Baronin Kiss, wie Kathi Schratt seit ihrer Verheiratung mit jenem Diplomaten hieß. Frau Schratt habe heute abend Vorstellung im Burgtheater, hieß es.

„Was spielt man denn?" erkundigte sich Sissy.

Sie dachte an die Zeit zurück, in der sie, gemeinsam mit ihren beiden Töchtern Marie-Valerie und Gisela abends gern ins Theater gegangen war. Damals spielte man noch im alten Burgtheater am Michaelerplatz, das durch den Theatergang direkt mit der Hofburg verbunden war. Dort hatte auch Marie-Valerie ihren jetzigen Mann, den Erzherzog Franz von Toskana — Ellas Vater — kennengelernt. Das neue Burgtheater, jenen prächtigen Bau, den Franzl im Zuge des Baues der Ringstraße hatte errichten lassen, kannte Sissy kaum. Sie fand, es schicke sich nicht, in Trauerkleidern dorthin zu gehen.

„Die Baronin spielt die Gräfin von Feldern", erzählte Frau von Ferenczy, „in einem neuen Stück von Herrn von Bauernfeld. Sonnenthal soll ganz großartig sein. Es heißt

‚Aus der Gesellschaft' und steht schon seit Weihnachten auf dem Repertoire. Die Kritiken sind ausgezeichnet; man sollte sich's ansehen, Majestät."

„Hm", meinte Sissy.

„Und ein französisches Lustspiel wird zur Zeit geprobt", zeigte sich Ida über den Betrieb am Burgtheater auf dem laufenden. „Da hat die Schratt wieder den Herrn von Sonnenthal als Partner."

„Da muß sie ja fleißig Rollen lernen", meinte Sissy bedauernd, „und wird wenig Zeit für uns haben, fürchte ich."

Die Baronin kam dennoch zum Tee, als sie hörte, daß die Kaiserin den Wunsch geäußert habe, sie zu sehen.

„Ich habe nicht viel Zeit, Majestät", entschuldigte sie sich, „denn ich habe heute abend Vorstellung. Es ist ein schwieriges Stück, und in dem neuen Haus herrschen ganz andere Bühnenverhältnisse als im alten. Die Akustik, Majestät, macht uns Schauspielern zu schaffen."

Kathi Schratt, rundlich und gemütlich wie immer, plauderte anregend über ihre Theaterarbeit.

„Schade um den Direktor Förster", meinte sie. „Daß er so plötzlich sterben mußte. Nun haben wir einen, mit dem haben wir unsere liebe Not! Diesen Herrn Burckhard. Er will alles umkrempeln und alles neu machen. Wenn einer schon aus Versehen Theaterdirektor wird..."

„Aus Versehen?" staunte Sissy ungläubig.

„Da brauchen Majestät nur einmal ins Café Griensteidl zu gehen; dort kennt die G'schicht ein jeder. In der Theaterkanzlei darf natürlich nicht darüber geredet werden. Da wird der Herr Direktor fuchsteufelswild und schreit, daß alles nicht wahr ist!"

Auch Frau von Mikes zeigte sich im Bilde, was Sissy nicht wunderte.

50

„Das ist eine echte Wiener G'schicht", schmunzelte sie. „Der Doktor Burckhard war ja Ministerialsekretär im Unterrichtsministerium. Dort hat er sich aber unbeliebt g'macht. Und eines Tages ist es dem Minister zu viel g'worden, was der Burckhard alles hat reformiern wollen. Der muß aussi aus dem Ministerium, hat er sich g'sagt…"

Der Unterrichtsminister war für den Geschmack des Doktor Burckhard zu konservativ, was dazu führte, daß sie miteinander ins Kriegführen kamen.

„Und eines Tages hat sich der Minister mit seinem Freund, dem Beczeczny, beim Kegeln 'troffen. Der Beczeczny ist, wie Majestät wissen, unser Intendant", erklärte Kathi. „Er ist aber auch Direktor von der Creditanstalt. Leider hört er ein bisserl schwer, der Herr Intendant. Sein Freund hat ihn g'fragt, ob er nicht für den Burckhard in der Creditanstalt Verwendung hätte. Er tät ihm einen großen Gefallen damit, weil er mit dem Burckhard im Ministerium ,nur a Theater' hätt'. Der Beczeczny aber hat verstanden, daß er den Burckhard ans Burgtheater abschieben möcht'…", erzählte die Baronin.

„Stimmt", grinste Frau von Mikes. „Genau so soll's g'wesen sein."

„Und jetzt", stöhnte Kathi, „wird von dem Herrn Doktor das Burgtheater reformiert…"

„Und was sagt mein Mann dazu?" staunte Sissy.

„Der lacht bloß und sagt, der Doktor Burckhard ist ein gescheiter und modern denkender Mensch, und ein neues Theater braucht neue Stückln. Und wir müssen s' halt auswendig lernen…"

7. Der Großfürst

Frau von Ferenczy hatte mittlerweile die neuesten Pariser Modejournale kommen lassen, und nun überlegte und beriet die ganze Damengesellschaft, was bei einem besonders festlichen Anlaß, wie ihn ja wohl der Besuch des Bruders des Zaren beim Kaiser von Österreich darstellte, am kleidsamsten und elegantesten wäre, besonders dann, wenn es „in Schwarz" zu tragen war.

Mitten in das lebhafte Für und Wider hinein meldete ein Hoflakai den Besuch des Kaisers. Als er eintrat, erhoben sich die Damen, und Franzl ging von einer zur anderen und begrüßte sie gutgelaunt. Die Zusage Sissys, die Festivität mitzumachen, hatte ihn frohgestimmt.

„Wir geben nicht nur ein Festbankett zu Ehren von Großfürst Dimitri", meinte er, „sondern auch eine Festvorstellung und lassen im Redoutensaal den Meister Strauß aufspielen. Der Großfürst soll erleben, was es heißt, einen echten Wiener Walzer zu tanzen. Allerdings wissen wir noch nicht, wann der Großfürst kommt."

„Ich dachte, schon in den nächsten Tagen?" staunte Sissy aufhorchend.

„Nun, auf ein paar Wochen und Monate kommt's den Russen nicht an", bemerkte der Kaiser.

Und im übrigen, fand er, sei dieser Doktor Burckhard ein ganz famoser Herr voller guter, moderner Ideen.

„Aber die Widerstände gegen seine Schulreform-Pläne waren zu stark", bedauerte der Kaiser. „Die Klerikalen, die Nationalen, alle waren dagegen. Dabei war alles sehr vernünftig; und ich glaube, es ist nur eine Frage der Zeit, bis sich seine Ideen durchsetzen. Nun, bevor ich was unternehmen konnte, hat man den Doktor aus dem Ministerium ver-

52

setzt. Am Burgtheater schien er seinen Gegnern ungefährlich zu sein. Ich denke, daß sie sich da irren. Statt an Schulkindern betreibt er nun seine Pädagogik am erwachsenen Publikum. Die ganzen seichten Pariser Lustspiele sind schon aus dem Spielplan verschwunden."

„Aber die Leute wollen doch auch lachen, Majestät", wandte die Mikes ein.

„Unser Burgtheater hat eine kulturelle Verpflichtung", sagte der Kaiser ernst. „Und das weiß der Doktor Burckhard. Und mit der Zeit wird noch ein Direktor aus ihm, an den man sich lange erinnern wird."

„Ich denke jetzt schon fast Tag und Nacht an ihn", seufzte Kathi gottergeben. „Aber es stimmt, Majestät hat recht — der Spielplan ist recht ordentlich; und das Theater ist jeden Abend gesteckt voll. Vor allem dann, wenn sich's herumspricht, daß es hinter der Bühne wieder einmal Proteste gegeben hat."

„Die kümmern den Doktor Burckhard nicht", schmunzelte Franzl. „Den Rat habe ich ihm persönlich gegeben. Und wenn ich eine Bitte an Sie aussprechen darf, beste Freundin", wandte er sich direkt an Kathi, „dann stehen Sie ihm ein bisserl bei bei Ihren Kollegen. Denken Sie an die Vorstellung, die wir dem Großfürsten geben müssen..."

„Na, das wird ein Theater...", brummte Frau von Mikes vieldeutig.

Der Kaiser trank in dieser angenehmen Damenrunde seinen Tee und empfahl sich dann wieder zu seinen Pflichten in die Reichskanzlei. Sissy schaute noch lange zur Tür, durch die er mit festen Schritten gegangen war.

„Wir stehen an der Schwelle eines neuen Jahrhunderts", sagte sie in das Schweigen hinein, das nach dem Abgang des Kaisers entstanden war. „Eine neue Zeit erfordert andere

Ideen und moderne Menschen. Mein Mann weiß das, aber man macht es ihm schwer. Die Eingemeindung der Vororte, die Schleifung der Basteien — das allein durchzusetzen, war schon ein schweres Stück Arbeit."

„Ja, ich erinnere mich an die Proteste, als das alte Burgtheater abgerissen wurde, nur zu gut", pflichtete Kathi bei. „Und ich muß gestehen: an das neue, so schön es auch ist, hab' ich mich nur schwer gewöhnen können."

„Dann das neue Netz der Eisenbahnen — die Quellenleitungen nach Wien — das elektrische Licht, das immer mehr die Gasbeleuchtung verdrängt, während an der Peripherie sogar noch Petroleumlicht leuchtet… Die Zeit drängt voran, und man weiß gar nicht, was jeder neue Tag an Überraschungen bringt", pflichtete Sarolta von Majlrath bei. „Der Kaiser, der dies alles mit Maß und Ziel in die rechten Bahnen lenken will, ist zu bewundern."

„Ja", fand Sissy. „Wir haben im Inneren alle Hände voll zu tun und dazu auch noch die Nationalitätenprobleme. Alle wollen mehr Rechte, mehr Selbständigkeit, was durchaus zu verstehen ist. Doch das geht nicht von heute auf morgen. Das neue Jahrhundert wird es wohl bringen. Da kann man zusätzliche Schwierigkeiten aus dem Ausland wirklich nicht gebrauchen. Das wollen wir dem Großfürsten freundlich, aber mit aller Deutlichkeit zu verstehen geben!"

Kathi war längst in die Vorstellung gegangen und stand auf der Bühne. Die Schneiderinnen arbeiteten an den Entwürfen, und Sissy kniete vor dem kleinen Hausaltar in ihrem Schlafzimmer, um ihr Abendgebet zu verrichten. Nun spürte sie, daß sie doch sehr von der Reise ermüdet war. Die Neuigkeiten, mit denen sie in Wien konfrontiert wurde, kaum, daß sie die Hofburg betreten hatte, hatten sie abgelenkt. Sie beendete ihr Abendgebet und kuschelte sich ins

Bett, die Decke bis zur Nasenspitze hochziehend. In diesem Augenblick kam Franzl. Er trat auf leisen Sohlen ein und schlich sich auf Zehenspitzen zu ihr hin, beugte sich über sie und flüsterte:

„Schläfst du schon, Sissy?"

„Und wie", murmelte sie.

„Schade", schmunzelte er. „Wenn du nicht schlafen würdest, hätte ich dir eine Neuigkeit erzählt."

„Und wenn ich munter und wach wäre, würde ich sie mir auch anhören", knurrte Sissy. „Verschwinde, Löwe. Ich bin wirklich müd'. — Oder ist es etwa tatsächlich was Besonderes?"

Franzl lachte leise.

„Ich soll dir schöne Grüße vom Großfürsten bestellen", grinste er. „Er freut sich, läßt er bestellen, schon ganz mächtig auf Wien. Und — das sagte mir der Botschafter ausdrücklich — auf die schöne Kaiserin."

„Verschwinde, Löwe", gähnte Sissy absichtlich gelangweilt.

„Fällt mir nicht ein, Schützin", sagte er plötzlich ernst. „Da ist nämlich noch etwas, was ich dir nicht vorenthalten will. Die S. M. Maria Theresia ist im Hafen von Triest eingelaufen. Sie war in meinem Auftrag drei Jahre unterwegs, hat etliche Male das Kap Hoorn umrundet und alle südamerikanischen Häfen abgeklappert..."

„Du hast Nachforschungen angestellt nach Johann Orth — hast nach ihm suchen lassen?!"

Sie war plötzlich hellwach, richtete sich in den Kissen auf und schaute ihm gespannt ins Gesicht.

Er nickte, setzte sich an den Bettrand. Es war nicht sehr hell im Zimmer. Es brannte nur noch ein Nachtlicht auf dem Schränkchen neben Sissys Bett, und der Raum war noch erfüllt vom Geruch der beiden Wachskerzen, die auf dem Bord des Hausaltars gebrannt hatten.

„Dieser Kreuzer mit einer Mannschaft vorwiegend aus Dalmatinern ist nun in Triest. Ich erwarte die Protokolle über die Nachforschungen in den nächsten Tagen. Eines aber weiß ich jetzt schon: Johann Orth und Milli Stubel sind gesehen worden."

„Wo?" fragte Sissy atemlos.

„An Bord der St. Margaritha — noch vor dem Sturm, bei Kap Hoorn —"

„Aber das ist doch nichts Neues", sagte Sissy enttäuscht.

„Doch", meinte Franzl mit tief gerunzelter Stirn. „Denn Johann Orth und Milli Stubel waren — Puppen...!"

„Wie?" staunte Sissy fassungslos.

„So behaupten wenigstens portugiesische Seeleute, die eine Zeitlang Bord an Bord mit der St. Margaritha segelten. Orth und Milli Stubel standen auf der Kommandobrücke, aber völlig unbeweglich. Und als das Schiff ins Schwanken kam, kippten sie einfach um... Angeblich wurde das durch einen Feldstecher genau beobachtet."

„Das — das wäre ja ungeheuerlich —" brachte Sissy hervor.

„Das finde ich auch", gestand Franzl. „Sie haben alle Welt zum Narren gehalten, auch mich!"

„Sie leben also noch", entfuhr es Sissy erleichtert.

„Vielleicht", brummte Franzl, „vielleicht auch nicht. Es kann auch bedeuten, daß die Mannschaft die beiden liquidiert und beraubt hat. Und, um das zu vertuschen, die Puppen aufstellte..."

„Oder", meinte Sissy, „daß sie von Bord gingen und man in ihrem Auftrag eine Komödie aufgeführt hat."

„Daß man die St. Margaritha umgetakelt, anders gestrichen und mit einem anderen Namen versehen einfach als ein anderes Schiff ausgab und aus den Seelisten verschwinden ließ, indem man behauptete, sie sei gesunken, ist natürlich nicht von der Hand zu weisen", meinte Franzl. „Ich glaube fast, daß dich diese Affäre noch mehr als der Großfürst interessiert."

„Damit hast du recht, Franzl", nickte sie und sank wieder in ihre Kissen zurück. „Du bist schuld daran, wenn ich heute Nacht trotz aller Müdigkeit nicht einschlafen kann."

Er lächelte nur, nahm ihren Kopf zwischen seine Hände, küßte sie sanft auf die Stirn und entfernte sich wieder so leise, wie er gekommen war.

Er, der ‚Löwe‘, wie sie ihn manchmal zärtlich nannte, weil er im August geboren wurde und sie, die er ihrem Sternzeichen nach bei solchen Anlässen als ‚Schützin‘ titulierte, schliefen dennoch in dieser Nacht tief, fest und traumlos. Nicht einmal der Großfürst geisterte durch Sissys Schlaf.

Am nächsten Morgen erwachte sie frisch gestärkt und machte sich an ihre Frühgymnastik, noch bevor Frau Feifal kam, um sie zu bürsten und zu frisieren.

Sissy mußte zu diesem Zweck das Billardzimmer aufsuchen. Sie setzte sich an den Rand des Tisches, über welchen die Herren für gewöhnlich die Bälle rollen ließen. Er war jetzt mit weißen Laken bedeckt, über die Frau Feifal sorgfältig Sissys kostbare Haarpracht ausbreitete. Das lange Haar der Kaiserin bedeckte den ganzen Tisch. Zwei Zofen halfen beim Bürsten. Es war dies keine sehr angenehme Prozedur. Sissy hielt aber still und lernte währenddessen griechische Vokabeln.

Denn als sie fertig frisiert und angekleidet war, kam Herr Christomanos zur Unterrichtsstunde. Er war verkühlt, verdrießlich und fand, das Klima auf Korfu sei ihm zuträglicher als das naßkalte Matschwetter hier in Wien.

„Dem Großfürsten, der uns demnächst besuchen kommt und mit dem ich womöglich tanzen soll, wird es aber vermutlich recht warm und gemütlich bei uns vorkommen", meinte Sissy. „Der ist ja nicht die griechische Sonne, sondern den Petersburger Winter gewohnt."

„Wie — Majestät sollen — werden vielleicht sogar tatsächlich — mit diesem Großfürsten tanzen?" entsetzte sich der kleine Grieche.

„Er soll ein sehr interessanter und gut aussehender Mann sein", neckte ihn Sissy.

Christomanos wurde erst blaß, dann lief er rot an.

„Großfürst müßte man sein", murmelte er, „und nicht Griechischlehrer."

„Armer, kleiner Konstantin", lächelte Sissy. „Sie sollten endlich lernen, mit beiden Beinen auf dem Boden zu stehen. Kommen Sie, setzen Sie sich zu mir. Wir wollen unsere Lektion durchnehmen. Ein Glück, daß ich nicht auch noch Russisch wegen diesem Großfürsten lernen muß. Ein Dolmetsch wird wohl genügen."

„Ich fürchte, er wird sich auch ohne diesen verständlich machen, Majestät", knurrte Christomanos eifersüchtig.

Diesmal wurde es keine sehr ergiebige Griechisch-Stunde. Kopfschüttelnd entließ ihn Sissy, als die Pendeluhr mit zarten Schlägen das Ende des Unterrichts ankündigte.

„So geht es nicht", sagte sie sich bedauernd, als der kleine Grieche gegangen war. „Ich fürchte, ich werde ihn ein zweites Mal entlassen müssen. Dieser Kindskopf ist imstande und macht noch eine Dummheit wegen dem Großfürsten. — Ob der tatsächlich so gut aussieht, wie von ihm behauptet wird...?"

58

Dann dachte sie daran, daß es möglicherweise schon Näheres über das Schicksal der St. Margaritha zu erfahren gäbe, und entschloß sich, Franzl aufzusuchen.

Er hatte Audienztag. Über zweihundert Bewerber hatten sich angesagt und wollten den Kaiser persönlich sprechen. Jeder von ihnen hatte ein Anliegen, eine Beschwerde, eine Bitte vorzubringen. Jeder Bürger konnte kommen, wenn er glaubte, Grund zu einer Vorsprache zu haben. Und die Leute kamen auch, aus allen Teilen der weiten Monarchie.

Zwischen zwei solchen Audienzwerbern konnte Sissy ihren Franzl für ein paar Minuten sprechen. Er empfing sie lachend.

„Ich hoffe", lachte er, „deine Schneiderinnen sind schon eifrig an der Arbeit."

„Das hoffe ich auch", meinte Sissy. „Gibt es denn schon einen Termin für den Großfürsten?"

„Er hat sein Kommen zugesagt — für den kommenden November!"

Sissy riß die Augen auf: „Das ist ja in fast neun Monaten!" rief sie aus. „Inzwischen kann man ja ein Kind kriegen!"

„Erraten", schmunzelte Franzl. „Die Großfürstin erwartet nämlich eins; und sie will ihren Dimitri partout nicht ohne Aufsicht nach Wien lassen. Du bist ihr offenbar zu gefährlich..."

8. Auf nach Karlsbad

Sissy stieß einen leisen Wehlaut aus, dann schwanden ihr die Sinne. Das ganze Billardzimmer hatte sich sekundenlang vor ihren Augen gedreht, danach wurde alles schwarz.

„Feifal aufhören! Hören Sie auf! Majestät ist ja bewußtlos!" rief Ida Ferenczy entsetzt.

Die Friseuse hielt erschrocken inne. Sie hatte nur auf das Haar der Kaiserin geachtet und nicht einmal ihren leisen Ausruf gehört.

„Bewußtlos?" fragte sie. „Aber ich habe ihr doch gar nicht wehgetan — ich war ja ganz vorsichtig!"

Inzwischen gab Sissy schon wieder leise Laute von sich, die erkennen ließen, daß sie wieder zu Bewußtsein kam. Sie machte eine hilflose Handbewegung und versuchte, sich aufzurichten.

„Was ist mit mir?" lallte sie. „Mir ist übel — schwindlig — alles dreht sich um mich!"

„Majestät wurden ohnmächtig", antwortete die Gräfin Festetics besorgt.

„Wasser", verlangte Sissy. „Bringen Sie mir ein Glas Wasser, bitte..."

Die Worte waren an die Gräfin gerichtet, aber Frau Feifal verließ, ihr verständnisvoll zunickend, blitzartig den Raum und kehrte nach wenigen Augenblicken mit einem gefüllten Wasserglas wieder, das sie besorgt der Kaiserin reichte.

„Wie fühlen sich Majestät?" fragte sie teilnehmend. „Geht's schon wieder ein bisserl besser?"

„Man muß sofort Doktor Widerhofer verständigen", riet die Festetics. „Seine Majestät werden entsetzt sein..."

„Das braucht mein Mann doch gar nicht zu wissen. Eine kleine Schwäche, weiter nichts!"

Sie wehrte ab und riß sich zusammen.

„Doch, doch, Majestät... Ich kann es nicht verantworten", widersprach jedoch die Festitics heftig. „Man weiß nicht, was diese Ohnmacht zu bedeuten hat!"

60

„Aber ich fühle mich doch nicht krank, Festetics. Es hängt sicher mit meiner Abmagerungskur zusammen."

„Das wird's sein, Majestät!" rief die Feifal. „Majestät übertreiben halt ein bisserl. Schlank sein wollen ist ja schön, aber zu viel ist schädlich. Majestät sind ja nur mehr Haut und Knochen und wollen immer noch abnehmen."

„Eine dicke Sissy würde dem Franzl eben gar nicht gefallen, fürchte ich", gestand Sissy ein. „Und deshalb muß ich eben auf meine Figur achten."

„Und jetzt haben wir den Salat — Verzeihung, Majestät, es ist mir nur so herausgerutscht", entschuldigte sich die Feifal.

„Trotzdem — wir sollten doch den Arzt konsultieren, Majestät", beharrte die vorsichtige Gräfin Festetics.

Sissy seufzte ergeben.

„Nun ja", meinte sie, „wenn es unbedingt sein muß, dann soll er halt kommen. Er wird nichts finden, das weiß ich jetzt schon. Aber schließlich wird er ja fürs Patienten-Untersuchen bezahlt!"

So verständigte die Gräfin den Leibarzt, und der kam mit seiner Instrumententasche eiligst und dienstbeflissen nach einer knappen halben Stunde, klopfte Sissy ab, behorchte sie mit seinem Stethoskop, ließ sich die Zunge zeigen und darauf sein allseits bekanntes, brummig-besorgtes „Hmhm!" hören.

„Das klingt ja, als wären Sie mit mir gar nicht zufrieden, lieber Doktor!" fand Sissy.

„Bin ich auch nicht, Majestät, ganz und gar nicht, mit Verlaub", knurrte Dr. Widerhofer kopfschüttelnd.

„Und was fehlt mir? Wie lautet die gestrenge Diagnose?" scherzte Sissy, denn sie konnte nicht glauben, daß es etwas Ernstliches wäre.

„Es ist ein Rasseln in der Lunge, Majestät. Wenn ich mir die Bemerkung erlauben darf, auch die einseitige Ernährung, und so viel mir bekannt ist, essen Majestät seit Wochen nichts anderes als Veilcheneis und trinken dazu Orangensaft. Das kann doch auf die Dauer nicht gutgehen. Die Damen achten auf die schlanke Linie, ich weiß, aber der Mensch muß schließlich auch die Grenzen erkennen. Majestät sind, rund heraus, bedenklich angegriffen. Majestät würden eine Mastkur benötigen."

„Halten Sie mich für ein Kalb, lieber Doktor?" platzte Sissy lachend heraus.

„Keineswegs. Hm-hm! Da gibt es gar nichts zu scherzen, Majestät. Es gilt höchst dero Gesundheit, und in dem Punkt bin ich auch Seiner Majestät verantwortlich. Ich bleibe dabei: Majestät müssen essen, an die frische Luft. Viel Sauerstoff, frische Milch, wobei man immerhin auch etwas für den Stoffwechsel tun kann. Majestät sind ja leichenblaß. Majestät müssen Farbe gewinnen, aber nicht aus dem Schminktopf, wenn ich bitten darf. Sonst geht es Ihnen wie dem armen Erzherzog Franz Ferdinand. Beansprucht die Thronfolge und ist schon wieder sanatoriumsreif. Kann nicht einmal mehr seinen Militärdienst versehen."

„Franz Ferdinand?" horchte Sissy auf. „Steht es denn so schlimm?"

„Gut steht es jedenfalls nicht. Seine Lungen, eine ererbte Sache. Er müßte mindestens für ein halbes Jahr nach Ägypten. Meran im Vorjahr hat ihm gutgetan. Aber jetzt geht es ihm wieder schlecht. Und läuft sich dabei beim Tennis die Lungen aus dem Leib, die ohnehin so kaputt sind."

„Hm", machte jetzt auch Sissy, „daß er so ein begeisterter Sportler ist, habe ich eigentlich noch nicht von ihm gehört."

„Ich auch nicht", nickte Widerhofer verärgert. „Das ist

eine saudumme Neueinführung von seiner Kaiserlichen Hoheit. Verzeihen meine Worte, aber ein Arzt wie ich soll mitansehen, wie sich die jungen Leute unbedacht die eigene Gesundheit ruinieren. Und Majestät, nichts für ungut, sind auch nicht besser."

„Ja, schimpfen Sie nur mit mir, Doktor", senkte Sissy schuldbewußt den Kopf. „Eine Frau wie ich will eben möglichst lang jung und hübsch aussehen; das ist doch kein Verbrechen. Oder?"

„Verbrechen ist es keines, aber eine Dummheit, wenn man dabei so übertreibt, sich eng schnürt, daß einem die Luft wegbleibt, und nichts ißt, bis man in Ohnmacht fällt. Höchste Zeit, daß ich wieder einmal gerufen wurde. Wenn Majestät nicht vernünftig werden, muß ich es pflichtschuldigst dem Kaiser melden", drohte er mit erhobenem Zeigefinger.

Frau Feifal hatte zu Beginn der Untersuchung diskret den Raum verlassen, die Gräfin war auf Sissys Geheiß geblieben. Sie wurde nun Zeugin dessen, was der Arzt sagte, und nickte fortwährend beipflichtend, um ihm recht zu geben.

„Und die weiten Märsche, die Majestät so oft unternimmt", fügte sie sogar noch hinzu. „Stundenlang oft! Neulich, bei schlechtem Wetter, von Nußdorf bis Hütteldorf..."

„Ich weiß", brummte Doktor Widerhofer. „Einer meiner Kollegen mußte einen Confidenten verarzten; der arme Teufel hat solche Blasen auf den Füßen bekommen, daß er sechs Wochen lang nicht mehr stehen kann."

„Geschieht ihm recht", schimpfte Sissy. „Warum verfolgt er mich auch!"

„Weil es sein Dienst ist. Er ist für die Sicherheit Ihrer Majestät abkommandiert."

„Wozu das Ganze", ärgerte sich Sissy. „Wer soll mir hier in Wien schon etwas tun wollen?"

„Ich habe darüber nicht zu befinden, Majestät", brach Dr. Widerhofer das Thema ab. „Aber ich möchte Majestät dringend zu einer Kur empfehlen. Was hielten Majestät von Karlsbad?"

„Nachdem der schöne Großfürst ohnedies nicht vor November kommt — warum nicht?" meinte Sissy. „Karlsbad oder irgendein anderes — ich bin gehorsamst einverstanden!"

Sie scherzte, obwohl ihr nicht ganz danach zumute war. Irgendwie hatten ihr die Vorhaltungen des Doktors doch zu denken gegeben.

„Und warum übersiedeln Majestät aus dieser ungesunden Stadt nicht hinaus in die Hermesvilla?" schlug der Doktor weiter vor.

„Weil ich hier näher bei meinem Mann bin", erklärte Sissy.

„Nun, in diesem Punkt habe ich Majestät nichts dreinzureden, ich kann es nur empfehlen. Wir stehen am Beginn einer argen Grippewelle. Seine Majestät hätte sicher das allergrößte Verständnis, wenn Majestät der Ansteckungsgefahr ausweichen wollten. Und ist der Frühling erst einmal wieder ins Land gezogen, dann —"

„— auf nach Karlsbad!" ergänzte Sissy.

Franzl wunderte sich beim Mittagstisch, daß Sissy diesmal ordentlich aß. Doch da an dieser Tafel auch etliche andere Personen teilnahmen, äußerte er kein Wort, sondern nahm sie nur nachher beiseite.

„Der Doktor hat mir alles erzählt", äußerte er sich besorgt. „Er hat recht. Du übersiedelst natürlich hinaus in die Villa. Und Karlsbad — das bedeutet wieder Trennung für uns beide", äußerte er sich schmerzlich bewegt, „aber wenn es für deine Gesundheit notwendig ist, muß es natürlich sein."

„Ach, so schlimm steht es auch wieder nicht um mich. Doch, wie ich hörte, um den armen Franz Ferdinand!"

„Dieser eigensinnige junge Mensch! Erinnere mich besser nicht an ihn, Sissy. Er sieht aus wie ein wandelndes Skelett und ist nicht davon abzubringen, mehrmals in der Woche nach Preßburg zu fahren. Und zwar zum Tennisspielen!"

„Darüber habe ich mich schon vorhin gewundert", fand Sissy. „Nach allem, was ich von ihm weiß, ist er doch überhaupt keine sportliche Natur."

„Ist er auch nicht. Aber offenbar will er uns mit Gewalt beweisen, daß er mehr aushält, als wir glauben."

„Aber beim Tennis?" staunte Sissy. „Nein, Franzl. Ich fürchte, diesmal lassen dich deine Confidenten im Stich."

„Wie?" staunte er. „Was meinst du damit?"

„Daß eine Frau dahinterstecken könnte", meinte Sissy mit feinem Lächeln.

„Ein Frauenzimmer?" lachte Franzl ungläubig. „Der doch nicht! Der hat doch nichts anderes im Kopf als Reformpläne fürs Militär. Manchmal glaube ich fast, unseren armen Rudi aus seinem Mund reden zu hören."

„Reformpläne fürs Militär — und Tennis... Wie reimt sich das, Franzl?" fragte Sissy spitz. „Könnte es nicht sein, daß ihr ihn alle ein bisserl falsch einschätzt, den Franz Ferdinand?"

Franzl staunte: „Auf was für Ideen du kommst, Sissy!"

„Na, gar so ungewöhnlich ist die Idee ja nicht, Franzl", meinte Sissy lächelnd. „Auch wenn der Franz Ferdinand schlecht auf den Lungen beisammen ist — sonst fehlt ihm doch nichts, oder...?"

Diesmal blieb Franzl die Entgegnung schuldig. Er kratzte sich nur bedenklich an seinem Bart und trottete hinüber in die Reichskanzlei, wo er an seinem Schreibtisch eine ganze Weile brauchte, um sich in dem Papierkram zurechtzufinden.

„Ein Frauenzimmer — und Franz Ferdinand?" brummte er. „Warum eigentlich nicht. Aber warum macht der Dummkopf dann nicht seinen Mund auf! Wenn er Thronfolger sein will, muß er auch imstande sein, für Nachwuchs zu sorgen!"

Tennisspielen könnte der Erzherzog auch in Wien, wenn er unbedingt will, überlegte er weiter. Warum also nur in Preßburg...?!

Sissy hingegen bereitete ihre Übersiedlung in die Hermesvilla vor. Draußen, in der guten Luft des Lainzer Tiergartens, würde sie sich wohl bald wieder besser fühlen. Und dann ging es ja auf Doktor Widerhofers Empfehlung hin zur Kur nach Karlsbad.

Vorher aber wollte sie noch die Mikes zu sich kommen lassen.

„Liebste Mikes", bat sie, „wie ich Sie kenne, haben Sie doch sicher Bekannte in Preßburg?"

„Aber gewiß doch, Majestät. Und Verwandte in Brünn! Jeder echte Wiener hat Verwandte in Brünn."

„Brünn ist im Moment nicht gefragt. Aber in Preßburg könnten Sie für mich etwas in Erfahrung bringen."

„Und was möchten Majestät denn gern wissen aus Preßburg?" fragte die Mikes aufs äußerste gespannt.

„Mit wem der Erzherzog Franz Ferdinand in Preßburg Tennis spielt, hätt' ich gern gewußt. Wird das schwierig zu erfahren sein?"

„Das glaub' ich nicht. Wenn das die k. u. k. Geheimpoli-

66

zei nicht herauskriegt, die Mikes wird das schon schaffen. Ich hab' auch meine Spitzel."

„Da wär' ich Ihnen aber sehr dankbar!"

„Nix zu danken, Majestät", wehrte die Mikes ab. „Noch ist's ja nicht heraus, was der Erzherzog in Preßburg mit seinem Tennis treibt. Was soll denn dahinterstecken? Vielleicht gar ein geheimes G'spusi, net war?"

„Es könnte sein", lächelte Sissy. „Mein Mann glaubt zwar, daß der Franz Ferdinand nix anderes im Kopf hat als die Armeereform, aber ich bin mir da nicht so sicher. Schon der Ehrgeiz, trotz seiner Krankheit die Thronfolge antreten zu wollen, kommt mir recht merkwürdig vor. Jedoch, dieser Ehrgeiz kann viele Gründe haben. Aber das Tennisspielen, ausgerechnet in Preßburg?"

„Keine Sorg', das kriegen wir 'raus. Und wenn ich selbst hinfahren und mir einen Schläger zulegen müßt'."

Sissy mußte herzlich lachen, denn die dicke Mikes konnte sie sich wirklich nicht als Tennisspielerin vorstellen.

Immerhin hegte Frau von Mikes ähnliche Vermutungen wie die Kaiserin, und so setzte sie sich eines Morgens in die Preßburgerbahn und fuhr in das kleine Städtchen an der Donau. Sie hatte ihr Kommen bei einer Bekannten, der Baronin Frankenstein, angekündigt.

„Preßburg", hatte Sissy beim Abschied hoffnungsvoll zu ihr gesagt, „ist im Moment beinahe interessanter als Karlsbad!"

9. Die Liebe des Erzherzogs

Frau von Mikes hatte sich in Preßburg brieflich angekündigt. Als sie zu der kleinen Villa in einer stillen Seitenstraße kam, wurde sie schon erwartet.

„Tante Jovanka! Daß du wieder zu Besuch kommst, das ist aber eine Freude!"

Einer ihrer Brüder war in Preßburg verheiratet, er betrieb hier eine kleine Glaswarenfabrik, die recht gute Umsätze machte, und hatte eine Preßburgerin aus angesehener Familie zur Frau. Seine beiden Kinder, ein Sohn und eine Tochter, zehn und vierzehn Jahre alt, kamen in den Garten gelaufen und umarmten die rundliche Tante mit freudigem Willkommgeschrei.

„Kinder, laßt mich aus! Ich kriege ja kaum Luft!"

Da kam auch schon, mit einem Ausruf der Erleichterung von Frau Mikes begrüßt, ihre Schwägerin Helene zu Hilfe. Aus der geöffneten Haustüre drang würziger Kaffeegeruch.

„Du nimmst doch wohl gleich mit uns das Gabelfrühstück, Tante Mikes?" fragte Helene. „Dir zu Ehren gibt es Powidlbuchteln, wie du sie so gerne magst!"

„Das entschädigt mich für die Fahrt", erklärte Frau von Mikes hocherfreut. „Deine Powidlbuchteln sollte einmal die Kaiserin kosten! Wahrscheinlich bekämst du dann einen Orden dafür. Jetzt wollen wir aber ins Haus. Ich möchte gerne am Abend wieder daheim in Wien sein."

„Du bleibst nicht übers Wochenende?" fragte Helene enttäuscht.

„Das ist ganz ausgeschlossen. Die Kaiserin erwartet mich; sie reist demnächst nach Karlsbad und möchte vorher einiges von mir wissen, was ich hier in Preßburg zu klären hoffe — vielleicht sogar mit deiner Hilfe!"

Sie betraten das Haus. Die beiden Kinder wurden in ihre Stube geschickt, wo der Hauslehrer auf sie wartete. Tante Mikes und ihre Schwägerin aber betraten den kleinen, eleganten Salon, in welchem das Dienstmädchen bereits mit dem Auftragen des Kaffees und der berühmten Buchteln beschäftigt war, die Frau von Mikes so sehr zu schätzen wußte.

„Nun bin ich aber gespannt", begann Helene, während sie Platz nahmen und Tante Mikes aus ihrer Reisetasche einige Geschenke aus Wien auspackte, welche Helenes lebhafte Freude hervorriefen. „Hier sind noch ein Malbuch und ein kleines Öfchen für Mariechens Puppenstube. Da ist ein kleines Lämpchen drin, das rot leuchtet."

„Oh, wie süß!" rief Helene entzückt. „So was kriegt man eben nur in Wien, auf der Kärntner Straße! — Nun bin ich aber schon wirklich sehr gespannt, was ich für dich tun kann, Tante Mikes?"

Die Hofdame der Kaiserin besann sich auf ihre Aufgabe.

„Kennst du einen gewissen Václav Wondracek?" fragte sie.

„Den Geheimen?" lachte Helene. „Den kennt doch jedes Kind in der Stadt!"

„Und jeder weiß, daß er Confident in kaiserlichen Diensten ist?"

„Aber selbstverständlich, Tante. Dadurch erfährt er ja gerade jeden Tratsch. Keiner hält damit hinterm Berg, und wenn die Leut' haben wollen, daß man's in Wien erfährt, dann erzählen s' es einfach dem Wondraček. Er sitzt bloß den ganzen Tag im Café ‚Kaiser Ferdinand' und schreibt seine Berichte."

„Auch eine Methode", brummte die Mikes einigermaßen erstaunt, aber auch belustigt. „Und wie mir scheint, eine echt österreichische. Bloß daß dadurch gewisse Dinge eben nicht bis nach Wien gelangen. Denn offenbar berichtet der Herr Confident nur das, was den Leuten genehm ist, und was ihnen nicht genehm ist, berichtet er nicht."

„Nun ja, der Wondraček hat sich vor einem Jahr ein

Grundstück 'kauft, und jetzt baut er sich eine kleine Villa. Von dem Gehalt kann er sich die net leisten..., da braucht er eben so seine Nebeneinnahmen."

„Interessant...", fand Frau von Mikes gedehnt.

„Aber Tante, der Wondraček ist doch gar keine Ausnahme! Das ist doch gar nichts Besonderes, was er macht. Auf die Tour funktioniert doch eine ganze Menge. Und noch dazu ganz gemütlich."

„Na, wenn das der Kaiser wüßt', dann würd's wohl weniger gemütlich", brummte die Mikes. „Und dabei hab ich g'hört, daß der Wondraček für eine Belobigung vorg'schlagen ist..."

Sie versuchte, ihr erregtes Gemüt durch eine zweite Buchtel zu beruhigen. Ihre Schwägerin sah etwas ratlos drein, denn sie wußte noch immer nicht, worauf Tante Mikes hinauswollte.

„Was ist denn los mit dem Wondraček?" fragte sie. „Hat er womöglich was ausgefressen!"

„Mit dem Wondraček ist gar nix los, außer, daß man in Wien bis heut' noch nicht weiß, mit wem der Franz Ferdinand hier in Preßburg Tennis spielt. Das möcht' nämlich die Kaiserin gar zu gern wissen."

„Und deswegen mußtest du eigens nach Preßburg?" staunte Helene. „Weil man erfahren möcht', mit wem der Erzherzog seine Matches austrägt?"

„Der Wondraček hat's ja bis jetzt nicht verraten!"

„Natürlich nicht", lachte Helene belustigt. „Weil sich nämlich der Erzherzog noch nicht erklärt hat und sich die Isabella nicht blamieren will."

„Isabella?" Frau von Mikes zog gespannt die Brauen hoch. „Die Prinzessin von Croy, die mit dem Cousin von Franz Ferdinand verheiratet ist?"

70

„Genau die meine ich. Sie und Erzherzog Friedrich, der hier in Preßburg stationiert ist, haben acht Töchter..."

„Nein, so was!" rief Frau von Mikes. „Daß da auch niemand darauf kam! Eine von diesen Töchtern muß es sein."

„Ja, aber welche? Ich bin sicher, das weiß der Wondraček nicht, das weiß nicht einmal die Isabella, die sich natürlich Hoffnungen macht, einmal Mutter der künftigen Kaiserin zu sein."

„Na, das ist ja ein starkes Stück", entfuhr es Frau von Mikes. „Da wird die Kaiserin aber Augen machen!"

„Na, offiziell besucht der Erzherzog ja wohl nur seinen Cousin. Aber mit den Töchtern spielt er eben Tennis — im Park der erzherzoglichen Villa, der von einer hohen Hecke umgeben ist, durch die man nichts sehen kann."

„Und diese Hecke ist dem Wondraček seine Ausred'", konstatierte die Mikes empört.

„Was soll er machen? Die Isabella ist dahinter, daß vorerst in Wien keiner was erfährt, bevor es nicht offiziell ist. Bis jetzt hat halt der Franz Ferdinand seinen Mund noch nicht aufg'macht. Und da er noch dazu oft für längere Zeit nicht nach Preßburg kann, weil er in Behandlung ist, zieht sich die G'schicht eben hin!"

Frau von Mikes trank den letzten Schluck Kaffee und sagte erleichtert: „Was für ein Glück, daß dieses Preßburg ein Nest ist, in dem jeder alles weiß... Die Sach' ist viel leichter erledigt worden, als ich 'glaubt hab', dank deiner, liebe Helen."

„Aber ich will nix g'sagt haben, Tante!" hob ihre Schwägerin beteuernd die Hände. „Sonst krieg' ich's womöglich mit der Erzherzogin zu tun. Da hätt' mein Mann sicher was dagegen, das können wir uns nicht leisten!"

„Nein, nein, sei versichert, du kannst ganz beruhigt sein.

Ihr werdet von mir gar nicht erwähnt. Bloß der Wondra-ček, der kann sich vielleicht auf was g'faßt machen. Ich kenn' ihn übrigens gar net, weiß nur aus dem Confidenten-büro, daß er existiert. Die haben dort g'meint, ich sollt' mich bloß an ihn wenden. Das ist ja jetzt nimmer notwen-dig, Helen."

Tante Mikes fuhr noch in einem Fiaker an der Villa des Erzherzogs vorbei. Aber sie verzichtete darauf, die Be-kanntschaft der Erzherzogin Isabella und ihrer acht Töchter zu machen, bei denen der künftige Thronfolger anschei-nend der Hahn im Korb war. Die Kaiserin kannte ja die Erzherzogin und deren Töchter ohnedies.

Die Hecke rund um den Park war tatsächlich so dicht, daß der Park selbst und die Umgebung der stattlichen Villa uneinsehbar waren. Wondračeks Ahnungslosigkeit war also entschuldbar, zumal dem Confidenten ja das Betreten von privaten Liegenschaften eines Mitglieds des Kaiserhau-ses ohne ausdrücklichen kaiserlichen Befehl nicht gestattet war.

So zweifelte Frau von Mikes nicht im geringsten, daß sie mit ihrer Spürnase auf der richtigen Fährte war und die Ver-mutungen der Kaiserin begründet waren. Der junge Erzher-zog und künftige Thronfolger war verliebt. Und einer Hei-rat mit einer der Töchter des Erzherzogs Friedrich stand si-cherlich nichts im Wege, außer einer päpstlichen Dispens, die in solchen Fällen noch nie verweigert worden war — Ehen innerhalb der Verwandtschaft bedurften einer sol-cher. Sie waren aber in den regierenden Familien üblich.

Auf ihrer Rückfahrt nach Wien, während der Zug am Donauufer entlangrollte, dachte sich die Mikes, daß Franz Ferdinand offenbar sehr klug handelte. Eine der Töchter des Erzherzogs war dem Kaiser sicherlich als künftige Gattin des Thronfolgers willkommen. Diese Heirat mußte die Position Franz Ferdinands innerhalb des Erzhauses unbedingt festigen, und das war sicherlich nötig. Denn diese war nicht unangefochten, ganz im Gegenteil, sein Bruder Otto genoß die größeren Sympathien.

„Respekt, Respekt", murmelte sie zu sich selbst, „der Bursche ist nicht auf den Kopf gefallen!"

Am folgenden Vormittag meldete sie sich bei Sissy in der Hermesvilla. Sie wurde sofort zur Kaiserin vorgelassen.

„Nun, Mikes?" fragte sie Sissy gespannt. „Haben Sie etwas in Erfahrung gebracht?"

„Das kann man wohl sagen", schmunzelte Jovanka selbstzufrieden. „Ich weiß so ziemlich alles, Majestät — bis auf eine Kleinigkeit."

„Sie spannen mich auf die Folter!"

„Zunächst: Majestät hatten vollständig recht mit der Vermutung, es könne sich um eine Herzensangelegenheit handeln."

„Also doch... Und wer ist es, Mikes? Reden Sie schon. Franzl kommt heute zu Mittag, ich will es ihm sagen."

„Ich muß leider bedauern, Majestät. Dieser Punkt ist nämlich die ‚Kleinigkeit'. Ich konnte nicht in Erfahrung bringen, wer es ist."

„Das müssen Sie mir näher erklären", meinte Sissy verwundert und stirnrunzelnd. „Die Sache scheint mir mysteriös."

„Sie ist gar nicht so mysteriös, wenn wir bedenken, daß Erzherzog Friedrich, der Cousin von Franz Ferdinand, mit acht Töchtern gesegnet ist."

Sissy riß die Augen auf.

„Wie?" staunte sie. „Wollen Sie damit sagen, Mikes, daß —"

„Jawohl, Majestät. Seine Kaiserliche Hoheit belieben offenbar eine dieser Damen mit seiner Gunst zu beehren. Doch welche es ist, scheint leider noch nicht einmal Erzherzogin Isabella zu wissen. Daher diese ganze Geheimniskrämerei."

Sissy überlegte und ging in ihrem Arbeitszimmer auf und ab. Schließlich lehnte sie sich an den Kamin, in dem ein wärmendes Feuer brannte.

„Dem Alter nach kommen ja gar nicht alle acht Töchter in Betracht", stellte sie fest. „Es können nur zwei oder drei von den Mädchen sein, die für Franz Ferdinand interessant sind."

„Aber dennoch, selbst wenn der Kreis einzuschränken ist, weiß man nichts Bestimmtes, Majestät."

„Sieh einer an, unser Franz Ferdinand!" lächelte Elisabeth. „Geht in Preßburg auf Brautschau und sagt keiner Menschenseele etwas davon. Der hat's, scheint mir, ziemlich dick hinter seinen Ohren!"

„Ich habe da auch noch überlegt, Majestät, daß so eine Heirat ein sehr geschickter Schachzug von ihm wäre."

Ein Schatten fiel über Sissys Gesicht.

„Sie denken, da wäre gar keine Liebe mit im Spiel?" fragte sie. „Nur eine Vernunftehe habe er geplant?"

Die Mikes hob die Schultern: „Ich halte es zumindest im Bereich des Möglichen, Majestät. Der Erzherzog könnte sich gar nicht klüger entscheiden..."

„Ein Schachzug also", meinte Sissy betreten, „ein geplanter Schachzug, um seine Position zu festigen. Ja, das ist möglich. Ehrgeizig ist er genug zu so einem Schritt. Vielleicht bedenkt er gar nicht, daß er damit privat sein Glück aufs Spiel setzt. Ich habe etwas gegen solche Vernunftehen, wie sie in unseren Kreisen üblich sind. Ich sehe es viel lieber,

74

wenn das Herz zu seinem Recht kommt. Das ist doch möglich! Franzl und ich haben schließlich auch aus Liebe geheiratet..."

10. Heiratssachen

Franz Joseph kam in die Hermesvilla, kurz nachdem die Mikes mit einigen Aufträgen Sissys in die Hofburg gefahren war. Die beiden Wagen begegneten einander. Der Kaiser sah die rundliche Hofdame, die, in ihre Wagenpolster gelehnt, eine respektvolle Verbeugung andeutete, an sich vorüberrollen.

Nanu, dachte er, sie ist schon aus Preßburg zurück? Da bin ich aber gespannt, was sie in Erfahrung gebracht hat! — Denn Sissy hatte ihm natürlich erzählt, welche Vermutungen sie und die Hofdame in bezug auf den Neffen hegten.

Die Kutsche des Kaisers fuhr durch den Lainzer Tierpark, in dem schon die Veilchen sprossen und auf dessen vom zergangenen Schnee nassen Wiesen die Schneeglöckchen in der Frühlingssonne standen.

Sissy sah den Wagen vom Fenster aus kommen. Sie lief die Treppe hinab, ihrem Franzl bis in die Vorhalle entgegen.

„Schön, dich wieder in den Armen zu halten, mein Engel", begrüßte sie der Kaiser und zog sie herzlich an sich. „Ich habe eben die Mikes stadtwärts fahren sehen. Was für Neuigkeiten bringt sie uns aus Preßburg?"

„Zunächst einmal: ich habe recht! Franz Ferdinand geht in Preßburg auf Brautschau."

Franzl runzelte die Stirn: „Das ist aber reichlich unüberlegt von ihm. Für ihn ist die Tochter des Prinzen von Wales im Gespräch — wir suchen eine Bindung mit England. Das könnte unsere Position gegen Preußen festigen."

„Seine eigene Wahl ist aber offenbar auch höchst diplomatisch", meinte Sissy.

„So — und was ist seine ‚eigene Wahl'?"

„Eine der Töchter von Isabella und Friedrich!"

Der Kaiser stutzte. Dann machte er eine ärgerliche Handbewegung und schüttelte den Kopf.

„Was hast du?" fragte Sissy erstaunt. „Ich finde das gar nicht schlecht!"

„Unsinn", meinte jedoch der Kaiser. „Alles Unsinn. Franz Ferdinand ist wirklich ein Wirrkopf."

„Weil er seine eigenen Vorstellungen und Pläne hat, meinst du? Das ist doch sein gutes Recht, finde ich", entgegnete Sissy.

„Ja, der Plan wäre nicht schlecht, wenn wir nicht eine viel bessere Wahl für ihn getroffen hätten. Die englische Prinzessin, meine ich. Habsburg und Windsor!"

„Habsburg und Windsor. Weiß er denn überhaupt davon?"

„Aber ja, doch. Er weiß es. Allerdings — er hatte noch keine Gelegenheit, die Prinzessin kennenzulernen."

„Dafür aber kennt er die Töchter von Isabella und Friedrich", versetzte Sissy spitz.

Franzl knöpfte den Kragen seiner Uniform auf. Es war ihm danach zumute, tief Atem zu holen.

„Dieser junge Mensch", ärgerte er sich, „bringt mich noch zur Verzweiflung. Nun machen sich wohl Friedrich und Isabella bereits die schönsten Hoffnungen!"

„Was denn sonst?" meinte Sissy jetzt ebenfalls verärgert, weil sie nicht hatte ahnen können, daß dieses Gespräch einen solchen Verlauf nehmen würde.

76

„Wie soll ich ihnen bloß beibringen, daß aus dieser Heirat nichts wird!" stöhnte Franzl und ließ sich auf einen Stuhl fallen. „Zu all dem Kram hat man immer auch noch solche Familienprobleme!"

Sissy setzte sich ihm gegenüber ans hohe Fenster. Draußen gab es heute den herrlichsten Frühlingssonnenschein, hier aber ging vom Kaiser eine gespannte Gewitterstimmung aus.

„Franzl", meinte Sissy begütigend, „willst du nicht einmal die Vorsehung handeln lassen?"

„Vorsehung? Die ist etwas für die kleinen Leute, Sissy. Im Falle einer Thronfolger-Heirat müssen wir selbst Vorsehung spielen. Das ist eine Angelegenheit von höchster politischer Bedeutung. Sie kann einmal über Krieg und Frieden entscheiden. Da kann man doch nichts dem Zufall überlassen!"

„Aber du kennst doch den Dickschädel von Franz Ferdinand. Wenn der sich einmal etwas in den Kopf gesetzt hat —"

„Ja, das kommt eben auch noch dazu. Ich sagte ja schon vorhin, daß man mit ihm unausgesetzt Scherereien hat. Das wird wieder ein hartes Stück Arbeit, Sissy! Am liebsten führe ich auf und davon, so wie du's machst."

„Ja, ich gehe nun bald zur Kur nach Karlsbad", erinnerte sie ihn.

„Ich wollte, ich könnte mit dir tauschen", seufzte er.

Ein Diener meldete, daß das Essen aufgetragen sei.

„Mir ist fast der Appetit vergangen", klagte der Kaiser reichlich verärgert.

„Nun, nun", sagte Sissy begütigend. „Vergiß es wenigstens für diese halbe Stunde. Im übrigen sehe ich schon, diese Geschichte fällt ein wenig in meine Kompetenz."

„Wie meinst du das?" fragte er aufhorchend.

„Nun, ich habe ja schon damit begonnen, den Fall in die Hand zu nehmen, indem ich Frau von Mikes nach Preßburg schickte."

„Was willst du damit sagen, Sissy?"

„Daß ich bei nächster Gelegenheit mit Franz Ferdinand reden werde, Franzl. Ich glaube, daß das wohl in diesem Falle das Gescheiteste ist. Es ist seltsam, ihr alle findet ihn schwierig. Ich tue das nicht, ich komme gut mit ihm aus."

„Ja, merkwürdigerweise!"

„Das ist gar nicht merkwürdig. Ihr wißt ihn eben nicht richtig zu nehmen. Du mußt ihn zu verstehen suchen — er liebte seine Mutter über alles und verlor sie früh durch diese schreckliche Krankheit, gegen die er nun selbst ankämpft. Er tut es sehr tapfer, muß ich sagen."

„Ich an seiner Stelle würde auf den Thron verzichten."

„Er war Rudis Freund und ist es wohl noch immer, über Rudis Tod hinaus. Ich glaube mich nicht zu täuschen, daß er zumindest einige von Rudis Plänen verwirklichen will."

„Das ist ein sehr gefährliches politisches Erbe, Sissy!"

„Aber er ist von der Richtigkeit der Pläne überzeugt, sonst würde er doch nicht dies alles auf sich nehmen. Er kämpft, Franzl — ja, Franz Ferdinand kämpft. Er kämpft gegen seine Krankheit und gegen konservativen Unverstand. Er tritt ein für eine Zukunft, die ihm das Schicksal selbst vielleicht gar nicht gönnt — wenn nämlich seine Krankheit über den Körper siegen sollte. Er ist ein Idealist, wie Rudi einer war!"

„Und du weißt, wie Rudi geendet hat", versetzte Franzl bekümmert.

„Ja, ich weiß... oder zumindest, ich glaube, es zu wissen", sagte Sissy bedrückt.

„Ein toter Thronfolger ist genug", knurrte der Kaiser und stützte den Kopf in seine Hände. „Wir haben gefährliche Mächte gegen uns. Mächte, die auf unseren Sturz und die Vernichtung unseres Reiches hinarbeiten."

„Franz Ferdinand ist ein Mann, der diesen Feinden die Stirn bieten will. Er denkt sicher nicht daran, stillzuhalten und die Dinge laufen zu lassen."

„Soll das etwa ein Vorwurf sein, Sissy? Ich lasse die Dinge nicht laufen, wenn du das vielleicht meinst. Ich betreibe nur eine vorsichtigere Politik. Ich möchte den Frieden erhalten und das Reich retten. Ein Krieg wäre unser aller Untergang."

„Ich bin sicher, daß auch Franz Ferdinand keinen Krieg will. Aber wahrscheinlich auch keinen Frieden um jeden Preis."

„Das allein ist schon gefährlich genug. Im übrigen geht schon aus seinen Reformplänen für das Heer hervor, daß er sich über den Zustand unserer Armee keine Illusionen macht. Was haben wir schon? Schöne Uniformen und gute Militärkapellen, die schneidige Märsche spielen. Und kein Geld, um vernünftig aufzurüsten."

Wieder seufzte er, erhob sich mit einem Ruck, und beide machten sich auf den Weg ins Eßzimmer. Der Kaiser setzte sich lustlos an die Tafel und begann mit gewohnter Eile zu essen. Zwischendurch schaute er auf die Uhr, um sich nur ja nicht in der Reichskanzlei zu verspäten.

„Iß doch mit Ruhe, Franzl", bat ihn Sissy.

„Wie soll man das, wenn man solche Sachen zu hören bekommt", knurrte er und schob seinen Teller endgültig beiseite, auf die Nachspeise verzichtend.

„Und du glaubst, daß Franz Ferdinands Eheschließung mit dieser englischen Prinzessin die Situation verbessern könnte?" fragte Sissy, sich wie er von der Tafel erhebend.

„Sie könnte die Lage zumindest teilweise entschärfen", war seine Antwort.

„Ja, sind wir denn mit England verfeindet?"

„Wir sind mit allen verfeindet, mit allen ringsum, die fürchten müssen, daß Österreich-Ungarn zu einer Art Vereintem Europa wird, dessen Kernstück es ja heute schon ist. Zu einem europäischen Gegenstück der Vereinigten Staaten. Das war es doch wohl, wonach unserem Rudi der Sinn stand, oder...?"

Er redete nicht weiter, sondern verließ hastig den Raum. Sissy folgte ihm bis in die Vorhalle, wo er sich rasch von einem Diener den Mantel überwerfen ließ.

Sissy erhielt noch einen flüchtigen Kuß, dann verließ er die Villa. Sein Wagen wartete schon auf ihn. Der Kutscher feuerte die Pferde durch einen scharfen Zuruf an, und dann rollte das Gefährt stadtwärts.

Sissy standen die Tränen in den Augen. Wie soll ich das alles Franz Ferdinand bloß beibringen, dachte sie. Da waren zwei Männer von ganz verschiedener Art, der eine noch jung und voller Ideale, der andere gereift und erfahren, aber nicht minder im Herzen jung. Bloß, daß er vorsichtig geworden war und nichts von dem, was er sorgsam zu verwalten und für die Zukunft zu erhalten gedachte, riskieren wollte.

Sie achtete beide und verstand sie. Und dennoch — wo war hier der richtige Weg?!

Sie erinnerte sich an den alten Habsburger-Wahlspruch:

„Andere Völker mögen Kriege führen, du, glückliches Österreich, — heirate!" Dem englischen Heiratsplan schien dieser Wahlspruch zugrunde zu liegen. Stammte er von Taaffe? Wer hatte ihn ausgeheckt?

Sissy war so sicher gewesen, daß eine Heirat des künftigen Thronfolgers mit einem der Preßburger Mädchen Franzls Beifall finden würde, daß sie ihm ganz ohne Rückhalt enthüllt hatte, was sie durch Frau von Mikes wußte. Sie hätte es nicht getan, hätte sie gewußt, daß längst andere Pläne bestanden.

Sozusagen offizielle Pläne... Pläne, die dem jungen Erzherzog bekannt waren! — Nachdenklich kehrte sie in ihr Arbeitszimmer zurück.

Wenn der junge Mann von diesem englischen Heiratsplan, der offenbar seinen Ursprung in den Amtsräumen am Ballhausplatz hat, weiß, und es dennoch vorzieht, den Töchtern seines Cousins die Cour zu machen, was hat dies dann zu bedeuten...?

Nun, vielleicht mißt er den Vorteilen der ,englischen Heirat' weit weniger Bedeutung bei als etwa Franzl und Taaffe. Oder er hat in Preßburg tatsächlich sein Herz verloren...

Isabella muß wundervolle Töchter haben, sagte sich Sissy. Kenne ich sie eigentlich alle? — Nein, ich kenne sie nicht, das kommt davon, wenn man den Hofbällen fernbleibt. Sissy wäre am liebsten gleich nach Preßburg gefahren, um sie näher kennenzulernen. Doch das ging natürlich nicht. Es hätte Aufsehen erregt, und das wäre weder für den Kaiser noch für den Neffen günstig gewesen. Blieb also nur, um sich Klarheit zu verschaffen und nötigenfalls ein wenig Schicksal zu spielen, der Weg des direkten Gesprächs mit Franz Ferdinand...

Es war ein heller, freundlicher Nachmittag, als sie sich in Begleitung von Ida und Marie auf den Weg machte. Beim Spazierengehen habe ich immer die besten Einfälle, sagte sich Sissy. Und es sollte ein ausgedehnter Spaziergang durch den Tierpark werden.

An einer Futterkiste blieben sie stehen und beobachteten

die Rehe und jungen Hirsche. Es war ein Bild, das Sissy immer wieder entzückte. Hier war Stille und Frieden. Und allmählich kehrte er auch wieder in ihr Herz ein.

Nein, sie liebte es nicht, dieses Leben bei Hof mit all seinen Spannungen, Zwängen, Machtkämpfen und Intrigen. Es war aufreibend und voll falschem Glanz. Ein unausgesetzter Kampf, der Franzl — heute hatte sie es seinem Gesicht angesehen — allmählich zu zermürben drohte.

Und diesen Kampf wollte Franz Ferdinand bewußt auf sich nehmen... Konnte in diesem Spiel eine Frau überhaupt Bedeutung haben? Mehr sein als eine Figur auf einem Schachbrett der Weltpolitik?

Sie hoffte, auf diese Frage eine Antwort aus dem Munde des künftigen Thronfolgers direkt zu bekommen. Eine Antwort, die Klarheit schaffen konnte über die Gründe dieser Wahl und die Frau seines Herzens — falls es überhaupt sein Herz war, das bei dieser in Aussicht stehenden Heirat eine Rolle spielte.

„Ich fürchte, ich werde meine Karlsbader Kur noch ein bißchen verschieben müssen", sagte sie zur Festetics.

Diese war ausnahmsweise nicht im Bilde.

„Wie Majestät meinen", sagte sie arglos. „Ein bißchen später im Jahr ist es auch ganz gewiß viel schöner in Karlsbad, und es ist dort auch sicherlich viel mehr los als jetzt, in der Vorsaison."

„Ja, so wird es wohl sein", meinte Sissy.

Und sie durchstreiften weiter den Park und kehrten erst gegen Abend zur Villa zurück. Die Damen waren einigermaßen erschöpft, Sissy aber hatte rote Wangen.

11. Zwischen Karlsbad und Konopischt

Doktor Widerhofer konnte mit seiner Patientin zufrieden sein. Sie machte brav ihre Kur in Karlsbad und wanderte fleißig mit ihren Damen durch Hügel, Wälder und Felder in der Umgebung des schönen böhmischen Kurortes.

Sie wirkte, ohne es zu wollen, als Fremdenverkehrsmagnet. Wer konnte, fuhr nach Karlsbad, um die Kaiserin zu sehen, wie sie mit aufgespanntem Sonnenschirm über die Kurpromenade trippelte, gefolgt von einem kleinen Schwarm von Hofdamen und Bewunderern, oder wie sie nachmittags beim Promenadenkonzert saß und den Klängen der Militärkapelle lauschte, die ein gewisser Lehár dirigierte, dessen Vater gleichfalls Militärkapellmeister war und, wie Sissy erfuhr, demnächst in Pension gehen sollte.

An dem kleinen Stadttheater in Karlsbad spielten in diesem Mai und Juni auch viele Prominente aus Wien, da in Wien schon manche Bühnen in die Ferien gegangen waren. Es war hier mehr los, als Sissy eigentlich lieb war; denn sie haßte nichts mehr, als von einer schaulustigen Menge angegafft zu werden.

Vor ihrer Abreise aus Wien hatte sie noch einige interessante Details über den auf so seltsame Weise verschwundenen Erzherzog Johann Salvator und seine aus dem Ballett der Hofoper stammende Gattin Milli Stubel aus Triest erfahren. Der nunmehrige Johann Orth war nach zahlreichen Meldungen an den Küsten Südamerikas. Der Konsul in La Plata war einem Gerücht nachgegangen, demzufolge Johann Salvator im Landesinneren, an der Grenze der von den Indios bewohnten großen Dschungelgebiete, Land gekauft hätte, um dort eine Farm zu errichten. Doch dieses Gerücht erwies sich als haltlos. Auch die Geschichte mit den

Puppen auf einer Kommandobrücke schien eher der überhitzten Phantasie eines geltungs- und belohnungssüchtigen Menschen entsprungen zu sein. Der österreichische Kreuzer war lange unterwegs gewesen und hatte zahlreiche Häfen abgeklappert. Eine Menge Leute waren vernommen worden. Die widersprüchlichsten Vermutungen waren zu Papier gebracht worden und bildeten schließlich einen umfangreichen Akt, dessen letztliche Kernaussage den verschwundenen Erzherzog als eine Art Phantom darstellte, das ungreifbar geworden war.

Die Annahme, daß die St. Margaritha mit Mann und Maus vor Kap Hoorn gesunken sei, schien bei all dem noch die wahrscheinlichste, wenngleich auch sie recht merkwürdig war. Alles, was man bisher über die Affäre wußte, reichte zu einer amtlichen Todeserklärung nicht aus; irgendwelche Erbansprüche konnten infolgedessen nicht erhoben werden. Amtlich galt Johann Salvator ebensowenig als tot wie seine Frau Milli Stubel. Die Möglichkeit, daß sie irgendwo auftauchten, gefunden wurden, sich wieder meldeten, bestand also weiterhin.

Auch in Karlsbad redete man darüber. Manche Kurgäste witzelten, daß im kommenden Sommer die Journalisten sicher wieder mit einer sensationellen Enthüllung aufwarten würden. Das Geheimnis um das verschwundene Ehepaar sei ja für die Presse genauso ein gefundenes Fressen wie das Rätsel von Mayerling.

Außer von Erzherzog Johann von Toskana war aber auch noch von einem anderen Erzherzog die Rede in Karlsbad: von Franz Ferdinand nämlich, dem jungen Thronfolger. Ja, es war tatsächlich so, daß er in Böhmen von sich reden machte.

Sissy hatte ihn noch vor ihrer Abreise in Wien vergeblich

zu sprechen versucht. Er sei in seiner Ödenburger Garnison, hieß es, und mache dort wieder Dienst, nachdem es ihm nun gesundheitlich wieder besser ginge. Sissy mußte deshalb ihren Plan aufgeben, seine Absichten zu erforschen und ihm, wenn nötig, zu helfen.

Doch hier in Preßburg wurde sie durch einige Notizen in Lokalblättern, aber auch durch den Tratsch gelangweilter Kurgäste recht nachhaltig an ihn erinnert. Der junge, ehrgeizige Erzherzog war nämlich drauf und dran, ein wunderschönes, altes Schloß in Böhmen zu erwerben, dessen trauriger Zustand freilich nach einer Renovierung schrie, die jedoch Unsummen kosten mußte.

Es handelte sich um das Schloß Konopischt auf dem Plateau des Berges Tabor; es war so heruntergekommen, daß behauptet wurde, es hätten sich sogar in dem ausgetrockneten, verwilderten Wassergraben rund um das Bauwerk wilde Bären niedergelassen. Um das alte, wie verwunschen aussehende Schloß sei es schade; doch keiner wollte es haben, weil eine Renovierung zu teuer käme. Nun aber sei ganz unvermuteterweise der junge Erzherzog Franz Ferdinand als Interessent aufgetreten...

Dieses Konopischt muß ich mir ansehen, entschloß sich Sissy sofort, diese kleine Reise durch Böhmen gönne ich mir. Und wenn es sich fügen sollte, kann ich bei dieser Gelegenheit vielleicht sogar dem künftigen Schloßherrn ein wenig auf den Zahn fühlen...

So ganz wollte sie dies aber doch nicht dem Zufall überlassen; und deshalb wurde Baron Nopsca beauftragt, sich zu erkundigen, ob der Erzherzog nicht vielleicht in der nächsten Zeit in Konopischt anzutreffen wäre.

Anfang Juni wäre er dort, bekam sie zu hören. Und er freue sich, Tante Sissy zu begegnen. — Nun, Tante Sissy freute sich gleichfalls und war schon sehr gespannt auf das Ergebnis dieser Zusammenkunft.

Noch eine ganze Woche lang konnten die Karlsbader Kurgäste den weißen Sonnenschirm der Kaiserin da und dort in den Parkanlagen und zwischen den Büschen auf den Waldpfaden der Umgebung auftauchen sehen; dann war er plötzlich verschwunden. „Tante Sissy" war auf dem Weg nach Konopischt.

Das Schloß war sehr groß und in seinem verwahrlosten Zustand richtig unheimlich. Auf den ersten Blick konnte Sissy, als sie vor dem verwitterten Gemäuer stand, gar nicht recht begreifen, was der Neffe daran fand. Wie allen anderen war auch ihr klar, daß eine Renovierung des Gebäudes Unsummen verschlingen würde.

Die kleine Reisegesellschaft stand betroffen am Rande des breiten, wild verwachsenen ehemaligen Wassergrabens, der einst das Haus und seine Bewohner vor Angriffen schützen sollte, und in dem jetzt angeblich Bären und Schlangen hausten.

„Also hier möchte ich nicht wohnen", bemerkte Ida. „Mich brächten keine zehn Pferde hierher."

„Bei Nacht könnte ich kein Auge zutun", rief Marie. „Höchstwahrscheinlich spukt es hier sogar!"

„Auch wenn es nicht spuken sollte, ist es hier unheimlich genug", fand die Mikes. „Aber die Umgebung, die ist freilich wunderschön!"

„Wenn ich mir eine Bemerkung erlauben darf — aus der Liegenschaft läßt sich etwas machen", erklärte Baron Nopsca. „Es ist ja nicht bloß das Schloß allein; dazu gibt es ja auch noch viel Land. Das ganze Gebiet hier ringsum gehört dem Prinzen Lobkowitz, aber er kümmert sich nicht darum. Zusammen mit der angrenzenden Herrschaft Chlumetz ist es vierzehntausend Hektar groß. Da sind Wälder mit Jagd- und Forstwirtschaft dabei, und auch noch die Zuckerfabrik in Beneschau. Und bedenken Majestät: der historische Wert von Schloß Konopischt! Hier hat einst der Feldherr Wallenstein gelebt. Also, wenn Sie mich fragen, die zwölf Millionen, die Franz Ferdinand jetzt dem Prinzen Lobkowitz bezahlen muß, sind gut angelegt. Er wird sicher von den Banken den nötigen Kredit bekommen."

„Ja", sagte die praktisch denkende Mikes, „aber mit dem Kaufpreis allein ist es ja nicht getan. Dann fängt ja erst alles an, und es wird Jahre dauern, bis man aus dem alten Kasten Wallensteins wieder ein bewohnbares Haus gemacht hat."

„Wie ist denn Prinz Lobkowitz überhaupt zu diesem Anwesen gekommen?" interessierte sich die Festetics.

„Durch Erbschaft nach dem Prinzen Modena", antwortete der gut informierte Baron. „Aber er wollte nichts investieren, und infolgedessen verwahrloste hier alles."

„Und Franz Ferdinand will alles herrichten lassen?" fragte Sissy.

„Es hat den Anschein, Majestät", meinte Nopsca. „Er wird viel Geld brauchen, gewiß; aber es kann sich lohnen, und nach allem, was man über den Erzherzog weiß, ist er sehr unternehmungslustig."

„Das wird stimmen", fand Sissy. „Und seine Unternehmungslust dürfte auch einen besonderen Grund haben. Na, wir werden ihn schon herausfinden. Eigentlich müßte Franz Ferdinand ja heute zu Hause sein."

Darauf deutete freilich nichts hin. Das alte Wallenstein-Schloß lag wie ausgestorben im Licht der Vormittagssonne.

„Versuchen wir hineinzukommen", schlug die Mikes energisch vor. „Das alte Tor hängt ohnedies schief in den Angeln. Da wird es sich doch wohl ohne Schwierigkeiten öffnen lassen. Nur Mut, meine Damen; es ist heller Tag! Falls Wallenstein hier etwa umgehen sollte — um diese Zeit tut er das ganz bestimmt nicht! Kommen Sie, Majestät, wir wollen den Anfang machen."

Energisch schritt sie voran und ging auf die morsche, herabgelassene Zugbrücke zu.

Baron Nopsca sah das und wollte sie zurückhalten. Er fürchtete, die morschen Balken könnten brechen, und sah Frau von Mikes bereits unten im Graben bei den wilden Bären landen.

„Vorsicht, Vorsicht!" rief er entsetzt. „Madame, halten Sie sich in der Mitte!"

Die Mikes drehte sich nach ihm um und lachte.

„Passen Sie doch lieber selbst auf, bester Baron", versetzte sie. „Um ein Haar wären Sie jetzt in ein Loch getreten!"

Der Baron machte einen erschrockenen Satz zur Seite: „Hilf, Himmel, Sie haben recht, Gnädigste — nein, ich habe wirklich keine Lust, mich von einer Bärin umarmen zu lassen — dann schon lieber von Ihnen!"

„Dann kommen Sie her, Baron", sagte die Mikes, hing sich bei ihm ein und zog den Furchtsamen mit.

Von den Bären war weit und breit keiner zu sehen. Sissy hielt es überhaupt für fraglich, ob es tatsächlich welche in dem Graben gab. Vielleicht war das ganze bloß ein übertriebenes Gerücht der Einheimischen.

Die eine Hälfte der Zugbrücke war bereits überquert, als oben ein uraltes Fenster klirrend aufgerissen wurde und einige Bruchstücke von Ziegelsteinen auf die Brücke herabprasselten.

Entsetzt sprang Nopsca neuerlich zur Seite.

„Was ist denn das?" rief er. „Hier wird man ja bombardiert!"

Doch von oben rief eine kräftige Männerstimme erfreut herunter: „Tante Sissy, bist du das?"

„Nein", schrie der Baron wütend. „Ich bin nicht die Tante Sissy. Sehe ich etwa so aus?"

„Aber ich bin es", lachte die Kaiserin. „Beruhigen Sie sich doch, bester Baron. Das da droben ist mein Neffe Franz Ferdinand!"

„Tante Sissy, welche Freude!" empfing Franz Ferdinand die Kaiserin auf einer staubigen, wackligen Treppe, an der Spinnweben hingen. „Entschuldige, wie es hier noch aussieht. Das wird sich bald genug ändern."

„Das glaube ich dir, Franz Ferdinand", begrüßte Sissy den angeheirateten Neffen herzlich. „Ich hoffe, wir kommen nicht allzu ungelegen. Ich bin nun eben sehr neugierig!"

Franz Ferdinands helle Augen richteten sich aufmerksam auf Sissy, er konnte jedoch nichts an ihren Zügen entdecken, was auf Unannehmlichkeiten schließen ließ. Doch mißtrauisch, wie er stets war, fragte er vorsichtig:

„Wie darf ich das verstehen, liebe Tante?"

„Ich möchte dein Herz befragen, Franz Ferdinand", antwortete sie.

Zweiter Teil

1. Diskretion Ehrensache

Als die Kaiserin und der Erzherzog einander gegenüberstanden, glaubte sie förmlich zu spüren, wie von einer Sekunde zur anderen das Herz des jungen Mannes heftiger zu schlagen begann.

Franz Ferdinand war klug genug, um zu wissen, daß nicht der bloße Zufall oder allein die Neugierde über seinen geplanten Erwerb des Schlosses Konopischt die Kaiserin zu diesem Ausflug während ihres Kuraufenthaltes in Böhmen veranlaßt haben konnte. Er lud sie daher zu einem Rundgang durch das Schloß ein, um auf diesem Weg ihre Absichten zu erforschen.

„Hieraus läßt sich was machen", bemerkte Sissy, als sie aus einem Fenster blickte.

Der Erzherzog nickte eifrig: „Und das werde ich auch tun, Tante! Rund um das Schloß lasse ich einen Rosenpark anlegen, wie er hier noch nie gesehen wurde. Rosen ringsum, überall Rosen, nichts als Rosen!"

„Als eine Art Liebeserklärung?" fragte Sissy mit feinem Lächeln. „Darf ich das so verstehen, Franz Ferdinand? — Nicht an mich, natürlich!"

Der Erzherzog wurde verlegen.

„Ich kann euch gar nichts anbieten", erklärte er ausweichend. „Es gibt einen Gasthof in der Nähe und —"

„Oh, ich bin nicht hungrig", wehrte Sissy ab. „Und meine Begleitung kann sich gedulden. Jetzt will ich erst einmal alles sehen. Gibt es tatsächlich Bären im Wassergraben?"

„Seit einer Woche nicht mehr", antwortete Franz Ferdinand eifrig. „Es war eine ganze Familie, Bär samt Bärin und drei kleine, putzige Bärenkinder. Denen durfte man nicht zu nahe kommen, die Bärin paßte höllisch auf!"

„Du hast sie doch nicht etwa alle erschossen, du Unmensch", rief Sissy erschrocken. „Ich kenne deine Leidenschaft für die Jagd. Da bist du ein echter Habsburger. Mein Franzl schießt auch alles, was ihm vor die Flinte kommt, wenn er im Revier ist."

Franz Ferdinand wehrte ab: „O nein, Tante Sissy. Ich hatte es zwar vor, denn es wäre die einfachste Lösung gewesen. Aber —"

„Nun, wer war denn dagegen? Daß der Vertrag für den Kauf noch nicht unterschrieben war, kann doch der Grund nicht sein, oder?"

Wieder wurde Franz Ferdinand verdächtig verlegen.

„Ich habe das Gefühl, du hast etwas zu beichten, liebster Neffe", drängte Sissy.

„Ich habe die Bären einfangen lassen", wich er noch einmal aus. „Sie sind jetzt unterwegs in den Schönbrunner Tiergarten."

„So, Franz Ferdinand. Und wessen Fürsprache verdanken sie das? Die Idee mit dem Tiergarten ist doch nicht etwa von dir? Ein Nimrod wie du ist unter die Tierschützer gegangen?!"

Franz Ferdinand seufzte und wußte nun nicht mehr aus noch ein. Sissy wollte es ihm leichter machen. Sie blickte sich nach ihren Begleitern um, die ihnen in einigem Abstand folgten. Inzwischen waren sie auf einen Söller gelangt, von dem aus man einen herrlichen Blick auf das im Sonnenschein liegende Hochplateau hatte.

Doch der Söller bot kaum Platz für alle Personen, und das schien Sissy die beste Gelegenheit zu einem Gespräch unter vier Augen, das die Klärung des Geheimnisses von Franz Ferdinand bringen mußte. Denn daß es ein solches Geheimnis gab, daran zweifelte sie nicht länger.

94

Doch die Art, wie er beharrlich zu verschweigen suchte, wer die Erwählte seines Herzens war, wurde Sissy nun tatsächlich verdächtig. Selbst wenn sie bedachte, daß Franz Ferdinand die geplante „englische Heirat" ablehnen wollte.

„Lieber Neffe", sagte sie zu Franz Ferdinand und hakte sich bei ihm unter, um ihn ins Haus zurückzuziehen, „lassen wir doch die anderen sich auf dem Söller in frischer Luft verschnaufen. Ich habe nämlich das Gefühl, daß es dich selbst drängt, mir dein Herz auszuschütten. Wir beide haben einander doch stets gut verstanden, oder?"

„Freilich, Tante, das haben wir", meinte er gedehnt.

„Nun also. Du weißt doch, daß du Vertrauen zu mir haben kannst. Ich werde es gewiß nicht mißbrauchen. Ja, vielleicht kann ich dir sogar helfen, wenn es nötig ist."

Franz Ferdinand seufzte. Das Geständnis wollte und wollte nicht über seine Lippen kommen.

„Nun", drängte Sissy lächelnd, „fällt es dir denn gar so schwer, damit herauszurücken?"

„Ach, Tante Sissy", seufzte er noch einmal, „ich fürchte, mir kann niemand helfen."

„Aber wieso denn, mein Junge! Ich stehe hier vor dir und biete dir meine Hand zur Hilfe an. Daß du dein Herz in Preßburg verloren hast, weiß ich längst. Mein Gott, das ist doch kein Verbrechen, daß du dich beim Tennisspielen in eine von Isabellas Töchtern verliebt hast!"

Er schaute sie verdutzt an. Plötzlich fing er verzweifelt zu lachen an. Dann ballte er die Hände.

„Wenn es nur das wäre, Tante Sissy", sagte er verzweifelt. „Aber es ist ja keine von Isabellas Töchtern."

„Wie?" staunte Sissy, „keines von den Kindern des Erzherzogs Friedrich?"

„Nein. Das kommt auch noch dazu. Es ist ganz schlimm,

Tante Sissy! Man wird mich garantiert hinauswerfen, wenn es herauskommt, und — sie mit dazu…"

„Aber um Himmels willen, Franz Ferdinand — wer ist es denn?!" fragte Sissy nun wirklich besorgt.

Franz Ferdinand blickte zu Boden. Er holte tief Atem und würgte dann heiser hervor: „Die Tennislehrerin, Tante…"

„Wie, bitte?!" staunte Sissy und schlug die Hände zusammen.

„Nun, nun", wehrte Franz Ferdinand rasch ab, „es ist die Gesellschaftsdame der Töchter des Erzherzogs. Immerhin eine Komtesse von Chotek-Chotkova. Sie hat den Mädchen das Tennisspielen beigebracht, und —"

„Aber Franz Ferdinand", rief Sissy entsetzt, „das gibt einen regelrechten Skandal!"

„Das ist es ja, was ich fürchte. Was wir beide fürchten, Tante. Wenn du sie kennen würdest — und übrigens: die Chotek-Chotkova sind ältester böhmischer Adel. Ihr Schloß bei Prag kann sich sehen lassen. Und arm sind die auch nicht, und —"

„Ja, aber sie gehören nicht in den Kreis der regierenden Familien, du Armer!"

„Wenn schon", knurrte Franz Ferdinand. „Deswegen werde ich doch niemand anderen heiraten als meine Sophie."

„Sophie heißt sie also", lächelte Sissy mitleidsvoll.

Der Neffe tat ihr von Herzen leid. Sie mußte unwillkürlich an Milli Stubel denken. Und an ihren eigenen Bruder, der in München lebte und die Schauspielerin Henriette Mendel geheiratet hatte. Deren Tochter war die nunmehrige Gräfin Larisch-Wallersee, die in der Mayerling-Affäre eine so unglückliche Rolle gespielt hatte.

96

Aber all diese Ehen aus dem Erz- und Hochadel heraus hatten schließlich keine Probleme der Thronfolge aufgeworfen...

Franz Ferdinand atmete tief und heftig. Er wich dem forschenden Blick Elisabeths aus, dann suchte er ihn wieder, als wollte er ihn drängend durchbohren.

„Wirst du mir helfen, Tante Sissy, so wie du es mir angeboten hast?" fragte er.

Nun war es Sissy, die schwer zu seufzen begann.

„Ich frage mich, ob ich das wirklich kann", überlegte sie ernst. „Ich möchte ja gern, Franz Ferdinand, von ganzem Herzen möchte ich das, denn ich mag dich, mein lieber Neffe! Schon um der Zuneigung willen, die zwischen dir und meinem Sohn bestand. Und ich mag auch deinen Ehrgeiz und deine Tatkraft. Ja, du hast viele gute Eigenschaften. Aber handelst du jetzt nicht ein bißchen unüberlegt?"

„Tante Sissy", gestand er, „ich habe Soph' die Ehe versprochen... Wir sind heimlich verlobt. Nichts kann uns trennen!"

Er sagte es mit heiligem Ernst, so, als wolle er Gott zum Zeugen anrufen, daß ihn nichts von seiner Sophie trennen könne.

„Tja, aber was wird dann aus deiner Thronfolge, Franz Ferdinand? Weißt du denn nicht, daß du diese Komtesse von Chotek-Chotkova niemals zur Kaiserin von Österreich machen könntest?"

„Ihr liegt nichts daran, Kaiserin zu werden", sagte er beinahe barsch, „nein, ihr nicht!"

„Aber du...?"

„Ich werde Kaiser! Das steht mir zu. Das muß ich!"

Es kam wie aus der Pistole geschossen. Ein unbeugsamer Wille stand dahinter.

„So, du mußt", sagte Sissy sinnend. „Du hast es wohl Rudolf versprochen, wie? Für den Fall, daß jenes Ereignis eintreten sollte, das leider tatsächlich eingetreten ist…"

Darauf gab er keine Antwort. Sissy legte ihm weich die Hand auf den Arm. Er seufzte auf unter dem wärmenden Druck, der ihm zu Bewußtsein brachte, daß sie ihn auch so verstand. Ohne, daß er jetzt ‚ja' gesagt hatte…

„Ach, Tante, wenn du uns beiden doch helfen könntest", preßte er statt dessen hervor.

„Oh, Franz Ferdinand, was macht ihr nur alle für Geschichten", rief Sissy. „Mein armer Franzl… Nun tust auch du ihm so was an. Du mußt doch begreifen, wie er denkt. Er wird es nicht zulassen können! Das Hausgesetz…"

„Das Hausgesetz! Das Hausgesetz!" unterbrach er verzweifelt und gleichzeitig wütend. „Wir haben es doch selbst gemacht, dieses Hausgesetz. Wir können es auch wieder aufheben."

„Nein, das können wir nicht. Die Rechte der regierenden Familien sind seit Jahrhunderten geregelt und beschworen. Und wie ich Franzl kenne, wird er gar nicht daran denken, sie deinetwegen umzustoßen oder eine Ausnahme zu machen."

„Dann werden wir eben ohne seine Zustimmung heiraten. Vielleicht heimlich."

Sissy lachte über die sonderbare Idee des Erzherzogs.

„Und die Kinder?" fragte sie. „Ihr werdet doch Kinder haben, nehme ich an. Was sind sie denn dann? Welche Rechte haben sie? Nein, Franz Ferdinand, du stellst dir das zu einfach vor, mein guter Junge. Und deine Sophie von Chotek-Chotkova scheint auch nicht viel vernünftiger zu sein."

„Laß Soph' aus dem Spiel", rief er beinahe drohend.

„Nanu, Franz Ferdinand? Was soll dieser Ton?" fragte sie befremdet.

„Verzeih, Tante Sissy... Aber ich bin so verzweifelt! Die Sache kostet mich schlaflose Nächte."

„Und dieses Schloß hast du dir wohl als künftiges Liebes- und Ehenest gedacht? Und den Rosenpark ringsum als eine einzige, große Liebeserklärung..."

„Tante Sissy, ich..."

„Laß nur, mein Junge... Ich habe für dich volles Verständnis. Weißt du, ich bin ja selbst dafür, daß wir nichts anderes als unser Herz sprechen lassen. Aber —"

„Wenn mich jemand von euch allen versteht, dann bist du es, Tante Sissy", rief er rasch und bittend. „Hilf mir, ich weiß nicht aus noch ein. Ich schiebe es von Woche zu Woche hinaus, aber ich weiß ja, daß es sich nicht ewig geheimhalten läßt."

„Du handelst unfair gegen Friedrich und seine Familie", verwies ihn Sissy. „Sie werden sich Hoffnungen machen, Isabella vor allem. Ich kann mir vorstellen, sie sieht sich schon als die Mutter der künftigen Kaiserin. Sie wird wie aus allen Wolken fallen!"

„Ich sagte ja schon, sie werden mich vor die Türe setzen. Und meine arme Soph' erst —"

„Das ist wohl anzunehmen. Aber es kann auch noch schlimmer kommen. Ich kenne Isabella zu Genüge, in ihrem Zorn ist sie zu allem fähig. Es wird einen Skandal geben, den sich ein Kronprinz nicht leisten kann", fand sie besorgt und dachte dabei wieder an den armen Franzl.

„Trotzdem", erklärte Franz Ferdinand finster entschlossen, „heirate ich weder eine von ihren Gänsen noch die Tochter des Herzogs von Windsor, sondern meine Soph'..."

„Sie muß ja ein ganz erstaunliches Mädchen sein, diese böhmische Komtesse. Sie hat dich ja, wie ich sehe, regelrecht um den Finger gewickelt", konstatierte Sissy spöttisch.

„Oh nein, das hat sie nicht", wehrte Franz Ferdinand ab. „Sie hat sich gesträubt... Sie kennt all die Schwierigkeiten, die auf uns zukommen werden, genau wie ich."

„Wenn sie dich wirklich lieben würde —"

„Das tut sie, Tante. Nein, sag nichts gegen sie, ohne sie zu kennen. Soph' und ich, wir gehören zusammen, das ist Schicksal. Ich glaube, uns beide trennt nicht einmal der Tod."

„So sehr liebst du sie?" staunte Sissy unwillkürlich ergriffen.

In diesem Augenblick hörten sie Geräusche hinter sich. Die anderen hatten den Söller verlassen und betraten jetzt wieder den Korridor, Frau von Mikes betrachtete die beiden mit prüfendem Blick.

2. Ein Geständnis

Der junge Erzherzog war wie mit Blut übergossen, so rot vor Verlegenheit. Er schleuderte zornige Blicke auf das Gefolge der Kaiserin, das ihm in diesem Augenblick offensichtlich höchst ungelegen kam. Sissy ergriff beruhigend seinen Arm und sagte zu den anderen:

„Ihr werdet sicher jetzt Hunger haben. Es gibt eine Gaststätte in der Nähe, wo für das leibliche Wohl gesorgt werden kann. Der Erzherzog sagte mir eben, er würde einen Bedienten beauftragen, euch hinzubringen. Ich bleibe noch ein wenig hier, ich habe Lust, mich noch umzusehen. Mich inter-

100

essieren das Burgverlies und die alten Gewölbe. Euch möchte ich aber nicht zumuten, da hinabzusteigen."

Die anderen atmeten erleichtert auf, als sie hörten, was ihnen erspart bleiben sollte; und die Aussicht auf die ihnen verheißene Stärkung trug auch zur Besserung ihrer Laune bei. Nur Frau von Mikes, die das Spiel sofort durchschaute, blickte fragend von Sissy auf den Erzherzog und dann wieder auf die Kaiserin zurück, als ob sie sich erkundigen wolle, ob ihre Anwesenheit nicht doch erwünscht sei. Sissy gab ihr jedoch durch eine verstohlene Handbewegung zu verstehen, daß sie sich ruhig den anderen anschließen möge.

Franz Ferdinand, der den ihm dargebotenen Rettungsanker sofort ergriff, entschuldigte sich, um das Nötige zu veranlassen.

„Ich platze vor Neugierde aus meinem Korsett", flüsterte Frau von Mikes an Sissys Seite tretend. „Wie ist es — hat er gestanden?"

„Sssst, kein Wort davon zu den anderen", beschwor Sissy die Gräfin. „Er war eben dabei, ihr habt uns gerade gestört. Es ist eine ganz unglückselige Romanze."

„Wer ist es? Seien Sie barmherzig, Majestät, und verraten Sie mir's schon! Welche von Friedrichs und Isabellas Töchtern?"

„Keine von ihnen, Mikes. Das ist ja das Malheur. Es ist viel schlimmer, als wir beide dachten. Es ist —"

Zu Frau von Mikes heller Verzweiflung kam jedoch gerade in diesem Moment Franz Ferdinand mit einem jungen böhmischen Burschen in Uniform die Treppe herabgehastet, so daß die Gräfin wieder nicht erfuhr, was ihre brennende Neugierde stillen konnte.

„Dies hier ist Vačlav", verkündete er der kleinen Gesellschaft, „er wird Sie alle in die Gaststätte bringen, wo Sie aufs beste versorgt sein werden, bis Ihre Majestät wieder zu Ihrer Gruppe stößt. Ich wünsche allseits einen recht guten Appetit und daß es Ihnen hier in dieser schönen Gegend noch recht gut gefallen möge."

„Wir danken ergebenst, Kaiserliche Hoheit", machte sich der Baron zum Sprecher. „Wenn ich an die vielen Stufen denke, die wir jetzt wieder hinabsteigen müssen, glaube ich versichern zu können, daß uns die Stärkung vonnöten sein dürfte."

Angeführt von Vačlav machte sich die Gruppe nun treppabwärts auf und davon. Franz Ferdinand atmete erleichtert auf, als ihre Schritte auf der engen Wendeltreppe verhallten.

„Sie sind weg", stieß er erleichtert hervor. „Es war eine Qual für mich, Tante... Ob sie etwas gemerkt haben?"

„Früher oder später wird es ja ohnedies die ganze Welt erfahren müssen. Was dann, lieber Neffe, wenn du schon jetzt mit den Nerven Zustände kriegst, da es sich doch bloß um ein paar vertraute Personen aus meiner engsten Umgebung handelt", versetzte Sissy bedenklich. „Wie willst du's dann bloß durchstehen, wenn du deinen Vorsatz verwirklichen willst!"

„Ich werde es durchstehen, Tante Sissy. Vorläufig aber habe ich noch dein Wort."

„Du hast es."

„Besten Dank, liebe Tante", rief Franz Ferdinand leuchtenden Auges. „Ich wußte es: in dir haben Soph' und ich eine Verbündete."

„Du freust dich zu früh, lieber Neffe... Ich kenne ja deine Soph' noch gar nicht... Sie muß ja ein ganz verteufeltes Persönchen sein. Und dann: ewig geheimhalten werdet ihr's nicht können. Und das Auf-die-lange-Bank-Schieben —

102

wohin soll das führen? Hoffst du auf ein Wunder? Ehrlich gesagt, ich verstehe dich wirklich nicht ganz."

„Oh, Tante! Es ist tatsächlich so, daß wir glauben, daß der Herrgott auf irgendeine Weise eines Tages alles für uns zum Guten wenden wird."

„Auf irgendeine Weise? Was soll das heißen? Sie erwartet doch nicht etwa von dir ein Kind?"

„Wo denkst du hin, liebe Tante, nein! Da kennst du aber Soph' schlecht. Sie ist vom ältesten böhmischen Adel! — Und wie viele Töchter aus solchen Familien soll sie sich ein bißchen in der Welt umtun, Leute kennenlernen —"

„— und sich eine gute Partie angeln. Ich kenne den Brauch; er ist bei Familien üblich, die nicht übermäßig begütert sind, aber einen guten Namen haben. Nur finde ich, muß es nicht gleich ein Prinz aus dem Kaiserhaus sein."

„Sie hat sich nicht an mich herangemacht, Tante, wenn du das meinst! Ich war es, der ihre Gesellschaft suchte. Sie gefiel mir vom ersten Augenblick unserer Bekanntschaft. Sie hat ein feines, stilles Wesen. Alle mögen sie, die Töchter Ferdinands gingen für sie durchs Feuer!"

„Die Töchter Ferdinands werden aus allen Wolken fallen, fürchte ich. Von den Eltern erst gar nicht zu reden! — Wie alt ist die Komtesse Chotek eigentlich?" fragte Sissy.

„Dreiundzwanzig."

„Nun, da hat sie ja schon die Überfuhr verpaßt, wie man so sagt. In unseren Kreisen heiratet man mit sechzehn, siebzehn, gerade noch mit einundzwanzig. Darüber hinaus gilt man als sitzengebliebene Jungfer."

„Ach, Unsinn, Tante Sissy. Vielleicht verstehen wir uns gerade deshalb so ausgezeichnet , weil Soph' kein unreifer Backfisch mehr ist. Und überhaupt — was spielt das Alter für eine Rolle; wir lieben uns!"

„Findest du nicht, daß du es dir noch gründlich überlegen solltest? Es muß ja nicht gerade die Prinzessin aus England sein. Auch in Deutschland gibt es hübsche Prinzessinnen aus ebenbürtigen Familien. Die Glaubensfrage läßt sich lösen; man kann konvertieren. Nun, deine Soph' ist katholisch, das ist aber offenbar das einzige nicht vorhandene Problem."

„Die Choteks sind eine erstklassige Familie", widersprach er. „Die Choteks haben nicht nur für Böhmen, sie haben für Österreich viel getan. Sie zurückzustellen, wäre eine schwere Beleidigung, eine Beleidigung für jeden anständigen Österreicher", wurde er heftig. „Gerade wir Habsburger sind den Choteks zu höchstem Dank verpflichtet..."

„Nun, nun", wehrte Sissy ab.

„Weißt du überhaupt, wer sie sind?" fuhr er heftig fort.

„Natürlich weiß ich, daß es Reichsgrafen sind. Aber eben nur Reichsgrafen!"

„Das kann ich nicht gelten lassen, Tante. Die Choteks haben sich sehr verdient gemacht. Soph' hätte ein Recht, darauf hinzuweisen, und vor allem ihr Vater. Doch die Choteks würden das niemals tun. Dazu sind sie zu — zu fein und zu anständig", rief er die Fäuste ballend.

Sissy fand, daß es Zeit sei, ihn mit Takt aus seinen Wolken herunterzuholen.

„Müssen wir unsere Unterhaltung hier auf dem zugigen Gang vor dem Söller fortsetzen?" fragte sie. „Gibt es kein wohnlicheres Plätzchen in diesem Haus?"

„Oh, entschuldige, Tante", rief er entsetzt. „Ich habe mich hinreißen lassen und ganz vergessen —"

„Wenn es um deine Soph' geht, vergißt du alles, nicht wahr?" neckte sie ihn freundlich und nachsichtig.

Es gab in der Tat eine Stube, die sogar einigermaßen eingerichtet war. Und hier hatte Franz Ferdinand seinen ‚Gotha‘ — den Adelskalender — griffbereit. Wortlos reichte er ihn Sissy hin, und sie schlug ihn auf, sah kurz hinein und legte ihn wieder zurück.

„Den kenne ich", erinnerte sich Sissy. „Du hast recht, es ist eine verdiente Familie. Aber das ändert nichts an der Tatsache, daß wir um das Hausgesetz nicht herumkommen; und darüber hinaus sind da auch noch die ungarischen Bestimmungen über die Thronfolge höchstwahrscheinlich in Mitleidenschaft gezogen. Ich kenne sie nicht genau; doch was unser habsburgisches Hausgesetz in bezug auf Heiraten sagt, weiß ich beinahe auswendig. Im Familienstatut heißt es im § 1, daß die standesgemäße, vom jeweiligen Familienoberhaupt genehmigte Ehe eine Grund- und Vorbedingung ist, damit die aus einer solchen Verbindung stammenden Kinder als zum Allerhöchsten Erzhaus gehörig angesehen werden und demzufolge in den Genuß der den Mitgliedern desselben zustehenden Rechte und Titel gelangen. Standesgemäße Ehen aber sind solche, die Mitglieder des Erzhauses mit einem anderen Mitglied desselben eingehen, oder mit Mitgliedern eines anderen, christlichen, gegenwärtig oder vormals souveränen Hauses, aber auch mit Mitgliedern fürstlicher Häuser, denen das Recht auf Ebenbürtigkeit zusteht. Über diese Familien, Franz Ferdinand, gibt es ein Verzeichnis. Die Familie Chotek findet sich nicht darunter..."

„Das Hausgesetz ist grausam", stöhnte Franz Ferdinand, ließ sich auf einen Stuhl nieder und stützte den Kopf in seine Hände. „Was können Soph' und ich tun, Tante Sissy? Könnte der Kaiser nicht — vielleicht auf deine Fürsprache hin — das Gesetz ein wenig lockern?"

„Du kennst ihn doch", sagte Sissy leise.

„Aber du", drängte er hoffnungsvoll, „du vermagst doch bei ihm alles...!"

„Das glaubst du nur", lächelte sie. „In solchen Dingen, fürchte ich, würde er sich auch von mir nichts dreinreden lassen. Das Hausgesetz ist die Rechtsgrundlage für Habsburgs Macht und Ansehen, Franz Ferdinand... Wer daran rüttelt, der rüttelt an den Grundfesten der Monarchie, an der Basis des Kaisertums. Das weiß er. Und auch du, als künftiger Träger der Krone, solltest es wissen!"

Er stand auf, begann eine ruhelose Wanderung durch den noch schmucklosen Raum. Sissy schwieg und ließ ihm Zeit nachzudenken.

Schließlich blieb er wieder vor ihr stehen.

„Ich habe ihr mein Wort gegeben", erklärte er fest, „und ich werde dazu stehen. Und ich werde auch nicht auf meinen Thronanspruch verzichten. Es muß einen Weg geben!"

„Du bist ein Dickkopf, Franz Ferdinand", stellte Sissy sich erhebend fest. „Ich wünsche dir und deiner Soph' viel Glück... Ich kann da so wie du tatsächlich nur auf ein Wunder hoffen."

„Vorerst niemandem ein Wort", bat er noch einmal dringlich, Sissy hinausgeleitend.

„Ich hab's versprochen", antwortete ihm Sissy einfach. „Aber halt mich auf dem laufenden. Falls die Affäre kritisch wird —"

„Dann hilf uns, Tante Sissy", bat er herzlich und drückte ihre dargereichte Hand.

106

3. Familienprobleme

Sorgenvoll suchte Sissy ihre Reisegesellschaft auf, die guter Dinge war und sich mittlerweile in dem Gasthof ausgiebig gestärkt hatte. Frau von Mikes sah Sissy gespannt und erwartungsvoll entgegen, als diese eintrat und sich eine kleine Erfrischung reichen ließ.

„Nun, Majestät — wer ist es?" waren ihre ersten Worte.

„Ich habe ihm mein Wort geben müssen, es nicht zu verraten. Nur so viel: es ist keine von Erzherzog Friedrichs Töchtern und auch sonst niemand, der in Betracht zu ziehen wäre."

„Dann ist es — eine Katastrophe", schloß die Mikes aus dieser orakelhaften Auskunft.

„Sagen wir: beinahe", schränkte Sissy ein. „Die Erwählte seines Herzens stammt aus einer hochachtbaren Familie von altem Adel. Ist aber nicht fähig einzuheiraten. Das will der Dickschädel jedoch nicht zur Kenntnis nehmen. Es ist ihm ernst, das habe ich gemerkt, und wie ich ihn kenne, wird er nicht lockerlassen, seinen Willen durchzusetzen."

„Entsetzlich", murmelte die Mikes. „Dann muß er ja wohl von der Thronfolge zurücktreten und womöglich auch noch auf Rang und Namen verzichten."

„Das letztere auf keinen Fall. Es ist keine Bürgerliche, das sagte ich schon. Aber auch den Thronverzicht zieht er gar nicht in Betracht. Er will beides: den Thron und das Mädchen…"

„Ausgeschlossen", bekam Frau von Mikes große Augen und brachte fast den Mund nicht mehr zu.

„Doch, doch", nickte Sissy ernst. „Ich darf gar nicht daran denken, was passieren wird, wenn mein Mann davon erfährt!"

„Das wird ein Donnerwetter geben, Majestät! Ich möchte nicht in der Haut von Kaiserlicher Hoheit stecken."

„Ich sehe es auch schon förmlich vor mir, wie die beiden Männer aneinanderkrachen!" stöhnte Sissy und blickte zur Decke.

„Aneinanderkrachen? Das ist doch nicht Ihr Ernst, Majestät. Seine Kaiserliche Hoheit wird es doch nicht wagen —"

„Doch, doch. Der ist einer, der wagt. Der nimmt sich kein Blatt vor den Mund, nicht einmal gegenüber dem Kaiser. Und dabei möchte er, daß ich ihm helfe! Er mag mich, und er hat Vertrauen zu mir. Und das Schlimme dabei ist, daß ich ihn gleichfalls mag und ihm helfen will. Doch durch seine aufbrausende Art schafft er sich überall Feinde und macht alles nur noch schwerer."

„Ja, viele Leute mögen ihn nicht, das stimmt."

„Dabei steckt in seiner rauhen Schale ein weicher Kern. Ich glaube, niemand versteht ihn so recht, nur ich — und — und das Mädchen, das er zu heiraten gedenkt! Nun, ich würde ihn ja so gerne in guten Händen wissen. Er tut mir so leid…"

„Das wird aber ein schweres Stück Arbeit, Majestät", brummte die Mikes kopfschüttelnd. „Doch, wenn ich mir eine Bemerkung erlauben darf, so ist Seine Kaiserliche Hoheit nicht gerade auf den Kopf gefallen. Wenn er die Sache so sehr geheim hält, wie es den Anschein hat, so möchte er vielleicht die Thronfolge antreten, ohne vorher zu heiraten. Ist er erst einmal Kaiser, kann er ja das Hausgesetz umstoßen, es nach seinem Geschmack novellieren und nachher die Dame heiraten, der sein Herz gehört."

Sissy zog die Brauen hoch: „Da haben Sie nicht unrecht, Mikes. Aber das würde ja bedeuten, daß er womöglich

108

noch — und ich sage: hoffentlich — recht lang warten muß. Denn mein Mann ist gesund und rüstig; er reitet beim Manöver vor der Kavallerie wie der Teufel. Es könnte sein, daß der Erzherzog und seine Erwählte graue Haare kriegen, bevor mein Mann stirbt und Franz Ferdinand auf den Thron kommt."

„Ja, gottlob sind Seine Majestät gesund und bei besten Kräften", nickte die Mikes. „Aber man kann ja nicht wissen, was passiert und was das Schicksal mit uns vorhat."

„Nun, darauf würde ich an Stelle des Erzherzogs lieber nicht spekulieren", sagte Sissy gedehnt.

Sie war selbst nicht auf die Idee gekommen, daß Franz Ferdinand deswegen eine solche Geheimniskrämerei betreiben könnte; doch die Mikes hatte natürlich recht, vielleicht war das das „Wunder", auf welches er hoffte. Das wäre allerdings dann recht schäbig von ihm gedacht, fand Sissy verstimmt.

Der Baron ließ erkennen, daß er an Aufbruch dachte; der Hofzug, der die Gesellschaft nach Prag bringen sollte, stand unter Dampf. Was soll ich bloß tun, fragte sich Sissy. Soll ich Franzl in die Geschichte einweihen oder nicht? Tue ich es, breche ich mein Franz Ferdinand gegebenes Wort. Tue ich es aber nicht, kann mir Franzl eines Tages mit Recht Vorwürfe machen. Die Heirat eines Thronfolgers ist wirklich keine Privatangelegenheit.

Man saß schon im Zug, als Sissy noch immer über die durch Franz Ferdinand heraufbeschworene kritische Situation nachdachte. Und je mehr sie überlegte, um so mehr verschlechterte sich ihre Laune. Sie vermochte sich nur zu gut vorzustellen, was Franzl dazu sagen würde...

Die Tschechen wären vermutlich begeistert; sie fühlten sich seit dem Ausgleich mit Ungarn innerhalb der Monarchie zurückgesetzt und als Bürger zweiter Ordnung. Die Heirat des Thronfolgers mit einer Angehörigen des böhmischen Uradels mußte sie natürlich aufwerten und in ihrem Selbstbewußtsein stärken. Franz Ferdinand, der lange in Böhmen bei der Truppe stationiert gewesen war, hatte die Mentalität der Tschechen kennengelernt und allmählich ein Faible für ihr nationales Selbstbewußtsein entwickelt; ähnlich war es ja Sissy mit den Ungarn ergangen. Und war es bei Sissy ein Mann gewesen — nämlich Graf Andrassy — der sie die Ungarn schätzen gelehrt hatte, dann war es offenbar bei Franz Ferdinand eine Frau, die Komtesse von Chotek-Chotkova.

Wenn nun aber sie — etwa später als Kaiserin — ebenso einen „Ausgleich" mit Böhmen herbeiführen wollte, wie es Sissy in bezug auf die ungarische Reichshälfte gelang, dann mußte es unweigerlich zu einem Bruch mit Ungarn kommen. Denn die Ungarn duldeten keinen Dritten im Bund, sie pochten auf ihre uralten Rechte, die sie erworben und zugesichert erhalten hatten, seit sie die Kaiserin Maria Theresia und deren Kinder als Flüchtlinge vor den Truppen des Preußenkönigs bei sich aufgenommen und das Reich verteidigt hatten.

Es wäre ein Affront von weitreichenden politischen Folgen gewesen. Höchstwahrscheinlich drohte dann sogar der Zerfall der Monarchie. Und dies alles bloß, weil ein junger Wiener ein Mädel aus der Nähe von Prag heiraten wollte...!

Sissy konnte nur den Kopf schütteln. In Wien gab es viele Frauen aus Böhmen. Sie waren zugewandert, hatten hier geheiratet. Wenn Frau von Mikes auf dem Wiener Naschmarkt mit ihrer böhmischen Haushälterin einkaufen ging, diente diese zeitweilig als Dolmetsch, und das Wiener Einwohner-Meldeamt kannte ein gutes Viertel aller in Wien lebenden Bewohner der Residenzstadt, die aus den Kronländern Böhmen und Mähren stammten. Die Schneider und die Köche, aber auch die Musikanten aus Böhmen gaben in ihren Berufen schon fast den Ton an, von den Dienstboten erst gar nicht zu reden. Die Braumeister des Herrn von Dreher in Schwechat stammten erst recht aus Böhmen; niemand verstand sich so gut auf den Hopfen und das Malz wie sie...

Sissy konnte den Unmut in Böhmen begreifen, der durch die Zurücksetzung hervorgerufen war. Sissy konnte auch eine Chotek begreifen, die vielleicht willens war, ihre Stellung zum Vorteil ihrer böhmischen Mitbürger zu nutzen. Möglicherweise würde die Komtesse eines Tages vielleicht wirklich eine gute und verdienstvolle Kaiserin werden. So verdienstvoll, wie es andere Mitglieder ihrer Familie geworden waren.

Vorausgesetzt, daß die Ungarn ihr dazu eine Chance gaben, ihr und Franz Ferdinand... Ungarn war ein schwieriges Land. Bei dem heißen Blut seiner gleichfalls von Nationalstolz erfüllten Bewohner stand das politische Barometer häufig genug auf Sturm. Hatte doch Franzl in den ersten Jahren seiner Regierung den gewaltigen Kossuth-Aufstand niederzuschlagen gehabt, hatte er doch nur durch glückliche Fügung das Attentat vom 18. Februar 1853 überstanden, bei dem der Ungar Janos Libenyi versucht hatte, Franzl auf der Wiener Bastei niederzustechen. Und noch immer hatten viele Ungarn die Hinrichtung der Anführer ihres Aufstandes am 6. Oktober 1849 nicht vergessen...

Es war auch die Frage, wie die deutschsprachigen Gebiete in Böhmen die Chotek-Heirat aufnehmen würden. Hier hatte die deutschnationale Bewegung unter Schönerer ihre schärfsten Anhänger. Schönerer wollte und propagierte den

Anschluß an das Deutsche Reich. Er wollte die Herrschaft der Habsburger durch die der Hohenzollern ersetzt sehen und war ein gefährlicher Fanatiker, der vor allem unter der deutschen Studentenschaft in Prag, ja selbst in Wien genügend jugendliche Wirrköpfe fand, die seine Ideen unterstützten und Unruhe stifteten. Die österreichische Geheimpolizei wußte, daß er das Geld für seine agitatorische Tätigkeit aus dem angeblich so brüderlich gesinnten Potsdam bezog...

Eine Heirat mit einer Komtesse Chotek wäre auch für diesen Mann Wasser auf seine gefährlichen Mühlen gewesen. Hatte der Erzherzog dies alles bedacht? War er sich über die Konsequenzen klar, die er heraufbeschwören würde, wenn er seinen Willen durchsetzte, die Komtesse zu heiraten?

Sissy war noch nicht in Wien, als sich in ihr schon wieder der Wunsch regte, all den Verstrickungen auszuweichen und fernzubleiben, zu flüchten in eine heile und freie Welt, die nichts von den widerstreitenden Interessen einander konkurrierender und bekriegender Interessengruppen wußte. Eine Welt, in der es keine Paragraphen, keine Haus- und andere Gesetze gab. Fort, nur fort aus der Hofburg... Sie wälzte in Gedanken schon wieder Reisepläne. Wenn Franzl sie davor warnte, in dem unruhigen Europa ohne hinreichenden Schutz umherzureisen, so meinte sie bloß, daß sie sich in Wien angesichts der in der Reichskanzlei ausgetragenen Kämpfe, die manchmal sogar handgreiflich wurden, auch nicht sicherer fühlte.

Trotz seines gedrängten Tagesplans hatte es sich aber Franzl auch diesmal wieder nicht nehmen lassen, sie von der Bahn abzuholen. Vom Franz-Josephs-Bahnhof ging die gemeinsame Fahrt über den Praterstern vorbei am Denkmal

des verdienten Admirals Tegetthoff und über die Praterstraße und den Ring mit seiner Lindenallee zur Hofburg.

Überall, wo die Hofkutschen vorbeikamen, bildeten sich
auf den Gehsteigen Menschenansammlungen, zogen die
Wiener ihre Hüte, winkten Kinder und Frauen. Der Kaiser
und die Kaiserin waren gern gesehen.

„Ist dir die Karlsbader Kur gut bekommen?" erkundigte
sich Franzl teilnehmend. „Du siehst erholt aus, Sissy, und
das freut mich. Bleibst du jetzt für eine Weile in Wien?"

„Ich weiß es noch nicht, Franzl…"

„Aber Sissy! Du kommst eben erst an und wirst doch
nicht schon wieder ans Abreisen denken? Du mußt dich den
Wienern ein bißchen zeigen. Schau, du siehst doch, wie sie
dich mögen, dich, ihre schöne Kaiserin. Und dein Gatte, der
Löwe, mag dich auch!"

Sissy lachte: „Ach, Franzl, es ist ja gerade deinetwegen,
daß mir das Herz und der Kopf so schwer sind. Ich mache
mir Sorgen, um dich, das Reich und die Zukunft…"

„Diesen Sorgen, Sissy", sagte er ernst, "kann man nicht
entkommen. Das ist unser Los; sie folgen uns nach, wohin
wir uns auch immer flüchten wollen. Ich versuche das auch
gar nicht. Ich konnt' mir's nicht aussuchen, als Fürstenkind
geboren zu werden. Es ist mein Schicksal; Gott hat mich an
diesen Platz gestellt, und das ist eine Aufgabe, der ich mich
stellen muß. Ich hätt' kein ruhiges Gewissen, wollt' ich da-
vonrennen, obwohl ich's oft genug möcht'."

„Du hast wahrscheinlich recht, Franzl", seufzte sie.

Franzl zeigte auf die Gehsteige des prächtigen Ringstra-
ßen-Boulevards. „Da schau her, Sissy: das ist die neueste
Herrenmod': der Girardihut. Ein fescher Herrenhut aus
Stroh, wie ihn der Schauspieler Girardi trägt. Jetzt
machen's ihm alle nach…"

Sissy lachte über die vielen strohgelben Hüte, die ihr zu Ehren geschwenkt wurden. Sie wurde aber ernst, als Franzl fortfuhr:

„Ich würd' gern die Krone tauschen für so einen Girardihut… Der wiegt viel leichter, das kannst du mir glauben, und angenehmer trägt er sich sicher auch. Doch der Girardihut ist für unsere braven Bürger da, die schwere Krone für uns beide, mein Engel."

„Ich weiß, ich bin feig", gestand sie beschämt.

Er streichelte zärtlich ihre schmale, fein behandschuhte Hand.

„Nein", schüttelte er den Kopf, „feig bist du nicht. Bloß wie ein freier Vogel aufgewachsen, und ich hätt' dich nicht in meinen Hofburg-Käfig sperren sollen. Zu all den Gimpeln, die da drin herumhopsen und ihre Schnäbel aufreißen. Du bist viel zu gut für diese Gesellschaft", setzte er bitter hinzu.

Ein gegenseitiger Händedruck zeugte von ihrem Einverständnis. Dann winkten sie wieder freundlich der grüßenden Menge zu, an welcher die Hofkutsche, von Gardereitern flankiert, vorbeirollte, jenem alten Prunkschloß zu, das Franzl als seinen ‚Hofburg-Käfig' bezeichnete.

Und ausgerechnet den hatte sich Franz Ferdinand in den Kopf gesetzt. Samt Kronenlast und Gimpeln. Und einer gewissen Soph', die ihm das alles erträglich machen sollte… Ob ich nicht doch besser vorerst darüber den Mund halte? dachte sich Sissy, während sie durch das Burgtor vorbei an stramm salutierenden Wachen einfuhren und die Kommandorufe des Kommandanten von den alten Mauern widerhallten.

4. Keine Krönungsfeier

Sissy hatte sich wieder in der Hermesvilla einquartiert. In ihr reifte der Plan zu einem kurzen Abstecher in die Schweiz; dann wollte sie in ihr geliebtes Gödöllö, das voll von Erinnerungen an vergangene schöne Herbsttage und Weihnachtsfeste war.

Sie hatte noch etliche ihrer geliebten Pferde dort im Stall; auf ihnen hatte sie manch wilde Parforcejagd geritten. Wo waren diese Zeiten! Das Glück, das auf dem Rücken der Pferde zu finden ist, hatte sie ausgekostet... In Ungarn wie in England und Frankreich hatte sie der Leidenschaft des Reitens gefrönt, sie war die Königin der Jagden in Schottlands alten Schlössern genannt worden. Noch heute genoß sie diesen legendären Ruf: erzählte man sich auf manchem Herrensitz davon, was für eine blendende Reiterin sie gewesen war.

Doch die Pferde in Gödöllö sehnten sich vergeblich nach ihrer Herrin, die sie gerne getragen hatten, weil sie mit ihnen im Sattel nahezu verwuchs. Ihr gehorchten sie auf den leisesten Druck, während sie andere Reiter beharrlich abwarfen. Nur Sissy duldeten sie auf ihren kostbaren Sätteln.

Es hatte aber keinen Sinn mehr, diese Tiere noch länger zu behalten. Etlichen wollte sie das Gnadenbrot gewähren, andere waren vielleicht günstig zu verkaufen. Sissy hatte sich endgültig entschlossen, ihren Reitstall aufzulösen. Eine schmerzliche Aufgabe, der sie sich im kommenden Herbst in Gödöllö unterziehen wollte.

Als Franzl zum Essen in die Hermesvilla kam, sprach sie mit ihm darüber. Er hörte ihr verständnisvoll zu und nickte.

„Ja, das ist eine vernünftige Idee, Sissy", lobte er. „Halte dir noch ein, zwei Stuten für den Fall, daß du doch wieder einmal Lust verspürst, über die Felder zu reiten. Die übrigen Pferde aber solltest du wirklich verkaufen. Die Idee, nach Gödöllö zu gehen, ist aber auch noch aus einem anderen Grunde gut."

„Und der wäre?" fragte sie gespannt.

„Hast du denn darauf vergessen?" fragte er lächelnd. „Der fünfundzwanzigste Jahrestag unserer Krönung jährte sich am 8. Juni."

„Oh", rief Sissy erschrocken. „Darauf vergaß ich wahrhaftig!"

„Du warst in Karlsbad, mein Engel."

„Ein Krönungsjubiläum — kein Grund zum Feiern, wenigstens nicht für mich."

„Aber die Ungarn lieben dich besonders. Du solltest dich in Budapest zeigen und ein bißchen feiern lassen. Wir könnten ja zusammen hinfahren!"

„Oh nein", rief sie entsetzt aus, „das möchte ich nicht!"

Er runzelte die Stirn: „Im übrigen ist der Termin für den Besuch des Großfürsten Dimitri jetzt perfekt. Er wird im November kommen. Hiervon kann ich dich leider schon gar nicht entbinden, mein Engel. Du weißt, was für Österreich-Ungarn auf dem Spiel steht."

Auch der Großfürst war ihr so ziemlich aus dem Gedächtnis entschwunden. Nun war er auf einmal wieder wie ein Gespenst aufgetaucht.

„Der Großfürst", stöhnte sie.

„Der Bruder des Zaren aller Reussen", ergänzte Franzl ernst. „Vielleicht bliebe auch er lieber daheim, als uns mit seinem Besuch zu beehren, oder führe an die Riviera."

„Meinetwegen kann er das ruhig tun, ich halte ihn nicht davon ab", meinte Sissy sarkastisch.

„Wie geht es Franz Ferdinand? Du hast ihn doch auf

116

Konopischt besucht?" fragte Franzl das Thema wechselnd.

„Es geht ihm gut, er macht einen sehr unternehmungslustigen Eindruck", antwortete Sissy zerstreut.

„Der Schein trügt", erklärte Franzl. „Er ist gesundheitlich ganz schlimm beisammen."

„So?" staunte Sissy. „Er macht aber gar nicht den Eindruck; im Gegenteil, er sieht ganz prächtig aus, so, als ob er die Krankheit endgültig überwunden hätte."

Franzl verzog seinen Mund zu einer Grimasse: „Ich habe mir vorgenommen, ihn zwecks Erholung auf eine Weltreise zu schicken. Die Seeluft wird ihm guttun. Er wird mindestens ein Jahr lang unterwegs sein. Und in dieser Zeit vielleicht manches — vergessen."

Sissy horchte auf.

„Du — weißt?" fragte sie stockend.

Franz legte klirrend sein Besteck beiseite und beendete seine Mahlzeit.

„Das gehört zu meinen Aufgaben", erklärte er trocken. „Was Franz Ferdinand vorhat, ist so ziemlich das letzte, was uns jetzt politisch gelegen käme."

„Aber woher weißt du, daß — daß Franz Ferdinand und Sophie von Chotek?!" staunte Sissy.

„Isabella war bei mir", knurrte er knapp. „Sie hat mir alles erzählt. Sie und ihre ganze Familie sind hellauf empört. Die Chotek mußte bereits ihre Sachen packen und aus Preßburg verschwinden. Es ist ein Skandal!"

„Aber wieso denn so plötzlich?" staunte Sissy fassungslos. „Was ist denn, um Himmels willen, passiert?"

„Da fragst du am besten Franz Ferdinand", antwortete er und erhob sich ärgerlich. „Es ist doch wirklich ein Jammer, was so alles zusammenkommt und über mich hereinbricht."

Er zündete sich eine Zigarre an, sog den Rauch ein und

blies ihn gegen die Fensterscheiben; er schaute auf das Grün des Tiergartens hinaus. Das schien ihn wieder etwas zu beruhigen.

Sissy ließ die Lakaien abtragen und trat dann hinter ihn. Sie legte den Kopf an seine Schultern.

„Armer Franzl", beklagte sie ihn leise.

„Dieser Dummkopf", fing er an, sich die Sache von der Seele zu reden. „Dieser verliebte Bub…"

„Nun rede schon, Franz", drängte sie ihn.

„Es passierte vorgestern. Er war wieder einmal in Preßburg und spielte mit den Mädels Tennis. Dann hat er seinen Tennisrock im Garten hängen gelassen. Natürlich, ihm wurde beim Laufen heiß. — Ich für meine Person kann überhaupt nicht begreifen, wie diese jungen Frauenzimmer im Korsett Tennisspielen können", wich er ab. „Es muß ihnen ja die Luft wegbleiben!"

„Weiter", drängte Sissy, die Schlimmes ahnte.

„Weiter? Nun, ein Diener brachte das Jackett ins Haus, und Isabella hatte nichts Besseres zu tun, als die Taschen zu durchsuchen…"

„Skandalös", fand Sissy erbleichend.

„Sie fand Franz Ferdinands Uhr darin; der Deckel sprang auf, und auf der Innenseite sah sie das Photo — von Sophie Chotek, mein Engel. Kannst dir ja vorstellen, was daraufhin los war, Sissy!"

„Oh ja, das kann ich wohl", seufzte sie. „Armer Franz Ferdinand und arme Soph'…"

„Ich will nicht hoffen, daß du dich da einmischst", forderte er streng. „Das ist eine Angelegenheit, die ich allein mit ihm abmachen muß. Friedrichs Familie hat sich falsche Hoffnungen gemacht; na schön. Aber die Hoffnungen der Choteks von Chotkova dürfen sich auch nicht erfüllen."

118

„Der arme Junge! Er muß wie aus allen Wolken gefallen sein —"

„Jedenfalls kann er sich jetzt in Preßburg nicht mehr blicken lassen", versetzte Franzl. „Und die Chotek ist noch in derselben Stunde vor die Tür gesetzt worden und nach Prag heimgefahren. Isabella hat getobt..."

„Das arme Mädchen!"

„Sie ist selbst schuld. Man greift nicht nach den Sternen. Sie muß wissen, daß Franz Ferdinand keine unstandesgemäße Verbindung eingehen kann", kam es hart von seinen Lippen.

„Und wenn die Liebe nun keine Paragraphen kennt?" fragte Sissy leise. „Stell dir vor, Franzl, ich wäre für dich nicht ‚standesgemäß' gewesen — hättest du mich dann etwa nicht geheiratet?"

„Die Frage ist müßig. Du warst standesgemäß. Die Heirat kam mit vollem Einverständnis unserer Eltern zustande. Nach einer nicht standesgemäßen Partie hätte ich mich erst gar nicht umgeschaut. Aber heutzutage kennt man ja anscheinend überhaupt kein Pflicht- und Ehrgefühl mehr."

Nun brauchte sie also das Geheimnis Franz Ferdinands nicht mehr zu wahren, das Schicksal selbst hatte es so gefügt, daß seine heimlichen Heiratspläne vorzeitig bekannt wurden. Nun konnte sie auch offen für ihn Partei ergreifen; aber Franz Joseph war offenbar nicht willens, in dieser Sache auch nur ein Wort von ihr anzuhören. Zumindest vorläufig nicht. Er hatte sie gewarnt; im Interesse des Neffen mußte sie vorsichtig sein.

„Und du denkst, die Reise könnte ihn —"

„— von seiner unsinnigen Leidenschaft kurieren und auf andere Gedanken bringen? Ja, das glaube ich", meinte er vom Fenster wegtretend. „Ich glaube, es ist überhaupt im

Augenblick das einzige, was ich tun kann. Den Grafen Chotek werde ich mir noch kommen lassen. Er soll seiner Tochter die Leviten lesen, und zwar gründlich. Was fiel ihr bloß ein, dieser Komtesse!"

„Bist du nicht ein wenig zu hart, Franzl? Vergißt du über den Rang nicht — den Menschen?"

Er war verwirrt, paffte dicke Wolken, als wolle er sich durch Zigarrenrauch ihren Blicken entziehen, die ihn bis ins Herz trafen.

Sie ging auf ihn zu, nahm ihn in ihre Arme und die Zigarre aus seinem Mund. Dann küßte sie ihn. Er ließ es regungslos mit sich geschehen. Es war ihr, als habe sie eine Statue geküßt. Dann aber plötzlich schien er zu erwachen, und seine Lippen suchten zögernd die ihren.

„Du mußt mir verzeihen", bat er. „Manchmal glaube ich, dies alles nicht mehr ertragen zu können. Anstatt daß die Familie zu mir stünde, schafft sie zusätzliche und unnötige Probleme. Ich bin wirklich böse auf Franz Ferdinand."

„Nicht doch, Franzl", bat sie schmeichelnd. „Vergib ihm um seiner jungen Jahre willen."

„So jung ist er nicht mehr! Und sie auch nicht. Ich kenne sie nicht, halte sie aber für ein durchtriebenes Frauenzimmer. Die Choteks sind ehrgeizig, waren es schon immer. Und du weißt, wohin Ehrgeiz führen kann. Denk an Maximilian und Charlotte. Sie hat meinen Bruder auf dem Gewissen. Er wäre nie nach Mexiko gegangen, wenn nicht —"

„Nein, nein", wehrte Sissy ab, „die arme Charlotte in ihrem Asyl in Belgien, geisteskrank und von den Mauern eines alten Schlosses umgeben! Eine Gefangene... Ist das nicht Strafe genug?"

„Ja, es ist Strafe genug", fand er. „Wenn ich daran denke, was in all den Jahren schon um mich her passiert ist. Es fängt jetzt an, meine Schultern niederzudrücken."

„Du schickst Franz Ferdinand also fort?"

„Auf eine Weltreise. Er soll meinetwegen in Afrika Krokodile jagen. Das ist immer noch ungefährlicher, als er jagt in Preßburg böhmische Komtessen."

„Das ist gar keine so schlechte Idee", fand Sissy. „Ein Jahr ist eine lange Zeit. Ein Jahr vermag viel."

„Vor Ablauf eines Jahres darf er mir nicht mehr unter die Augen kommen", sagte er hart.

„Und du hoffst, daß er sich inzwischen besinnt und den Heiratsplan aufgibt."

„Er wird sie vergessen. Er bildet sich jetzt nur ein, die müsse es sein oder keine", fand er begütigend. „Auch für ihn sieht die Welt in einem Jahr anders aus."

„Hoffentlich", meinte Sissy skeptisch. „Ihr beide seid euch ähnlicher, als du denkst!"

„Wie meinst du das?" fragte er nachdenklich.

„Er hat ihr ein Eheversprechen gegeben und wird es einlösen wollen."

Er machte eine wegwerfende Handbewegung.

„Daran habe ich schon gedacht", sagte er.

„Aber er ist ein Dickkopf wie du", lächelte sie verständnisvoll. „Und hat, so wie du, eine Riesenportion Pflichtgefühl!"

„Er ist ein Kavalier, da hast du recht. Das ist immerhin eine lobenswerte Eigenschaft."

„Er hat noch mehr gute Eigenschaften, Franzl. Und was ist, wenn er auch nach einem Jahr noch immer sagt, er wird seine Sophie niemals sitzenlassen?"

„Die Komtesse", knurrte Franzl, „wird ihn seines Wortes entbinden."

„Und dafür willst du sorgen…?"

„Gewiß", antwortete er knapp.

„Das heißt: du willst sie zwingen…? Oh, Franzl, das hätte ich nicht von dir gedacht!"

Sie war sichtlich enttäuscht und betroffen. Sie kannte Sophie Chotek nicht, fand aber, das dürfe man ihr nicht antun. Natürlich hatte der Kaiser Macht und Mittel, sie zum Nachgeben zu veranlassen. Aber daß Franzl einen solchen Weg wählen würde!

„Die Choteks sind uns ergeben", erinnerte sie. „Willst du uns diesen mächtigen böhmischen Clan zum Feind machen?"

„Ich sagte schon, daß ich mir den Grafen kommen lassen will", erwiderte er. „Ich werde mit ihm reden; er wird mich verstehen. Seine Tochter war standesvergessen. Sie hat versucht, ein Mitglied des Kaiserhauses zu umgarnen und für ehrgeizige Pläne zu gewinnen, hinter denen vermutlich die böhmischen Nationalisten stecken. Das kann und werde ich niemals dulden."

„Wenn du da nur keinen Fehler machst, wenn du so mit ihm redest", warnte ihn Sissy mit ernster Stimme.

5. In Gödöllö

Sissy hatte den Sommer in der Schweiz verbracht. Sie war in Zürich gewesen, auf dem Rigi und in Luzern, wo es ihr besonders gut gefiel und sie wieder stundenlang spazierenging, was die Gräfin Festetics an den Rand der Erschöpfung brachte; denn sie war nicht mehr die Jüngste. Auch Marie Ferenczy war wieder mit von der Partie, jedoch nicht Frau von Mikes, die sich nach Wien beurlaubt hatte.

Konstantin Christomanos, der Sissy zunehmend auf die Nerven fiel, war entlassen worden. Statt dessen unterrichtete ein junger Engländer namens Barker sie in den verschiedensten Sprachen. Er war ein sportlicher, kräftiger Typ, der einiges aushalten konnte und dem es nichts ausmachte, acht oder neun Stunden hindurch an der Seite der Kaiserin auf den Beinen zu sein.

Leider begann Sissy in der Schweiz wieder mit einer Abmagerungskur und fiel eines Tages sogar in Ohnmacht, weil sie seit längerem überhaupt nichts gegessen hatte. Das erboste die Ferenczy gar sehr; sie schimpfte regelrecht mit Sissy und hielt ihr ihre Unvernunft vor.

„Was wird Seine Majestät sagen, wenn Sie heim nach Wien kommen, abgemagert wie ein Skelett?"

„Aber ich bin ja gar nicht mager!"

„Doch! Es ist eine Manie. Magersucht nennt man das. Ich bestehe darauf, Majestät müssen essen!"

Vielleicht bin ich wirklich ein verrücktes Ding, fand Sissy und gab klein bei. Und beantwortete schuldbewußt einen von Franzls zahllosen Briefen mit der Versicherung ihres Wohlergehens und daß sie sich freue, ihn in Gödöllö wiederzusehen.

Auch Franzl freute sich darauf. Doch er hatte insgeheim Nachricht von Baron Nopsca, daß es mit der Gesundheit seiner Sissy gar nicht so gut bestellt war. Daher wurden seine Briefe immer mahnender und dringlicher.

„Er muß hellseherisch begabt sein", wunderte sie sich, weil ihr Franzl natürlich nichts von seiner heimlichen Korrespondenz mit Baron Nopsca verraten wollte, und dieser — das hatte er dem Kaiser versprechen müssen — tat, als wisse er von nichts...

Unterdessen war einer von vielen Menschen, um die Sissy

sich Sorgen machte, bereits auf hoher See: der künftige Thronfolger Franz Ferdinand. Sissy beneidete ihn um seine Weltreise; er durfte ja sogar hinüber nach Amerika. Franz Ferdinand hingegen wünschte sich sehnlichst heim nach seinem Konopischt und kam sich vor wie ein Verbannter.

In Konopischt und Beneschau regten sich unterdessen fleißige Hände. Der Kauf war tatsächlich zustande gekommen, und Franz Ferdinand hatte noch vor seiner Abreise das Nötige für die Renovierungen veranlaßt.

Einmal würde er hier mit seiner Soph' wohnen, das hatte er sich geschworen; und sie würden Kinder haben und glücklich sein, was auch immer alle Welt über sie reden und von ihnen halten mochte.

Der Kaiser hingegen hoffte auf die Wirkung der langen Trennung und hatte mit dem Grafen Chotek von Chotkova in Wien ein sehr ernstes und mahnendes Gespräch geführt. Der Graf erkannte das Dilemma völlig, und dabei erwies sich, daß sich der Kaiser in bezug auf die böhmischen Nationalisten geirrt hatte: sie steckten nicht dahinter.

Die Komtesse Chotek war ihm als Debutantin wohl einst auf einem Hofball vorgestellt worden; aber Franz Joseph erinnerte sich bei all den unzähligen Gesichtern, die ihm tagtäglich vor Augen kamen, nur mehr undeutlich an sie, obwohl ihm ein gutes Personengedächtnis nachgesagt wurde. Nun aber sah er sie auf einem neuen Foto vor sich; er hatte es von Isabella erhalten. Das Bild zeigte eine Jagdgesellschaft Erzherzog Friedrichs. Sein Neffe war darauf als stolzer Jäger abgebildet, und im Hintergrund, rechts von ihm, zwischen anderen Leuten, so, als ob zwischen ihr und Franz Ferdinand nicht die geringste Verbindung bestünde, stand auch „sie".

Infam hatte das Isabella geheißen, man ersähe daraus die

124

Heimtücke dieser Frauensperson. Franzl aber war objektiv genug zu wissen, daß der Fotograf dieses Foto nach seinem Gutdünken gestellt hatte und dabei die Personen so anordnete, wie er es für richtig hielt.

Sein Blick fiel beinahe sofort auf Sophie; er wurde, obwohl sie nicht der Mittelpunkt war und sich die gute Isabella im Vordergrund regelrecht in Positur warf, beinahe automatisch von ihr angezogen. Sophie war so ziemlich der einzige sympathische Mensch auf dem Foto.

„Was mag sie bloß an ihm finden", sinnierte Franzl, „an diesem tuberkulösen Choleriker!"

Sophie Chotek wirkte auf dem Bild sympathisch und bescheiden. Sie war einfach, aber geschmackvoll und passend gekleidet, und ihre Züge ließen ein weiches, frauliches Wesen und ein warmes, mütterlich fühlendes Herz ahnen...

„Sie sieht aus wie eine Krankenschwester in Zivil", konstatierte der Kaiser erstaunt.

Er hatte mit dieser Bemerkung mehr recht, als er ahnte, denn er war dem Kern der Sache sehr nahe gekommen: Franz Ferdinand hatte der Komtesse sein Leiden nicht verschwiegen und gerade dadurch ihr mitleidsvolles Herz gewonnen. Und ihr ‚Ja', das seinem Schicksal Trotz zu bieten schien, gab ihm ungeahnte Kraft, gegen die Krankheit anzukämpfen...

Das ging schon eine ganze Weile so, viel länger, als die Umgebung der beiden ahnte. Soph' verschaffte ihrem Franz Ferdinand Rezepte und schlug ihm Heiltränke vor, sogenannte Hausmittel aus der Apotheke von Mutter Natur. Sie riet ihm zu frischer Höhenluft und innerer Ruhe. Sie ermahnte ihn, leben zu wollen, denn nur so könnten sie ihren Traum von einer Ehe mit gesunden Kindern verwirklichen.

Sie wirkte beinahe Wunder. Niemand ahnte, daß die Besserung des Gesundheitszustandes des Thronfolgers weitgehend auf ihren Einfluß zurückzuführen war. Sie stachelte seine Phantasie und seinen Ehrgeiz an, so daß er die Kraft fand, das Versprechen zu erfüllen, das er einst seinem Freund und Verwandten Rudolf in die Hand gegeben hatte: dessen Ideen für das Reich zu verwirklichen, falls jener, wie er ahnte, vorzeitig aus dem Leben scheiden müßte.

Von diesem stillen, aber heilsamen Wirken der böhmischen Komtesse ahnte Franz Joseph nichts. Auch Sissy gegenüber hatte Franz Ferdinand kein Wort darüber verloren. Sie schrieb die Besserung seines Gesundheitszustandes der Umsicht der behandelnden Ärzte zugute.

Und sie hatte auch keine Ahnung davon, welche Tragödie sich in aller Stille in Böhmen vorbereitete, während sie nach ihrem geliebten Gödöllö fuhr, um dort einen geruhsamen Herbst zu verbringen und — einziger Wermutstropfen darin — die Auflösung ihres Reitstalles vorzunehmen.

Sie dachte an ihre Pferde, an den braunen Greif, an den schnellfüßigen Merkur, an Diana, die prächtige, langmähnige schwarze Stute. Sie würde sie alle sehr vermissen.

Soll ich mich wirklich von ihnen trennen? fragte sie sich noch einmal, während der Zug über die endlose Pußta dahinrollte. Soll ich, soll ich nicht? — Doch was hatten die Pferde davon, wenn sie in den Stallgebäuden versauerten? Und sie selbst — nun ja, allmählich fühlte sie, sie wäre nun nicht mehr in den Jahren, in denen sie wie ein junges Fohlen übermütig durch Felder und Wälder tollte.

Die Zeit der wilden Jagden war vorbei. Aber Erinnerungen blieben, an schöne, unvergeßliche Stunden, an die Kavaliere, die mit ihr um die Wette bei der Fuchsjagd geritten waren, wie etwa der unvergeßliche Bay Middleton oder Esz-

126

terhazy. Oder — ja, auch die Brüder Baltazzi, aus deren Familie jenes unglückselige Mädchen stammte, diese bedauernswerte Baronesse Vetsera!

Sie ruhte nun still auf dem Friedhof von Heiligenkreuz. Ihre Mutter hatte für sie eine Kapelle errichten lassen, mit bunten Glasfenstern, welche Mary und ihre beiden Brüder, von denen einer beim Ringtheaterbrand ums Leben kam, als Engel zeigten. Die Baronin war eine leidgeprüfte Frau. Sie hatte eine Rechtfertigungsschrift verfaßt, denn sie wollte den Verdacht, Mary habe aus unglücklicher Liebe den Kronprinzen vergiftet, nicht auf ihrer Tochter sitzen lassen. Die Schrift war beschlagnahmt worden. Doch im Ausland hatte man den Inhalt veröffentlicht, und das hatte den immer noch nicht endenwollenden Gerüchten über Mayerling neue Nahrung gegeben.

So wie der Zug über das ungarische Land und seine weiten Ebenen dahineilte, eilten auch Sissys Gedanken dahin — zurück in die Vergangenheit und voraus in die noch ungewisse Zukunft. Ihre Kassette in dem Geheimfach ihres Schreibtisches in der Hermesvilla hatte sie lange nicht mehr geöffnet. Ja, sie hatte das Wissen um das Vorhandensein dieser Aufzeichnungen sogar zu verdrängen versucht. Sie wollte an Rudis Tod nicht mehr erinnert werden, an all die Hoffnungen, die durch sein Sterben zerstört wurden.

Doch nun war einer da, der seine Pläne mit Tatkraft verwirklichen wollte! Franz Ferdinand… Krank und in dem Glauben, alle Welt wäre gegen ihn. Durchdrungen von der Überzeugung, sein Vorhaben wäre nötig für die Rettung der Monarchie, aber auch im Bewußtsein der Gefährlichkeit dieser Pläne, mißtraute er jedermann, Sissy ausgenommen. Ihr vertraute er sich an, in der Hoffnung, Unterstützung zu finden: er liebte einen Menschen, der an ihn glaubte und bereit war, sein Schicksal mit ihm zu teilen: den Kampf mit allen Mächten aufzunehmen. Sie war „nur" eine Komtesse aus böhmischem Adel, aber sie hatte ein Herz, eines, das bereit war, ihn zu lieben und anzunehmen mit all seinen Fehlern und gefährlichen Plänen. Sie wollte seine Gefährtin sein in den schweren Jahren, die — das wußte er — auf ihn zukommen würden. Aber da war das Hausgesetz...

Ein Gesetz, gegen das auch Johann Salvator, der Verschollene, verstoßen hatte. Ob er noch lebte, er und seine Milli Stubel...?

Sissys Gedanken richteten sich wieder auf Gödöllö. Die Auflösung ihres Reitstalls war gleichbedeutend mit einer Zäsur in ihrem Leben. Es war so etwas wie ein Wendepunkt, ein Aufgeben der Jugend. Nicht mehr zu reiten, das konnte sie sich gar nicht vorstellen. War sie doch schon als Kind in Possenhofen auf Pferderücken über Büsche und Hecken hinweggefegt, daß es Mama Ludovica die Haare zu Berge trieb, während Papa vergnügt und zustimmend gelacht hatte. Nein, sie wollte sie nicht alle hergeben. Auch Franzl hatte ihr geraten, ein, zwei Tiere zu behalten.

Als sie dann nach langer Bahn- und Kutschenfahrt in Gödöllö ankam, ging sie gleich in den großen Stall. Sie begrüßte die freudig schnaubenden Tiere, ging hin zu den Krippen und reichte den Pferden Zucker und Brot zur Begrüßung.

Dann stahl sich eine Träne auf ihre Wimpern; sie ruhte an den Hälsern ihrer Lieblinge, streichelte ihre Mähnen, tätschelte ihre Flanken. Es war ein Wiedersehen und zugleich ein Abschied. Ja, das war es... Und er tat weh!

Dann ließ sie den Verwalter kommen, um mit ihm den Verkauf der Pferde zu besprechen. Er merkte nichts mehr von ihrem heimlichen Schmerz; sie beherrschte sich und gab mit kühler Stimme ihre Anweisungen.

128

Währenddessen hatte sich die Anwesenheit der Kaiserin in Schloß Gödöllö wie ein Lauffeuer in der Gegend herumgesprochen, und die Kunde davon verbreitete sich bis in das nahe Budapest. Die Kaiserin ist wieder da, hieß es, sie, unsere Königin!

Als an diesem ersten Abend in Gödöllö die Dämmerung herbstlich über das Land hereinbrach, kamen die Festetics und die Ferenczy angstvoll in das Zimmer gestürzt, in dem Sissy über einer Stickerei saß.

„Majestät — Majestät!" rief die Ferenczy aufgeregt, während auch Baron Nopsca schon im Türrahmen sichtbar wurde.

„Was ist denn los?" fragte Sissy von ihrer Stickerei aufblickend.

„Es wälzen sich ganze Volksmassen heran, Majestät", erklärte der Baron vortretend. „Aber ich glaube beruhigend erklären zu dürfen, daß es sich keineswegs um einen Aufstand oder dergleichen handelt. Hochdero wollen vielmehr belieben, auf den Balkon zu treten und huldvollst dem Volke zuzuwinken —"

„Wann, lieber Baron, werden Sie endlich aufhören, so geschwollen daherzureden?" ärgerte sich Sissy und lachte schließlich belustigt über den verdattert dastehenden Nopsca.

Vor der Einfahrt zum Schloß drängte sich unterdessen bereits die Menge vor dem geschlossenen Gittertor. Man hörte begeisterte „Eljen!"-Rufe.

„Lassen Sie aufmachen, Baron", befahl Sissy.

„Aufmachen? Wäre das wirklich ratsam, Majestät?" sträubte sich der Baron.

„Ich möchte", sagte Sissy einfach, „denen da draußen die Hände schütteln…"

6. Der Großwildjäger

Die „Dahabije Hope" dampfte nilaufwärts. Der Oberst-hofmeister des Kronprinzen, Graf Wurmbrand, hatte sie gemietet, bevor er sich mit diesem endgültig zerstritten hatte. Nun fuhr der kranke Erzherzog, begleitet von seinem Arzt Dr. Eisenmenger, durch das uralte Land der Pharaonen, zerrissen von innerer Unrast und Sehnsucht nach Konopischt und seiner Sophie.

Er stand mit dem Kaiser in Briefwechsel. Aus den Briefen Franz Josephs sprach das Bemühen, den Neffen zu verstehen, ihn aber auch zugleich davon zu überzeugen, was ein Bruch des Hausgesetzes bedeutete.

Der Kronprinz, der unter dem Namen eines „Grafen von Hohenberg" unterwegs war, antwortete auf seine Art: er halte aus Überzeugung, nicht aus Starrsinn an seinem Heiratsplan fest.

„Die Hohenberg waren ein schwäbisches Geschlecht. Aus diesem ging die Stammutter der Habsburger hervor, und das soll mir Glück bringen", meinte er eines Tages zu Eisenmenger. „Und auch, daß mein Onkel die ‚Kaiserin Elisabeth' zur Überfahrt nach Ägypten zur Verfügung stellte, halte ich für ein gutes Omen."

„Ich finde überhaupt, seine Majestät sind sehr gnädig gestimmt", fand der Arzt.

„Gnädig schon — aber nicht einsichtsvoll. Doktor, das ist eine Kur nach der Methode ‚Zuckerbrot und Peitsche'. Er will mich fühlen lassen, wie gut ich's haben könnte, wenn ich nachgebe, und wie schlecht, wenn ich's nicht tue. Und wenn er sich auf den Kopf stellt — ich tu's nicht! Er soll mich nicht kleinkriegen!"

130

„Kaiserliche Hoheit sollten zuerst einmal auf die eigene Gesundheit achten", mahnte der Arzt.

„Aber die ist doch ausgezeichnet", fand Franz Ferdinand. „Ich fühle mich stark wie ein Bär."

„Kaiserliche Hoheit sind aber leider ein Bär, der hustet", brummte Doktor Eisenmenger unzufrieden. „Na, vielleicht tut die trockene Luft hier in Ägypten gut. Wir wollen jedenfalls hoffen, daß Kaiserliche Hoheit in einem Jahr gänzlich geheilt wieder heimkehren können."

„In Konopischt werden jetzt wohl schon die Rosen blühen, rings um das Schloß", meinte der Kronprinz sehnsuchtsvoll.

Er dachte dabei auch an Sophie, von der er keine Nachricht hatte. Die Verbindung war wie abgeschnitten. Die postlagernden Briefe, die er nach Preßburg sandte, blieben ohne Antwort. Dann schrieb er nach Prag; es kam wieder nichts, und das erfüllte ihn mit Unruhe.

Bloß Graf Wurmbrand wußte vom Briefverkehr mit Sophie. Doch der Graf hatte sich geweigert, in dieser Sache auch nur das geringste zu unternehmen; er hatte seine Weisungen vom Kaiser, die er befolgen mußte. Deshalb hatte Franz Ferdinand den Grafen kurzerhand heimgeschickt: „Was soll ich mit einem Obersthofmeister, zum dem ich kein Vertrauen haben kann und der meiner Sache nicht dient!"

„Wenn unsereiner", schrieb der Erzherzog sich seinen Ärger von der Seele, „jemanden gern hat, dann findet sich immer im Stammbaum etwas, was so eine Ehe verbietet. Die Folge davon ist, daß bei uns immer Mann und Frau zwanzigmal verwandt sind — und von den Kindern die Hälfte Trottel oder Epileptiker werden."

Sissy antwortete aus Gödöllö: „Mein lieber Neffe, die

Ehegesetze haben dem Haus Habsburg nicht nur Negatives gebracht. Sie haben vielmehr geholfen, das Imperium zu begründen, dessen heutiges Ausmaß das Ergebnis seiner Heiratspolitik ist. Erzherzog Albrecht sagt mit Recht, das Haus Habsburg sei die älteste und angesehenste Familie Europas. Monarchien sind auf die legitimen Vorrechte der Geburt begründet; werden diese Rechte in Frage gestellt, stellt man auch das ganze Prinzip in Frage. Du als Thronfolger solltest dies am wenigsten tun. Dennoch, lieber Neffe — und jetzt spricht mein Herz zu dir, nicht die Kaiserin: Trotz allem rate ich dir, heirate nur die, die du liebst und keine aus unserem Blut, sonst wirst du womöglich wirklich blöde Kinder haben."

„Du kannst dich darauf verlassen, liebste Tante, daß ich diesen guten Rat befolgen werde!" kam es postwendend nach Gödöllö zurück. „Ich schieße hier Löwen und Krokodile und werde, wenn ich Ägypten satt habe, nach Ceylon weiterreisen, wo es prächtige Tiger für meine Flinte geben soll. Ich bin in Sorge wegen Sophie. Sie beantwortet mir keinen meiner Briefe."

Franz Ferdinand war ein ausgezeichneter und passionierter Jäger. Seine Treffsicherheit war berühmt. Die Trophäen, die er von dieser Reise mit heimbrachte, konnten sich sehen lassen.

„Der Präparator wird Arbeit haben", meinte er zu Eisenmenger. „Das kommt alles in ein eigenes Museum." Und er schoß viel. Außerdem kaufte er in Eingeborenendörfern und auf den Basaren mit einer wahren Leidenschaft, was ihm nur halbwegs als Rarität erschien. Das sprach sich bald genug herum. Überall, wohin er kam, schnellten die Preise in die Höhe, und man redete ihm auch manches ein, was sich nachher als wertlos erwies.

Zu all dem kam dann auch noch eine Nachricht aus Wien, mit der er ganz und gar nicht gerechnet hatte: der Kaiser ließ ihm mitteilen, er habe ihn in bezug auf die Kosten von Konopischt „entsorgen" lassen — mit anderen Worten, er habe das Schloß für den Neffen bezahlt.

Zuckerbrot und Peitsche, dachte sich Franz Ferdinand und fühlte sich dabei ein wenig unbehaglich. Auch Sissy erfuhr davon in Gödöllö und war begeistert. Und die Sehnsucht erwachte in ihr, ihren Franzl wiederzusehen. Aber lag es nicht an ihr? Sie hätte sich ja nur in ihren Hofzug setzen und nach Wien fahren müssen.

Doch sie tat es nicht. Sie vergrub sich in Gödöllö, ritt hin und wieder ein wenig in den Herbst hinaus — nicht mehr so forsch wie früher, sondern bedächtig — und genoß den späten Schimmer der schon schräg stehenden, aber noch wärmenden Sonne.

Immer deutlicher zog der Herbst ins Land, und sie wurde unwillkürlich an die Weihnachtsfeste erinnert, die sie hier mit ihrer Familie gefeiert hatte. Und wie würde es heuer sein? Sie überlegte, ob sie das Weihnachtsfest nicht doch wieder mit Franzl in Gödöllö verbringen sollte. Gewiß, er würde sich unbändig freuen.

Aber die Erinnerung an Rudolf und an ihre Töchter, die alle fortgeheiratet hatten und nun ihre eigenen Familien hatten? Sie würden in Gödöllö sitzen wie zwei einsam gewordene, allmählich alternde Menschen. Sissy graute vor diesem Gedanken. Nein, nicht in Gödöllö, sagte sie sich. Niemals wieder! Ich will es machen, wie es Franz Ferdinand befohlen wurde: in der Welt Vergessen suchen. Will dem Winter entfliehen und wieder in den warmen, sonnigen Süden.

Etwa nach Korfu…?!

Sie hatte ja ein Haus auf einem der schönsten Fleckchen

dieser Erde, wo dauernd die Sonne schien und die Palmen rauschten... Doch ihr Traumschloß war nicht das geworden, was sie sich erhofft hatte.

Nein, sie wollte auch nicht nach Korfu. Nach Spanien vielleicht. Valencia, Granada — die Alhambra, das mochte sie reizen. Eindrücke dieser Art waren Schätze, die ihr niemand nehmen konnte. Und man brauchte kein Museum dazu, wie für jene Dinge, welche Franz Ferdinand mit heimbringen würde und an die sie mit einigem Schaudern dachte.

Der „Großwildjäger" war unterdessen weiterhin unterwegs. Er fuhr bis nach Ceylon und machte in Bombay die Kaufläden der Eingeborenenviertel unsicher. Dann zog er den Ganges hinauf und erlebte wunderbare Dinge, im wahrsten Sinne des Wortes, denn die Fakire faszinierten ihn. Schließlich gelangte Franz Ferdinand bis an die Hänge des Himalaya.

Er ritt auf Elefanten und schoß als Gast eines Maharadschas prächtige Tiger. Nur Doktor Eisenmenger wurde, je länger die anstrengende Reise dauerte, immer nachdenklicher. Sein Schützling war ausgesprochen schwankender Laune. Bei den Jagden schien er alles um sich her zu vergessen und gab sich ganz dem Abenteuer hin. Dazwischen aber hatte er Stunden, in denen er vor sich hin grübelte und nicht ansprechbar war. Und der Husten wollte kein Ende nehmen...

In Japan wurde die Reise daher auch unterbrochen.

Doch schon bald wollte der Erzherzog die Fahrt fortsetzen, denn es sollte über den Ozean gehen und „ich möchte fremde Staatswesen an Ort und Stelle studieren und mit Völkern in Verbindung treten, deren Kultur mir unbekannt ist", schrieb er.

Wenn meine Soph' dies doch alles miterleben und zusam-

134

men mit mir sehen könnte, sehnte er sich nach ihr. Der halbe Erdball trennte ihn von der kleinen Komtesse, von der man sagte, daß sie seiner nicht ebenbürtig wäre — und doch trug er ihr Bild stets bei sich, und sie behauptete den Platz in seinem Herzen. Doch kein Brief von ihr erreichte ihn, weder ‚postlagernd Kairo' noch in Yokohama…

Japan war ein Erlebnis für sich: das sich Fremden gegenüber so reserviert verhaltende Reich des Mikado mit seinen Tempeln und zauberhaften Gärten und den nicht minder zauberhaften Geishas… Ja, Japan war eine Reise wert! Franz Ferdinand beobachtete die drohende Rauchfahne, die aus dem Krater des Fudschijama aufstieg, und hörte von Erdbeben, die ganze Städte und Dörfer vernichteten.

Und dann überlegte er, daß er das Weihnachtsfest auf hoher See verbringen werde, unterwegs zu den Vereinigten Staaten. Und wieder befiel ihn Depression.

„Noch sind es vier Wochen bis dahin", brummte er zu Doktor Eisenmenger, „aber ich weiß nicht, wie ich die Adventzeit durchstehen soll. Hier ist doch alles ganz anders, kein Christbaum, nichts, was mich an daheim erinnert!"

Eisenmenger lächelte: „Aber Kaiserliche Hoheit werden überrascht sein. In Triest wurde ein lebender Tannenbaum an Bord genommen. Er hat in seinem Topf brav Wurzeln geschlagen und ist für das Fest bestimmt. Und natürlich wird es auch Lichter geben, und die Bordkapelle spielt ganz sicher ‚Stille Nacht, heilige Nacht'!"

Er war gerührt, daß man daran gedacht und vorgesorgt hatte. Aber Soph' ist nicht bei mir, dachte er und wurde aus diesem Grunde dennoch nicht froh. Der Doktor registrierte es mit Bedenken.

„Fühlen sich Kaiserliche Hoheit auch wohl?" erkundigte er sich.

„Ganz wohl", knurrte Franz Ferdinand, „so wohl, wie man sich in meiner Lage halt fühlen kann."

„Und was ist das für eine Lage, wenn man fragen darf?"

„Es ist die Lage eines Mannes, den man abschiebt nach dem Motto ‚Glücklich ist, wer vergißt, was doch nicht zu ändern ist'. — Aber ich werde es ändern!"

„Was, Kaiserliche Hoheit?" forschte Eisenmenger hellhörig.

„Eine ganze Menge werde ich ändern", wich Franz Ferdinand aus, „wenn ich erst einmal Kaiser bin."

„Nun, trachten Kaiserliche Hoheit zunächst doch einmal danach, sich gründlich auszukurieren. Das viele Reiten und Jagen ist gewiß nicht sehr zuträglich, und ich habe die Verantwortung. Es liegt zwar in der Natur einer Reise, aber wir sind zu viel unterwegs, finde ich. Ich hoffe auf die Überfahrt und die gesunde Luft auf offener See. Ich hoffe —"

„Ich hoffe auch, nämlich auf ein Wunder", unterbrach ihn der Erzherzog orakelhaft und schaute starr in die Ferne.

Wo war Soph'? Weshalb schrieb sie ihm nicht, warum antwortete sie nicht auf seine Briefe? Was hatte man mit ihr gemacht? Die Ungewißheit quälte ihn.

Nach der Katastrophe von Preßburg war sie heim nach Prag gereist. Sie hatten noch voneinander Abschied genommen, einander Trost zugesprochen, und er hatte sein Heiratsversprechen erneuert.

„Was auch immer kommt, Soph' — du mußt daran glauben: ich gebe dich nicht auf, nie und nimmer. Wenn schon nicht die Menschen, so muß der Himmel ein Einsehen haben. Ich vertraue auf unseren Herrgott!"

Sie hatten einen tränenreichen Abschied genommen. Franz Ferdinand war voll Zorn auf die grausame Isabella, die sofort nach Wien gefahren war, um dem Kaiser alles aufzudecken. Und um sich über die „schamlose Heuchelei" zu beschweren, die in ihrem Hause betrieben worden war, wie sie sich ausdrückte.

Es war Franz Ferdinand klar, daß er sich in Preßburg nicht mehr blicken lassen durfte. Auch, daß ihm von seinem kaiserlichen Onkel ein geharnischtes Donnerwetter bevorstand; darauf war er gefaßt, dies erwartete er. Doch er hatte nicht angenommen, daß die Verwandtschaft von Sophie jeden weiteren Kontakt zwischen den Liebenden unterbinden würde.

Allmählich wurde ihm bewußt, daß hier der lange Arm des Kaisers am Wirken war. Er hatte erfahren, daß Graf Chotek, der österreichische Gesandte in Brüssel, überraschend nach Wien beordert worden war. Er war Sophies Vater. Leute, welche in dieser ‚Berichterstattung' politische Gründe vermuteten, irrten. Zwar gab es auch zwischen Wien und dem Hof des Königs Leopold gewisse Spannungen in bezug auf die Kronprinzessin Stephanie, die ja die Tochter des belgischen Königs war. Doch diesmal ging es um ‚Soph'.

7. Noch eine Abtrünnige

Aus Franz Ferdinands Briefen an Sissy klang der inständige, wenn auch nicht direkt ausgesprochene Wunsch, die Tante möge vermitteln, oder zumindest zu erfahren suchen, was denn überhaupt mit Sophie von Chotek geschehen sei. Vielleicht war auch sie ins Ausland geschickt worden, um zu vergessen. Möglicherweise erhielt sie seine Briefe auch gar nicht. Vielleicht fing man sie ab, und Sophie hielt ihn nun für wortbrüchig oder dachte gar, in der Fremde habe er sie tatsächlich vergessen. Daß er ihr durch fremde Schuld einen derartigen Schmerz zufügen könne, dieser Gedanke ließ ihm keine Ruhe. Manchmal glaubte er, dem kaiserlichen Befehl zum Trotz die Reise abbrechen und schnurstracks nach Böhmen fahren zu müssen, um Aufklärung zu verlangen.

Sissy verstand ihn wohl, aber sie wollte nicht die Absichten ihres Mannes durchkreuzen. So blieb denn Franz Ferdinand vorerst weiterhin im ungewissen über das Schicksal seiner Sophie. Sissy aber nahm sich vor, vorsichtige Erkundigungen einzuziehen. Von denen sollte nach Möglichkeit weder Franz erfahren noch Franz Ferdinand. Sie wollte bloß selbst über das Schicksal der Komtesse Bescheid wissen.

Unterdessen kam Nachricht aus Wien; die Russische Botschaft hatte das termingerechte Eintreffen des Bruders des Zaren avisiert. Zum Empfang des Großfürsten mußte Sissy natürlich, wie versprochen, erscheinen und ihren Aufenthalt in Gödöllö beenden.

„Dimitri ist im Anrollen", begrüßte Franzl sie bei ihrer Ankunft in Wien, „wir können uns auf einiges gefaßt machen; vielleicht glückt es uns doch noch, die Militärallianz zwischen Frankreich und Rußland zu verhindern, oder zumindest gleichfalls ein Abkommen mit den Russen zu schließen, das die Gefahr neutralisiert. Durch einen Nichtangriffspakt etwa."

„Ich soll also meinen ganzen Charme aufbieten?"

„Das erwarte ich von dir, mein Engel. Du siehst bezaubernd aus; das wird seinen Eindruck auf Dimitri nicht verfehlen."

„Und wie steht es mit dem Charme unserer lieben Stephanie?" fragte Sissy. „Stephanie ist viel jünger und zudem blond. Die Russen schätzen doch Blondinen besonders, habe ich mir sagen lassen."

„In dieser Hinsicht bin ich nicht informiert", wich Franzl aus. „Doch was den Charme unserer ‚lieben Stephanie' betrifft, so können wir ihn vergessen."

„Wieso denn das?" horchte Sissy auf.

„Sie verströmt ihn gegenwärtig in eine andere Richtung", knurrte Franzl bissig.

„Höre ich recht?" staunte Sissy. „Stephanie ist verliebt?"

„So nennt man das wohl, denke ich."

„Interessant", fand Sissy. „Nun ja, man kann ja wohl auch nicht von ihr verlangen, daß sie ewig als trauernde Witwe lebt."

„Wie sie lebt, ist durchaus ihre Sache, solange sie damit nicht an die Öffentlichkeit geht. Aber das wird sich, fürchte ich, wohl nicht vermeiden lassen."

„Wie soll ich das verstehen?" wunderte sich Sissy. „Es gibt doch nicht etwa auch mit ihr Schwierigkeiten?"

„Doch, die gibt es", nickte Franzl. „Es gibt immer und unausgesetzt Schwierigkeiten. Alles trampelt auf meinen Nerven herum."

„Mein armer Löwe", bedauerte ihn Sissy voll aufrichtigen Mitgefühls. „Was will denn Stephanie nun wieder?"

„Heiraten", antwortete er knapp.

„Doch nicht etwa einen Bürgerlichen?!" rief Sissy, einen Zornesausbruch ihres Gatten befürchtend.

„Beinahe", knurrte er jedoch bloß. „Sie hat es mit ihrem Kammerherrn."

„Dem Grafen Lonyay?" lachte Sissy fröhlich heraus.

„Ich begreife nicht, was es da zu lachen gibt!" rief Franzl erbost.

„Die Kronprinzessin und der Kammerherr", lachte Sissy jedoch weiter. „Es ist beinahe wie im Märchenbuch. Eine Romanze, direkt für die Klatschblätter! Die Journalisten werden Stephanie auf Händen tragen!"

„Und mich nicht, denn ich werde ihnen die Suppe versalzen", erklärte Franzl finster.

„Oh, mein Guter, das wäre das Ungeschickteste, was du tun könntest", warnte ihn Sissy. „Denk an unseren Rudi: Er hat schon immer verstanden, die Presse auf seine Seite zu ziehen. Und ich glaube fast, auch du hast Herrn Moritz Szeps und seinen Kollegen einiges zu verdanken", setzte sie vorsichtig hinzu.

„Wie meinst du das?" fragte er erregt.

„Oh, nur so", wich Sissy aus. „Ich dachte bloß an die famose Art, wie sie nach Rudis Tod die auswärtigen Journalisten mit Stoff versorgten... wodurch dann die romantische Geschichte von Rudis großer Liebe zu der armen Baronesse entstand, die doch eigentlich kein vernünftiger Mensch glauben konnte, die aber genau das Richtige für die Klatschblätter war!"

„Stephanie wird keinen Stoff liefern", erklärte er hart. „Wenn sie von der Kronprinzessin-Witwe zu einer Gräfin Lonyay herabsinken will, ist das ihre Sache. Ich werde ihr kein Hindernis in den Weg legen; in unserem Kreis ist sie ohnedies nie heimisch geworden. Aber —"

„Ich wäre schon höchst erstaunt gewesen, wenn es kein ‚aber' gegeben hätte, Franzl", meinte Sissy. „Was — sag es rundheraus — stellst du ihr für Bedingungen?"

„Das Exil. Meine Enkelin, Rudis Tochter Elisabeth, bleibt in Wien, sie ist von unserem Blut. Und das Ganze muß sich ohne jedes Aufsehen vollziehen; es darf keine Presse und kein Gerede geben."

140

„Nun, ganz wird es sich wohl nicht vermeiden lassen", meinte Sissy, „daß diese Mesalliance publik wird. Wenn schon nicht in Österreich-Ungarn, dann doch wohl in Belgien, der Heimat von Stephanie. Und von Belgien aus nehmen die Meldungen dann wieder ihren Weg nach Österreich-Ungarn und finden hier ihren Niederschlag in den Blättern. Samt Kommentar, versteht sich."

„Samt Kommentar, versteht sich!" Franzl stampfte zornig auf. „Es ist ohnedies ein Skandal, was sich diese Zeitungsschreiber alles erlauben. Gerade noch, daß sie die offene Majestätsbeleidigung vermeiden. In dem Punkt hat Franz Ferdinand recht: Man müßte einmal ein Exempel statuieren!"

„Auch das wäre nicht sehr gescheit, Franzl. Die Presse hat einen langen Arm, er reicht um die ganze Welt. Wir sollten lieber vorsichtig sein und es machen, wie Rudi wollte. Schade, daß er und Franz Ferdinand in diesem einen Punkt offenbar nicht übereinstimmten."

„An diesem unserem Neffen, hast du offenbar einen Narren gefressen, mein Engel", lächelte er. „Ihr schreibt euch ja ganz schön regelmäßig."

„Läßt du die Briefe etwa abfangen?"

„Aber nicht doch! Was denkst du, Schatz."

„Und seine Briefe an die Komtesse Chotek?" fragte sie vorsichtig und gespannt.

Er blickte sie an mit einem Blick, als wisse er mehr, als ihr lieb wäre, schüttelte aber bloß stumm den Kopf.

„Das ist nicht meine Angelegenheit, das besorgen schon andere", antwortete er schließlich, als sie ihn weiter stumm und fragend anblickte. „Das machen die Choteks selbst."

„Aha — und ihre Briefe an ihn?"

„Sie schreibt keine Briefe."

„Keine Briefe?" staunte Sissy. „Nicht einen einzigen Brief soll sie an Franz Ferdinand geschrieben haben, in den ganzen, langen Monaten, in denen er unterwegs ist?"

„Einen, vielleicht. Den allerersten, vermute ich. Und einen zweiten gab es dann nicht mehr. Den hat sie dann wohl nur mehr in ihren Gedanken abgefaßt."

Er wandte sich von ihr ab und schaute aus dem Fenster der Kutsche, die gerade durch den herbstlichen Lainzer Tierpark zur Hermesvilla rollte.

„Schön ist es hier draußen", sagte er unvermittelt, während sie auf eine weitere Erklärung über den Aufenthalt der Komtesse und über das Schicksal ihrer Briefe wartete.

„Wunderschön", wiederholte er gedankenverloren. „Sie ist eine Wohltat, diese Stille."

„Ja, das mag sein", antwortete sie gereizt. „Du bist mir eine Antwort schuldig."

„Du hast mich ja gar nichts gefragt", stellte er fest.

„Ich habe die Frage bloß nicht ausgesprochen. Weil du sie ohnedies kennst: Wo befindet sich die Komtesse Chotek?"

„An einem Ort, an dem sie die Stille genießen kann", antwortete er rätselhaft.

Es war klar, daß er nicht die geringste Lust verspürte, dieses ihm unangenehm werdende Gespräch fortzusetzen.

„Ich habe leider keine Zeit mehr, mein Engel, die Arbeit in der Reichskanzlei erwartet mich. Gewisse Dinge dulden keinen Aufschub. Ich darf mit deinem Verständnis rechnen", erklärte er noch, als sie bei der Hermesvilla ankamen. Dann beugte er sich über ihre Hand und küßte sie.

„Ein Ort, an dem sie die Stille genießen kann?" fragte sie sich, als sie wieder allein war. „Was soll das bedeuten? Was kann er bloß damit meinen?!"

142

Und dann dämmerte ihr ein schrecklicher Verdacht…

„Sie ist eingekerkert, von der Umwelt abgeschlossen", rief sie aus. „Doch nein — so ein Unmensch kann doch ihr Vater nicht sein!"

Sie sagte sich, wenn dies wahr wäre, dann wäre dies ein gegebener Grund, um einzuschreiten. Sie würde diese skandalöse Tatsache ihrem Neffen nicht vorenthalten. Eine solche Behandlung verdiente die Komtesse wirklich nicht — es wäre gegen jede Frauenwürde und gegen jedes Menschenrecht.

Und dann kam Stephanie; sie sah glücklich und zufrieden aus und begrüßte die Schwiegermama mit ungewohnter Herzlichkeit.

„Stell dir vor, der Kaiser hat es genehmigt", rief sie entzückt. „Ich habe es ihm offen gesagt, daß Elemar und ich uns lieben und heiraten wollen. Ich dachte mir, Offenheit sei das Beste. Und das war es dann ja wohl auch!"

„Dann darf ich dir ja gratulieren", meinte Sissy. „Und ich hoffe für dich, daß du glücklich wirst."

„Oh, ich denke schon. Er — er ist so ganz anders als Rudolf… Und es ist eine Heirat, die ich möchte. Damals, als ich Rudi heiratete, war ich sechzehn und hatte von allem keine Ahnung."

„Ja, ich weiß, Stephanie", meinte Sissy bedrückt. „Ich denke nun auch, daß diese Heirat für alle ein Fehler war. Nun aber hast du ja deine eigene Wahl getroffen und wirst sie hoffentlich nicht bereuen."

„Sicher nicht… Ich bin glücklich! Wir werden tun, was der Kaiser von uns verlangt, und dann ins Ausland gehen. Die Hofburg sieht mich so bald nicht wieder!"

Sie sagte es voll inniger Erleichterung. Und Sissy wunderte sich darüber, daß Stephanie die Zusage Franzls so leicht errungen hatte. Ob er es satt geworden war, die Privatangelegenheiten der Angehörigen des Kaiserhauses ständig zu gängeln und der Hausnorm entsprechend zurechtzurücken? Es mußte ihm wohl verständlicherweise lästig geworden sein. Doch in bezug auf den Kronprinzen ließ er sich nicht von seinem Standpunkt abbringen. Vielleicht wäre die Geschichte mit der Heirat nicht so schwierig, sagte sich Sissy, wenn Franz Ferdinand nicht eben der Kronprinz wäre.

Ganz von selbst kam die Rede auf Franz Ferdinand. Stephanie schien in dieser Sache selbst etwas auf dem Herzen zu haben.

„Rudis Nachfolger hätte eben auch von Anfang an offen sein sollen", meinte sie. „Rudis Nachfolger —"

„Du meinst Franz Ferdinand", berichtigte Sissy nicht ohne Schärfe, denn sie merkte wohl, daß Stephanie dem ‚Nachfolger' ihres Gatten nicht sehr wohlgesonnen war.

„Nun, Franz Ferdinand eben — er hätte keine Heimlichkeiten haben dürfen. Sehr schlau hat er es nicht gerade angestellt."

„Er war offen und ist es noch", erklärte Sissy.

„Nun, Isabella fand ihn gar nicht offen. Und Papa, der Kaiser, war da wohl auch anderer Meinung. Daß er jetzt offen ist, nachdem die ganze heimliche Affäre in Preßburg aufgeflogen ist, das ist doch klar. Es bleibt ihm nichts anderes übrig. Der Skandal war ja bereits perfekt."

„Sieh nur zu, daß aus dieser Heirat kein solches Gerede gemacht wird", warnte sie Sissy. „Und im übrigen tun mir mein Neffe und sein armes Mädchen von Herzen leid."

„Ja, sie kann einem auch leid tun", meinte Stephanie mit einem Anflug von Ironie. „Immerhin ist es wohl die beste Lösung."

„Was ist die beste Lösung?"

144

Stephanie erschrak über den Ton dieser Frage. Sie starrte Sissy an, deren Miene immer finsterer wurde. Die Kaiserin war anscheinend ahnungslos.

„Ja — weißt du es denn nicht?" fragte Stephanie. „Die Komtesse ist ins Kloster gegangen!"

Sissy sprang auf: „Das darf doch nicht wahr sein!" rief sie. „Sie hat den Schleier genommen?"

„Nein, noch nicht... Ihre Angehörigen haben sie in ein Kloster gesteckt. Sie lebt dort wie eine Novizin. Sie darf weder schreiben noch Briefe empfangen und auch keine Besuche erhalten."

„Also das hat Franzl gemeint", murmelte Sissy, „als er sagte, sie wäre an einem Ort, an dem sie den Frieden genießen kann..."

„Den Frieden genießen?" zeigte sich Stephanie amüsiert. „Da hat er recht, das kann sie dort wirklich..."

8. Novembertage

Als die Kronprinzessin-Witwe wieder in die Stadt fuhr, blieb Sissy wie vor den Kopf gestoßen zurück. Man hatte also Franz Ferdinands Liebste in ein Kloster gesteckt, an einen ‚Ort des Friedens' nach Franzls Worten, abgeschnitten von aller Welt, ohne Verbindung zu dem Mann, den sie liebte.

Freilich, sagte sich Sissy nach einer Weile, war sie dort auch sicher vor Journalisten und allem weiteren Klatsch. Vielleicht rechneten manche Leute sogar damit, Sophie könne im Kloster bleiben und Nonne werden. Andere wiederum würden bereits zufrieden sein, wenn sie so lange als weltliche Bewohnerin, als Gast, im Kloster bliebe, bis — wie man in Wien so treffend zu sagen pflegte — Gras über die Sache gewachsen war. Dann konnte sie ja einem anderen Bewerber ihr Jawort geben.

Ob der Plan, Sophie in einem Kloster unterzubringen, nun von ihrem Vater oder von Franzl stammte — oder ob er von allen beiden ausgeheckt worden war — sicher schien Sissy jedenfalls eines: freiwillig war die Komtesse nicht ins Kloster gegangen. Man hielt sie dort als Gefangene fest.

Erfuhr der Thronfolger davon, dann war bei seinem jähzornigen Temperament mit einer Katastrophe zu rechnen. Sissy stellte sich vor, daß er durchaus imstande wäre, seine Soph' mit Gewalt aus dem Kloster zu holen und zu heiraten, ohne den Kaiser nochmals um Erlaubnis zu fragen. Ein solches Vorgehen aber mußte unweigerlich zu einem Zerwürfnis mit unabsehbaren Folgen führen; und dann wäre ja wohl der Ruf des Kaiserhauses in aller Öffentlichkeit schwer angeschlagen.

Nein, sie durfte Franz Ferdinand nichts von der augenblicklichen Situation Sophies verraten. Aber sie konnte dennoch etwas tun, um den beiden Liebenden beizustehen. Es mußte Mittel und Wege geben, um auf Umwegen den Kontakt zwischen den beiden zu vermitteln. Denn das Schlimmste für Franz Ferdinand und wohl auch für Sophie war die Ungewißheit — die Ungewißheit über das Verhalten des Partners.

Sie sollten einfach wissen, daß sie einander weiterhin die Treue hielten. Nun hoffte auch Sissy wie ihr Neffe auf ein Wunder. Der Glaube, so hieß es doch wohl, vermag Berge zu versetzen.

Die vorsichtige Frage an Stephanie, in welchem Kloster sich die Komtesse befände, war von dieser mit ehrlicher Of-

146

fenheit beantwortet worden: das wisse sie nicht, das sei geheim, darüber würde strengstes Stillschweigen bewahrt. Und Sissy gab sich keiner Hoffnung hin, daß ihr Franzl diese Frage beantworten werde. Es galt also, Detektiv zu spielen. Sie mußte den Aufenthaltsort von Sophie Chotek selbst herausfinden und meinte, daß dies doch wohl mit etwas gutem Willen gelingen würde. Vorsicht war auf jeden Fall geboten, um Sophies Aufpasser nicht zu warnen; Sissy brauchte diskrete Helfer, und sie glaubte, solche zu haben.

In der Hofburg hatte unterdessen Franzl einen überraschenden Besuch der Freundin Kathi Schratt. Sie hoffte, auch Sissy anzutreffen, und war ein wenig enttäuscht, als sie erfuhr, daß sich die Kaiserin in der Hermesvilla befände.

Die Baronin nahm mit dem Kaiser den Tee, und sie plauderten ein wenig, was den Kaiser etwas von seinen Sorgen ablenkte und für beide eine angenehme Abwechslung bedeutete.

„Beste Baronin", drohte er ihr scherzhaft mit dem Zeigefinger, „wie ich höre, hat Sie der Spielteufel schon wieder gepackt. Sie sollten ihre Besuche im Casino lieber bleiben lassen. Sie machen Spielschulden, und das gefällt mir gar nicht."

„Majestät haben offenbar überall Ohren und Augen", wiegte die Schauspielerin bedenklich den Kopf. „Da muß man sich ja wirklich vorsehen. Reinweg gefährlich ist das für unsereinen!"

„Nun, um meine Freunde muß ich mich doch ein bißchen kümmern", lächelte er nachsichtig. „Aber befolgen Sie meinen guten Rat. Am Spieltisch gibt es nur einen einzigen wirklichen Gewinner: die Bank."

„Aber es ist so spannend", versicherte die Baronin. „So wie beim Turf!"

„Pferderennen — das ist auch so eine unglückselige Lei-denschaft."

„Ja, haben denn Majestät gar keine — kein Laster, meine ich?" sagte sie beinahe strafend.

„Doch", brummte er und griff nach seiner Zigarren-schachtel, „meine Regalia media."

„Pfui", sagte die Baronin ernsthaft, „wie kann der Kaiser so billige Zigarren rauchen!"

„Es ist das Geld des Steuerzahlers", meinte er ernst. „Der Bürger hat ein Recht auf meine Sparsamkeit."

„Aber Majestät besitzen Privatvermögen!"

„Davon", lächelte er fein, „subventioniere ich unter ande-rem das Burgtheater, meine Beste..."

Sie wurde wahrhaftig rot. Denn dort war sie ja engagiert, bezog von dort ihre Gagen. Sie saß jetzt also ihrem Brot-herrn gegenüber. Doch Franzl ließ keine Peinlichkeit auf-kommen.

„Der Graf Lonyay wird gefürstet werden", erzählte er, „und damit hat Stephanie meinen Segen und den ihres Va-ters Leopold. Sie wird sich aber von ihrer Schwester Louise trennen müssen, die mit dem ‚Dicken' verheiratet ist."

„Ich kann mir denken, daß ihr das schwerfällt. Sie hängt an ihrer Schwester sehr, wenn auch nicht gerade an dem Prinzen Coburg."

„Louise bedeutete für Stephanie ein Stück belgischer Hei-mat", meinte der Kaiser verständnisvoll. „Im übrigen ist sie sehr hübsch, und der ‚Dicke' ist grausam eifersüchtig. Wenn er mit ihr im Stadtpark beim Kursalon-Konzert sitzt, soll er sie nicht aus den Augen lassen, habe ich mir sagen las-sen."

„Stimmt, Majestät, sie kann einem leid tun. Aber sie läßt sich's nicht verdrießen und lächelt zurück, wenn ihr unter den Rathaus-Arkaden bei der Promenade Kavaliersblicke zufliegen."

„Damit rächt sich Louise... Sie hält den Dicken in Trab! Recht geschieht ihm. Schließlich mußte er wissen, wen er heiratet. Nun, mitunter denke ich, hätte Stephanie etwas von dem Temperament ihrer Schwester, wäre manches in Rudis Ehe nicht so gekommen."

„Auch meinem alten Taaffe geht's gar nicht gut", erzählte Franzl weiter. „Er sagt, er möchte die Geschäfte abgeben. Es wird mir schwerfallen, wenn er geht und ich mit einem neuen Ministerpräsidenten arbeiten muß."

„Nun, es wird doch wohl jemand sein, den Majestät gut kennen und vertrauen können."

„Aber mit Taaffe war ich eingearbeitet. Er wußte alles, hatte alle und jeden zur Hand. Nun ja, niemand ist unersetzlich. Ich werde es eines Tages auch nicht sein. Die Zeiten ändern sich, nichts bleibt, wie es ist, die Welt dreht sich weiter, beste Freundin. Ich versuche zu erhalten, was mir übertragen worden ist. Für den, der nach mir kommt, wer immer das auch sein mag. Der mag dann selbst sehen, wie er damit fertig wird. Aber ich, für meine Person, will mir nichts nachsagen lassen müssen."

„Dächten nur alle so", meinte Kathi anerkennend. „Aber wo man hinschaut, ist es zum Grausen. Die Zeitungen sind voll davon. Ein Skandal jagt den anderen. — Übrigens, der Bürgermeister Dr. Prix mit seinen neuen Magistratischen Bezirksämtern, die er da jetzt überall einrichtet —."

„Das ist eine famose Idee", wehrte der Kaiser ab. „In Anbetracht der eingemeindeten Vororte; es ist, als hätten die Leut' ihr altes Rathaus wieder, und anders ist die lokale Verwaltung wohl gar nicht zu schaffen."

„Ja, ja, aber man muß sich erst d'ran gewöhnen, und

über die neuen Herren Bezirksvorsteher wird viel g'redet..."

Der Kaiser lachte: „Die Leut' reden immer. Das kann ihnen niemand verbieten, und das ist auch gut so. Nein, nein! Eines Tages werden sie ganz zufrieden sein. Ich kenn' meine Wiener."

„Die sind nie zufrieden", lachte Kathi. „Die raunzen immer."

„Das ist ja grad das Rechte an ihnen. Wer schimpft, der kauft!" lachte auch der Kaiser.

Und damit war das kleine Plauder-Viertelstündchen auch schon wieder beendet, und Kathi verabschiedete sich.

Kaum war der Kaiser wieder in seinem Arbeitszimmer, als ihm Fürst Montenuovo gemeldet wurde. Es galt, das Zeremoniell für den Besuch des russischen Großfürsten durchzusprechen.

„Am liebsten möchte ich ins Bett", knurrte Franzl, der sich in Wirklichkeit gar nicht wohl fühlte.

Es war zwar nur ein einfaches, zusammenklappbares Eisenbett, das er in seinem Zimmer stehen hatte. Auf dem übernachtete er, wenn er nicht in Schönbrunn schlief, weil die Arbeit in der Reichskanzlei mitunter bis in die Nachtstunden währte. Doch selbst dieses karge Lager erschien ihm jetzt wünschenswerter als dieses Gespräch mit Montenuovo.

Der Fürst hatte schon einen genauen Plan für den Einzug des Kaiserpaares und den des Gastes samt beider Gefolge in den Zeremoniensaal festgelegt. Nach einer Aussprache, die nach dem offiziellen Begrüßungsakt stattfinden sollte, war das Bankett geplant.

„Der Redoutensaal, Majestät, wäre hierfür der geeignete Ort", schlug Montenuovo vor.

Franzl dachte aber an Sissy.

„Nein", sagte er, „wir lassen alles in Schönbrunn ablaufen. Der Großfürst soll seine Freude haben. Wir tafeln und tanzen im Spiegelsaal. Der Großfürst ist von Petersburg her eine Menge Prunk gewöhnt. Dagegen wirkt die Hofburg fast ärmlich. Die neuen Trakte, die wir bauen, sind vorerst nichts weiter als eine riesige, ungemütliche Baustelle. Hier können wir unseren Gast aus Rußland nicht empfangen. Sie werden daher sicher einsehen, daß nur Schönbrunn in Frage kommt, Fürst."

„Wie Majestät befehlen", nickte der Fürst. „In Schönbrunn wird es sicher viel schöner."

Als Montenuovo gegangen war, stand Franzl noch eine Weile am Fenster seines Arbeitszimmers und blickte auf den Burghof hinab. Der Lärm von der gewaltigen Baustelle, auf der Konrad von Hasenauer mit dem Bau der Neuen Burg begonnen hatte, die zu einem gewaltigen Kaiserforum werden sollte, drang bis hier herüber.

Der Bau würde ein Werk vieler Jahre werden. Das war auch eine Frage der Geldmittel, die aufzubringen waren. Hier sollte das Zentrum Österreich-Ungarns augenfällig entstehen. Die alte Hofburg mit ihrem morschen, schon jahrhundertealten Mauerwerk hatte dann ausgedient. Sie mußte dem Neuen weichen.

Alles ändert sich, dachte Franzl. In den neuen, prächtigen Räumen würde es sich besser wohnen und arbeiten und — den pflichtgemäßen Erfordernissen entsprechend — auch besser repräsentieren lassen. Und doch ging wohl mit der alten Burg ein Stück sechshundertjähriger Geschichte des Hauses Habsburg dahin.

Herbstnebel lagerte sich über das graue Gemäuer der Burg. Im Appartement Sissys, das er von seinem Fenster aus zur rechten sehen konnte, brannte kein Licht. Hinaus in die Hermesvilla zu fahren, um sie zu besuchen, hatte Franzl heute keine Zeit, und er fühlte sich auch nicht frisch genug dazu. Er zog sich von seinem Fenster zurück und setzte sich seufzend wieder an seinen Schreibtisch. Er dachte an das fallende Laub draußen in Schönbrunn, an den Park, der sich jetzt wohl gleichfalls in Nebel hüllte, und an seine Sissy, die er morgen zu sehen hoffte. Denn er fühlte sich einsam.

9. Der Walzerkönig

Johann Strauß, Hofballmusikdirektor, las man an der Türe des ersten Stockwerks in einem Mietpalais in der Praterstraße, das gegenüber der Kirche zum Heiligen Nepomuk und in Sichtweite des Carl-Theaters lag. Das war die Stätte so mancher Triumphe jenes Herrn, der die Wiener — und nicht nur diese — im wahrsten Sinne des Wortes in Atem hielt, wenn sie nach seinen Rhythmen in den Ballsälen Walzer, Polka oder gar Galopp tanzten.

Als junger Bursch war Strauß 1848 mit auf die Barrikaden gestiegen und hatte einen „Revolutionsmarsch" komponiert; das hatte ihm der Hof übelgenommen, und es hatte lange gebraucht, bis er zum Hofball-Musikdirektor avancierte. Jetzt aber war ein Hofball ohne ihn nicht mehr vorstellbar.

Tanzen allerdings hatte ihn noch niemand gesehen. Denn der Walzerkönig selbst war, wie er gestehen mußte, „passionierter Nichttänzer". Er ließ lieber die anderen Leute nach seinen Noten tanzen, als sich selbst unter das Gedränge auf dem Parkett zu mischen. Der schwüle Dunst, die Berührung fremder Körper erschienen ihm profan. Henriette Treffz, die Sängerin, mit der er verheiratet gewesen war, und noch mehr seine jetzige Angetraute, Adele, hatten ihm die Augen geöffnet: er war zu Höherem geboren. Er war eigentlich ein Opernkomponist, auch wenn der „Ritter Pasman" durchgefallen war. Nun arbeitete er an einem neuen, romantischen Stoff, der endlich eine perfekte Oper werden würde: am „Zigeunerbaron".

Strauß war daher eher ungehalten, als ein Bote von der Hofkanzlei kam. Allerdings waren die Meldungen über den bevorstehenden Besuch des russischen Großfürsten schon seit längerem in der Tagespresse, und daher kam die Aufforderung, zu Montenuovo zu kommen, für ihn nicht überraschend. Dennoch ärgerte er sich; denn Proben mit dem Orchester waren, wenn er mitten in seiner schöpferischen Arbeit steckte und seinen Kopf voll neuer Melodien hatte, die zu Papier drängten, Zeitverschwendung.

„Meister Strauß, Sie mögen zum Fürsten kommen; es ist wegen — Sie wissen — der Russ' kommt, und da wollen die Majestäten mit ihm tanzen."

Der Hoflakai drückte sich etwas ungeschickt aus, aber Strauß wußte auch so, was gemeint war.

„Wann ist es denn dem Fürsten genehm?" fragte er kurz.

„Morgen früh um halb zehn, wenn's dem Herrn Meister beliebt."

„Wieso nennen Sie mich ‚Herr Meister'? Bin ich ein Anstreicher?"

„Halten zu Gnaden, aber Doktor sind S' net, Professor sind S' auch keiner, und auch kein Hofrat oder Baron — na, und weil Sie schon eben nix sind, sag' ich eben ‚Herr Meister' zu Ihnen!" verteidigte sich der Gute verlegen und hielt dazu auch noch die Hand auf, weil er ein Trinkgeld erhoffte.

„Scheren Sie sich zum Teufel", fauchte der ‚Herr Meister'.

„Sehr wohl, Euer Gnaden; wie kommt man denn dorthin?" konterte der Zurechtgewiesene schlagfertig und verduftete mit schlauem Grinsen.

„Ein Bankett mit Tafelmusik und anschließendem Tanz", erklärte am nächsten Vormittag der Fürst. „Es ist übrigens beabsichtigt, daß auch Ihre Majestät dem Großfürsten die Hand zum Tanz reichen wird."

„Da steht die Welt nimmer lang", staunte Strauß. „Die Kaiserin und tanzen? Daran kann ich mich schon gar nicht mehr erinnern, Durchlaucht."

„Es geschah zuletzt beim Rout, kurz vor dem Tod Seiner Kaiserlichen Hoheit, des Kronprinzen", erzählte der Fürst, der alles im Kopf zu haben schien, was derlei Dinge betraf. „Nun sieht es so aus, als wolle Ihre Majestät der hohen Politik zuliebe eine Ausnahme machen von dem, was in den letzten Jahren die Regel war."

„Da bin ich aber gespannt", meinte Strauß. „An mir soll's nicht liegen."

„Selbstverständlich wird Ihr wundervoller Kaiserwalzer gewünscht, Meister, den Sie zum vierzigjährigen Regierungsjubiläum der Majestäten komponiert haben und für den Ihre Majestät, die Kaiserin, schwärmt."

„Sie versteht was von Musik", brummte der Walzerkönig in seinen gezwirbelten Schnurrbart.

„Das ist anzunehmen", versetzte der Fürst steif. „Im übrigen wurde als Ort nicht der Redoutensaal gewählt — der nahen Bauarbeiten wegen, die das gesamte Ortsbild der Hofburg zunehmend beeinträchtigen."

„Da könnt' der Großfürst staubig werden", versetzte Strauß grinsend.

154

„Die Festlichkeit wird im Spiegelsaal von Schloß Schönbrunn stattfinden", fuhr der Fürst ungerührt fort und begann, nähere Einzelheiten zu erläutern. „Ja — und da wäre dann noch: beim Einzug der Majestäten unsere Kaiserhymne, und wenn der Großfürst mit seinem Gefolge erscheint, die Hymne der Romanoffs."

„Die Noten muß ich erst noch heraussuchen", sagte Strauß knapp.

„Studieren Sie die Hymne gut ein, Meister Strauß", fuhr Montenuovo fort, „es darf keine Panne geben. Der Großfürst ist heikel und könnte diese als einen Affront verstehen."

„Keine Sorge, Durchlaucht. Wir affrontieren ihn schon nicht. Ich selber hab' die Hymne im Kopf, hab' ja lang genug in Petersburg und in Pawlowsk gearbeitet. Daran erinner' ich mich noch gut."

Das war kein Wunder, denn in Pawlowsk, wo er im Kurpark des öfteren konzertierte, hatte er eine Affäre mit einer bildschönen russischen Olga gehabt...

„Wir verlassen uns ganz auf Ihre Meisterschaft", verabschiedete der vielbeschäftigte Fürst den Komponisten.

Der winkte sich auf dem Michaelerplatz einen Fiaker herbei. Frau von Mikes sah ihn gerade noch, als sie zur Hermesvilla fuhr, wo Sissy sie erwartete.

„Der Strauß war in der Burg", berichtete sie eine halbe Stunde später der Kaiserin. „Das hängt sicher mit dem Besuch des Großfürsten zusammen."

Der Großfürst fällt mir jetzt schon auf die Nerven", versicherte Sissy. „Am liebsten würde ich flüchten, ließe hier alles liegen und stehen und führe davon."

„Da würde der Herr Gemahl, unser Kaiser, aber schön schimpfen", warnte die vierschrötige Mikes energisch.

„Nein, Majestät, das schlagen Sie sich nur aus dem Kopferl. Da draus wird nix!"

„Ja, ja, ich weiß schon, liebe Mikes, es hilft nichts, ich muß wieder ins Geschirr und den schweren Wagen mitziehen helfen, vor den mein armer Mann lebenslänglich gespannt ist."

„Geteiltes Leid ist halbes Leid, Majestät", stellte die Mikes fest. „Der Abend geht auch vorüber, und gar so schlimm wird's ja nicht werden."

„Aber tanzen werde ich nicht", sagte Sissy fest. „Ich komme in Schwarz; was soll man da von mir denken!"

„Daß Ihnen diese Farb' verflixt gut steht, Majestät", lachte die Mikes. „Dem Großfürsten werden die Augen aus dem Kopf fallen — Verzeihung, Majestät", biß sie sich auf die Lippen.

Sissy hatte sie mit strengem Blick strafend angeschaut. Diesmal fand sie die Hofdame vorlaut.

„Haben Sie mir etwas zu berichten, Frau von Mikes?" fragte sie förmlich.

Die Gräfin hob bedauernd die Schultern: „Ja und nein, Majestät. In Preßburg weiß man nichts über den Verbleib der Komtesse Chotek. Zumindest ist der Dienerschaft im Hause Seiner Königlichen Hoheit, des Erzherzogs Friedrich, nichts bekannt."

„Das ist kaum zu glauben", fand Sissy. „Meist weiß die Dienerschaft mehr als die Herrschaft. Ich weiß schon, sie fürchten sich vor der bissigen Isabella; da halten sie lieber alle den Mund."

„Das glaube ich diesmal nicht, Majestät. Weder der Erzherzog noch seine Gemahlin haben etwas unternommen, außer daß die Erzherzogin bei Seiner Majestät mit einer saftigen Beschwerde vorstellig wurde."

156

„Aber sie hat doch die Chotek aus ihrem Dienst auf der Stelle entlassen!"

„Das hat sie, und seither meidet sie jeden Chotek wie die Pest. Die Choteks sind für sie ein für allemal gestorben, sagt sie. Deswegen, Majestät, weiß sie nichts darüber, was weiter geschehen ist. Sie hält es für unter ihrer beleidigten Würde, sich darüber zu informieren. Sie weiß wirklich nichts."

„Ich muß das zur Kenntnis nehmen, obwohl ich nicht ganz daran glaube", erklärte Sissy nach kurzem Nachdenken. „Es entspricht nicht der Art der Erzherzogin, sich nicht doch gewisse Informationen zu verschaffen — auf Umwegen natürlich, so wie wir es tun müssen."

„Der Name Chotek darf in ihrem Haus nicht einmal erwähnt werden, Majestät", erzählte die Mikes.

„Schon, schon — aber... ich möchte nicht wissen, ob sie nicht nachts vor dem Einschlafen mit dem Erzherzog doch darüber spricht."

„Ich kann nur berichten, was ich aus Preßburg weiß", versetzte die Mikes geduldig.

„Nun, ich bin Ihnen ja dankbar. Aber es hilft mir nicht weiter."

„Nun, mir kommt da ein Gedanke. Ich habe nämlich eine Freundin, die in einem Damenstift lebt, in Prag."

„Ah", horchte Sissy auf. „Aber Prag ist groß, beste Mikes."

„Sicher ist es eine große Stadt. Aber in einem Damenstift läuft mancherlei zusammen, und geredet wird dort auch eine ganze Menge. Ich werde, wenn Sie erlauben, meine liebe, alte Freundin nächste Woche besuchen. Wenn nicht gleich, findet sich vielleicht im Lauf der Zeit ein Weg."

„Sie haben recht; wir dürfen die Hoffnung nicht aufgeben. Mir tut das Liebespaar leid."

„Der Erzherzog ist doch wohl schon auf der Überfahrt nach Amerika, Majestät? Hat er wieder geschrieben?"

„Ich habe eine volle Woche keine Post von ihm."

„Dann ist er sicher an Bord der ,Kaiserin Elisabeth', die ihn über den Ozean bringt. Er ist zu beneiden; was er alles zu sehen bekommt! Die Pyramiden, die indischen Tempel, Japan und nun auch noch Amerika!"

„Um Amerika beneide ich ihn wirklich", gestand Sissy ein. „Doch ich darf ja nicht hin, der Kaiser erlaubt es nicht. Doch heuer, zu Weihnachten, Mikes, da möchte ich wieder in den Süden. Ich habe schon einen Reiseplan. Sie kommen doch mit, oder?"

„Zu Weihnachten, Majestät?" Die Mikes schien davon gar nicht angetan. „Halten zu Gnaden, aber zu Weihnachten bliebe ich denn doch lieber zu Hause."

„Nun, ich nicht. Ich habe das Gefühl, mir würde die Decke auf den Kopf fallen."

„Aber der Herr Gemahl, die arme Majestät…"

„Er hat sich ja schon daran gewöhnt, Mikes", sagte Sissy.

„Ja, er hat wohl resigniert, Majestät", meinte die Gräfin bedauernd. „Aber muß das sein? Vielleicht, daß der Großfürst zur rechten Zeit kommt. Ein Walzer, den der Meister Strauß dirigiert, hat schon manches wieder ins rechte Lot gebracht."

„Ja, der Walzer in Schönbrunn… unser Kaiserwalzer! Mikes, es ist eine wehmütige Melodie, eine Melodie, die einem ans Herz greift."

„Kann ich gar nicht finden, Majestät."

„Doch, doch… Er paßt zum Schönbrunner Herbst. Es herbstelt schon sehr, Frau von Mikes."

„Majestät meinen das doch nicht etwa in bezug auf Ihr Alter, Majestät" wehrte die Gräfin ganz entsetzt ab. „Majestät sind schön wie nie zuvor. Und Frau Feifal sagte mir erst neulich —"

„Die Friseuse, diese Schwindlerin! Glauben Sie, ich weiß nicht, daß Sie schon längst das erste graue Haar bei mir entdeckt hat? Sie glaubt, mir's verschweigen zu müssen, die Gute. Und ich lass' ihr die Freud'…"

Die Gräfin sah ihre Kaiserin groß an. Plötzlich beugte sie die Knie und küßte der vor ihr Sitzenden die Hand.

„Aber was haben Sie denn, Mikes!" rief Sissy und stand ärgerlich auf. „Das bin ich ja von Ihnen gar nicht gewöhnt, und das mag ich auch gar nicht."

Die Mikes erhob sich und schwieg. Plötzlich hatte sie begriffen, wie sehr die Kaiserin unter ihrer Einsamkeit litt und wie wenig sie dies ihre Umgebung fühlen lassen wollte. Es war eine selbstgewählte Isolation, eine Dornenkrone, die sie sich aufs Haupt gedrückt hatte als eine Folge all der schweren Schicksalsschläge, die sie getroffen hatten und von denen der wohl schwerste der Tod ihres Sohnes war.

„Majestät sollten aber doch den Kaiserwalzer tanzen", sagte die Mikes jetzt leise. „Denken doch, Majestät, wie sehr das den Herrn Gemahl glücklich machen würde."

„Ich denke, er wünscht, daß ich mit dem Großfürsten tanze", entgegnete Sissy.

„Das natürlich auch", meinte die Gräfin. „Wenn es nur nicht wieder ein Fest wird, wie damals im Fasching, wo Majestät in Schwarz gingen und alle Leute weinten…"

„Dafür wird schon unser Walzerkönig sorgen, daß das diesmal nicht der Fall ist", versprach Sissy, „und ich werde auch niemandem die Freude verderben."

„Dann ist es ja gut", seufzte die Gräfin erleichtert auf, denn Sissys Stimmung schien dem Herbstnebel zu entsprechen, der die Hermesvilla in der Abenddämmerung verhüllte.

10. Zum Klang der Geigen

Der Besuch des Großfürsten in Wien war nicht nur ein politisches, sondern auch ein gesellschaftliches Ereignis. Er bat den hohen Adel zu einem Empfang in die russische Botschaft — war also selbst Gastgeber —, und noch wochenlang redete man davon, was bei dieser Gelegenheit alles aufgetischt wurde an Wodka, Kaviar und anderen russischen Köstlichkeiten, begleitet von Balalaikamusik.

Angesichts eines solchen Aufwands an Gastlichkeit fiel auch der Empfang im Schönbrunner Schloß dementsprechend aus, und die Rede des bärtigen Gastes war eitel Wonne und Höflichkeit, besonders angesichts der schönen Kaiserin, deren Erscheinen er sichtlich genoß. Allerdings hielt er ihr Kommen für eine Selbstverständlichkeit, und sein Botschafter mußte ihn erst darauf aufmerksam machen, daß dies keineswegs der Fall war, weil Sissy bei fast allen Empfängen fehlte und er infolgedessen einen besonderen Vorzug genoß.

Er wußte ihn sichtlich zu schätzen. In Anbetracht der von beiden Seiten gewechselten Freundschaftsbeteuerungen hätte man glauben können, zwischen dem Zarenreich und Österreich-Ungarn wäre alles in Ordnung; dem war aber ganz und gar nicht so. Der Großfürst war zwar gekommen, um dem Kaiser ganz offiziell zu versichern, der im August ratifizierte Beistandspakt zwischen Rußland und Frankreich richte sich keineswegs gegen die Doppelmonarchie; doch niemand glaubte so recht daran.

Der Pakt war zweifellos eine Zeitbombe; man konnte nichts tun, als sie zu entschärfen versuchen. Franzl und Sissy gaben sich alle Mühe, dies zu tun, doch es blieb abzuwarten, welchen Erfolg sie haben würden.

160

Der Großfürst wunderte sich, daß die Straßen, durch die man zu diversen Besichtigungen fuhr — denn Franzl mußte dem hohen Gast ja seine Residenzstadt zeigen — nicht hermetisch abgeriegelt waren und ließ erkennen, in Rußland hätte er Angst vor einem Attentat.

Franzl lachte: „Bei uns brauchen Sie sich nicht zu fürchten, Kaiserliche Hoheit. Hier passiert Ihnen nichts; Sie sehen ja, die Wiener sind ein freundliches Volk, und ich persönlich stehe mit ihnen auf gutem Fuße. Ich gehe jeden Morgen ganz ohne Leibwächter ein Stück in meinem Park spazieren, den jedermann betreten kann. Und reite auch manchmal in den Prater. Die Leute grüßen mich alle, und ich grüße zurück — das ist alles!"

„Ungewöhnlich", staunte der Großfürst, „wahrhaftig ungewöhnlich. Solche Zustände wünsche ich mir in Rußland auch. Aber leider — davon können wir nur träumen."

„Bei uns gibt's keine Leibeigenen und eine unbestechliche Justiz, deren Korrektheit sogar vom Ausland gerühmt wird. Es ist die Krone, die über den politischen Parteien steht, die dafür verantwortlich ist und diese Korrektheit dem Bürger garantiert. Die Verwaltung in unseren Kronländern sorgt für ständige Verbesserungen und für Modernisierung. Wir elektrifizieren eben Venedig und bauen die Häfen Triest und Pola aus. Jeden Tag gibt es Neues, werden auch neue Erfindungen gemacht; die Technik schafft es vielleicht sogar, daß wir einmal auf den Mond fliegen. Österreichische Ingenieure planten und bauten auch den Suez-Kanal. Und daß Österreich eine kulturelle Großmacht ist, davon braucht man erst gar nicht zu reden: unsere Musiker, Maler, Dichter und Schauspieler —"

„Oh, ich freue mich schon auf Meister Strauß", rief der Großfürst erfreut. „Ich habe ihn in Pawlowsk oft gehört —

einfach phänomenal. Er und seine Geige sind eins. Und sein Orchester ist fabelhaft. Wir Russen wissen das zu schätzen!"

„Das freut mich, vor allem deshalb, weil wir natürlich nicht versäumt haben, Meister Strauß nach Schönbrunn zu beordern. Er wird Ihnen seine schönsten Melodien zu Gehör bringen."

„Ich danke! Schon allein dieser Programmpunkt lohnt meine weite Reise nach Wien. Noch mehr aber lohnt die Vergünstigung, Ihrer Majestät, Ihrer anmutigen Frau Gemahlin Gegenwart genießen zu dürfen", versicherte der Großfürst galant.

Er ist ein alter Charmeur und listiger Fuchs, dachte sich Franzl heimlich. Hoffentlich lohnt sich all der Aufwand, den wir seinetwegen treiben müssen, und erweist sich nicht letzten Endes als bloßer Zeit- und Geldverlust. Denn der ganze Rummel kostet viel Geld, das Geld unserer Steuerzahler...

Aber eine Situation wie die gegenwärtige — der russisch-französische Pakt nämlich — erinnerte ihn nur allzu deutlich daran, daß Österreich-Ungarn keine Insel war, auf der man in Ruhe und Frieden im Kaffeehaus oder Theater sitzen könne, wie es sich so manche Wiener gerne wünschten. Leider gab es da draußen jenseits der Grenzen — und auch innerhalb derselben — feindliche Strömungen und gegnerische Kräfte, deren Vorhandensein manchmal unliebsam bewußt wurde und zur Vorsicht mahnte. Das war Tatsache; man mußte ihr ins Auge sehen und durfte sie nicht verdrängen.

Das Jahr hatte einiges gebracht: etwa die Einführung der Kronenwährung, einen rasant vorangetriebenen Ausbau des Bahnnetzes, eine Verbesserung des Schul- und des

162

Sozialwesens, aber infolge der rasch fortschreitenden Industrialisierung wanderten viele Menschen vom Land ab und suchten Arbeit in den Fabriken. Diese Menschen, die mit großen Hoffnungen in die großen Städte kamen, wurden oft schwer enttäuscht und lebten dann unter den ungünstigsten Bedingungen mehr schlecht als recht. Mangelhaft ausgestattete Mietwohnhäuser, deren sanitäre Einrichtungen oft fürchterlich waren, förderten die Tuberkulose, die eine gefürchtete Krankheit der großen Städte war.

Hier zu reformieren und öffentliche Mittel zu investieren, war dem Kaiser ein besonderes Anliegen. Und er brauchte — um erfolgreich langfristig planen und arbeiten zu können — Frieden. Doch der Dreibund, der zwischen Österreich-Ungarn, Italien und Deutschland im Jahre 1879 geschlossen und im Vorjahr erneuert worden war, um im Herzen Europas stabile Verhältnisse zu schaffen, zeigte nun Reaktionen. Die „Achse Wien-Rom-Potsdam" schien im Gegenteil destabilisierende Auswirkungen auf das „europäische Gleichgewicht" zu haben, das in der Presse so oft als Mittel zur Aufrechterhaltung friedlicher Zustände gepriesen wurde.

Ob die Geigenklänge des Meister Strauß die Situation retten konnten? Oder würde es nur ein Walzer werden, getanzt auf einem Vulkan, der in seinem Inneren verdächtigtes Grollen hören ließ?

An jenem Abend mußte sich Sissy von den Zofen und Kammerfrauen „ins Geschirr legen" lassen, in dem sie sich gar nicht wohl fühlte. Sie blickte aus ihrem Fenster, und vor ihr lag der weite Park in der Dämmerung eines herbstlichen Novemberabends. Von der Gloriette waren kaum noch die Umrisse zu sehen, und die Brunnen im Ehrenhof hatte man gerade noch einmal für den heutigen Abend in Betrieb genommen und illuminiert.

Aber die festliche Stimmung, die sonst beim Hofball im Frühling getragen war vom erwartungsvollen Geflüster der jungen Debutanten und vom Fliederduft, sie fehlte. Es roch nach welkem Laub, nach Verwesung.

Sie hörte ein fernes Brausen; die Neugierigen, die vor dem Schloß in Massen standen, hießen den fernen Gast willkommen. Sie selbst war bereit, ihn zu empfangen, und wartete nur noch auf das Zeichen des Zeremonienmeisters, um sich für den Einzug aufstellen zu lassen.

Nach dem jahrhundertealten Ritual der sogenannten „spanischen Etikette" mußten der Kaiser und die Kaiserin, der jeweiligen Rangordnung entsprechend gefolgt von ihrem Hofstaat, in Reih und Glied den Festsaal betreten. Nachdem die braunlivrierten Lakaien die große Flügeltüre geöffnet hatten, hatten die Eintretenden stehenzubleiben und sich betrachten zu lassen, während der Zeremonienmeister mit seinem Stab auf den Parkettboden klopfte und laut verkündete: „Seine Majestät, der Kaiser von Österreich, König von Ungarn und Böhmen, und ihre Majestät, die Kaiserin..."

Sie hoffte sehr, daß der Zeremonienmeister diesmal sämtliche anderen Titel und Würden weglassen würde, die er manchmal, je nach Protokoll des Fürsten Montenuovo, auch noch verkündete, was die Zeit des qualvollen Stehens bedeutend verlängerte. Denn der Kaiser von Österreich, König von Böhmen und apostolische König von Ungarn war ja auch noch etliches mehr, bis hin zum „König von Jerusalem", der er aber praktisch nie gewesen war, und die Verkündigung des Zeremonienmeisters hörte sich an wie ein kurioses Sammelsurium hochtrabender Titel.

Sissy haßte das. Und das Sich-anstarren-lassen und all das höfische Getue, die Hitze im Saal und das Aufrecht-sitzen-müssen, eingezwängt im Korsett, und die Maske des höflichen Lächelns, die sie nun aufsetzen und den ganzen, langen Abend lang beibehalten mußte, ob ihr nun danach zumute war oder nicht.

Und nun war es soweit; es gab kein Entrinnen, sie mußte dem Großfürsten und all den Dingen, die nun noch kommen sollten, ins Auge sehen.

Schon öffneten sich die Flügeltüren, und sie blickte in das Licht von Tausenden Kerzen, die den prachtvollen Saal aus den Tagen Maria Theresias in einen festlich-warmen Schimmer tauchten. Sie durchschritt den Saal an Franzls Seite, nach allen Seiten grüßend, bis zur Empore, die für den Kaiser und die Kaiserin errichtet worden war. Und dann kam auch schon der Großfürst, vom Zeremonienmeister gleichfalls titelreich angekündigt, verneigte sich weltmännisch und küßte der auf der untersten Stufe stehenden Kaiserin galant die Hand, während er Franzl respektvoll, aber fast wie einen alten Bekannten begrüßte.

„Majestät, ich bin entzückt", gestand der Russe aufblickend.

Wieder spürte Sissy den prüfenden Blick, aber diesmal war es ihr nicht unangenehm. Dieser Mann hat unleugbar Charme, gestand sie sich ein und entzog ihm ihre Rechte, deren Handschuh er zum Kuß gestreift hatte.

Der bärtige, hochgewachsene Großfürst war ein gutaussehender Mittdreißiger. Wie er so in Uniform und ordenbehangen vor ihr stand, konnte sie durchaus die Geschichten verstehen, die in Petersburg über ihn im Umlauf waren — Geschichten über galante Abenteuer, die ihren Weg bis an den Wiener Hof fanden.

An der Tafel saß sie zwischen dem Kaiser und ihm. Man plauderte französisch, eine Sprache, die Dimitri fließend beherrschte. Hin und wieder blickte er zum Orchester, das unter der Leitung von Meister Strauß die Tafelmusik spielte.

„Wir haben gute Musiker", erklärte er dann, „aber keinen wie ihn, um ihn beneide ich Sie."

Und er freute sich auf den Walzer, den er, wie er hoffte, mit der Kaiserin würde tanzen dürfen.

11. Der Kaiserwalzer

Und dann klang er auf, der große Walzer... Die Kavaliere umfingen ihre Damen und warteten darauf, daß das Kaiserpaar den Tanz eröffnen würde. Dann, nach wenigen Walzerschritten, sollte der Kaiser Sissy an seinen Gast abgeben. Und damit würde der allgemeine Tanz beginnen. Der Kaiserwalzer dauert vierzehn Minuten, dachte Sissy beklommen. Vierzehn Minuten. Und ich trage Schwarz...

Franzl war schon dabei, sie aufs Parkett zu führen, als sie plötzlich erstarrte.

„Sissy", drängte Franzl ahnungsvoll, „ich bitt' dich, mach jetzt bitte keine Geschichten..."

„O nein, Franzl, verlang es nicht von mir. Ich kann es nicht", stieß sie angstvoll hervor.

„Du mußt dich beherrschen, Sissy. Du bist die Kaiserin. Alle sehen uns an!"

Da griff sie zu einer List. Tat, als würde ihr in der Schwüle des Saales übel. Sogar Franzl fiel darauf hinein.

„Um Gottes willen, mein Engel", rief er entsetzt und winkte den herbeistürzenden Hofdamen, sie hinauszugeleiten. Der Großfürst war ganz bestürzt.

„Es ist nur eine kleine Übelkeit", versicherte ihm Franzl, „nichts von Bedeutung. Es geht sicher bald vorüber."

166

In dem allgemeinen Stimmengewirr, das sich erhoben hatte, als sich die Kaiserin entfernte, waren die ersten Takte des Walzers verstummt. Franzl, dem gar nicht danach zumute war, forderte die Fürstin Liechtenstein auf und begann mit ihr zu tanzen. Wohl oder übel mußte der enttäuschte Großfürst ihn ablösen.

Franzl hatte nur auf diesen Moment gewartet. Er eilte, begleitet von seinem Adjutanten, in den Nebenraum, in dem er Sissy auf einem Sofa fand, ein Glas Wasser neben sich, von dem sie kaum genippt hatte.

„Sissy", rief Franzl, und die helle Sorge stand in seinem Blick, „was ist mit dir? Wie fühlst du dich, mein Engel?"

„Schon etwas besser", gestand sie, „doch ich gehe nicht mehr zurück. Du mußt mich entschuldigen."

„Das kannst du mir doch nicht antun", bat er.

„Doch", lächelte sie, „geh nur zurück zu deinem Großfürsten. Laß ihn und die anderen nicht warten. Ich bin nicht so wichtig. An meine Abwesenheit hat man sich ja längst gewöhnt."

„Sissy", er beugte sich über sie. „Hörst du ihn, den Walzer? Es ist unser Walzer... Komm...!"

Er hob sie sacht empor und zog sie sanft und zärtlich in seine Umarmung. Und mit wiegenden Schritten begann er mit ihr zum Rhythmus des Walzers zu tanzen.

Sie waren allein. Diskret hatten sich Frau von Ferenczy und Frau von Festetics, die bei der Kaiserin waren, zurückgezogen. Gedämpft drang der Walzer von nebenan herüber in den weißgolden schimmernden, intimen kleinen Salon.

„Oh, Franzl!"

Sie wollte sich von ihm lösen, aber sie vermochte es nicht. Diese Musik war wie ein Rausch, dem man sich hingeben mußte, voll Frohsinn und zugleich Melancholie. Strauß ist ein Hexenmeister, dachte sie, man müßte ihn eigentlich verbannen. Nach Sibirien, dorthin, wo der Großfürst zu Hause ist. Der will ihn ohnedies haben...

Franzl aber küßte sie auf den Mund, die Wangen und den Nacken. Sie vermochte ihm nicht zu entkommen. Als hätte sich der Erdball um zwanzig, dreißig Jahre zurückgedreht auf seiner Bahn um die Sonne...

Und nun meinte Franzl auch noch flüsternd: „Der Großfürst — er wird Verständnis dafür haben, wenn ich mich um meine Frau kümmern muß!"

Der Großfürst tanzte im Schweiße seines Angesichts mit der nicht mehr ganz taufrischen Fürstin Liechtenstein zu den Walzerklängen über das Parkett des Spiegelsaales, eingekeilt zwischen unzähligen anderen Paaren.

Meister Strauß dirigierte mit geschlossenen Augen. Er sah und hörte nicht, was um ihn herum vorging. Nur wenn er die Geige von Zeit zu Zeit ansetzte, blickte er auf, aber auch dann war sein Blick nach innen gerichtet. Doch nun klangen gerade die letzten Takte des Walzers aus.

„Ach", sagte Franzl. „Schade, daß dieser Walzer nicht länger dauert. Es war der schönste, den ich je getanzt habe. Meister Strauß verdient einen Orden. Dabei hat mir der Großfürst erklärt, daß er ihm einen verleihen wird."

„Der Großfürst? Der hat doch gar keine Ursache dazu."

„Ich hoffe, er wird trotzdem keine allzu schlechte Erinnerung von Wien mit nach Hause nehmen", meinte Franzl nachdenklich.

„Nun, ein Krieg wird ja wohl nicht gleich ausbrechen, bloß deswegen, weil mir übel geworden ist!"

„Aber jetzt geht es dir wieder gut, mein Engel?"

„Ausgezeichnet, mein Löwe. Ich hätte Lust auf ein Glas Champagner", meinte sie strahlend.

168

„Majestät, Ihr Wunsch ist mir Befehl", erklärte Franzl
ernsthaft und läutete der Ordonnanz.

Zögernd trat der Ordonnanzoffizier ein und fragte nach
den Wünschen der Majestäten.

„Champagner wollen wir", rief Franzl. „Sie sehen ja —
wir haben es uns ‚nebenan' gemütlich gemacht!"

„Zu Befehl, Majestät, Champagner!"

Strauß spielte nebenan eine Gavotte, während sie anstie-
ßen und die Gläser hell klingen ließen.

„Endlich wirst du wieder ein Mensch, Sissy", stellte
Franzl erleichtert fest. „Gewiß, das Schicksal hat uns hart
angefaßt; aber es hat es doch auch wieder gut gemeint mit
uns beiden. So ist nun einmal das Leben; wir müssen das
Beste daraus zu machen versuchen, und nichts wird besser,
wenn man dauernd Trübsal bläst."

„Mußt du nicht wieder zurück zu den anderen?" fragte
Sissy bang. „Ich fürchte, man wird dich sehr vermissen;
oder am Ende glauben, mich hätte der Schlag getroffen. Ich
sehe sie förmlich durch die dicken Mauern tuscheln."

Er seufzte und verdrehte den Blick zur Decke des Salons:
„Ja, du hast recht, ich muß wieder hinüber. Ich werde dich
beim Großfürsten entschuldigen. Aber was mich anbelangt,
muß ich wohl ausharren bis zum Schluß. Einen Affront gegen unseren Gast kann ich mir nicht leisten."

„Armer Franzl! Es dauert ja nicht ewig."

„Nein. Warte auf mich, mein Engel. Ich habe den Kaiserwalzer noch so im Ohr! Du nicht auch?"

Er küßte sie zärtlich. Sie sah ihm nach, während sich die
hohen Flügeltüren hinter ihm schlossen. Sekundenlang
drangen Musik und Stimmengewirr lauter an ihre Ohren,
dann war sie allein.

Neben ihr stand die halbgeleerte Champagnerflasche. Sie

goß sich noch einmal die Flöte voll, aber sie nippte nur. Der Abend war ganz, ganz anders verlaufen, als sie befürchtet hatte. Sie war guter Dinge, lauschte der Musik und dachte an vergangene, längst dahingeschwundene Zeiten. Nebenan, wo sie jetzt tanzten, hatte einst der kleine Mozart mit flinken, kleinen Knabenhänden Franzls Ahnin, Maria Theresia, vorgespielt und sich nachher auf ihren Schoß gesetzt und mit Zuckerwerk füttern lassen. Wie viele Erinnerungen barg doch dieses Haus! Wie sie, Sissy, hatte es glückvolle Stunden und stürmische Zeiten überdauert und stand noch fest in seiner harmonischen Pracht, wie es gebaut wurde.

Es könnte ein Sinnbild meines eigenen Lebens sein, meinte Sissy. Und empfand es mit einemmal gar nicht mehr so schlimm, hier zu wohnen. Hier, in diesem Haus hatten Franzl und seine Mutter Sophie tief Wurzeln geschlagen. Schönbrunn — das war das Herz der Monarchie, während die Hofburg vielleicht das Hirn war.

Doch was würde sein, wenn er eines Tages nicht mehr war? Was würde Franz Ferdinand aus dem Reich machen, wie würde er es verwalten? Würde er womöglich den Krieg mit Rußland führen müssen, der nun eben — das hoffte sie sehr — vermieden wurde?

Sie suchte ihre Gemächer auf und legte sich zu Bett. Das Fest im Haus war noch in vollem Gang; im Ehrenhof hörte man allerdings bereits vereinzelt die Rufe des Lakaien, der nach den Kutschen aufbrechender Gäste rief.

Ist es nicht beglückend, dachte sie, daß ich für Franzl noch immer begehrenswert bin? Und warf nicht auch der russische Großfürst Blicke, die mehr als Worte sagten? — Ich glaube fast, dieser Mann gefiele mir selbst.

Was aber hat mich zu dem gemacht, was ich bin? Der Zwang, die Etikette an diesem Hof? Die Trauer um Rudolf,

170

meine Schuldgefühle wegen seinem Tod? Oder war es Franzls Mutter Sophie? Denn sie war eifersüchtig, das kann mir niemand ausreden. Alles war ihr recht, um einen Keil zwischen uns zu treiben, zwischen meinen Franzl und mich. Mied ich nicht ihretwegen dieses Schloß Schönbrunn und ging, um Frieden zu haben, nach Laxenburg?

In ihrem Kopf schwirrte es. Vielleicht war es der Champagner. Oder der Kaiserwalzer. Jener Kaiserwalzer des Meisters Johann Strauß pulste noch weiter in ihrem Blut...

Franzl wollte noch einmal zu ihr kommen. Doch mit einemmal war sie unsagbar müde. Mit Mühe sprach sie ihr Nachtgebet, wandte sich danach in den Kissen um und schlief sofort ein.

Der Lärm, der den allgemeinen Aufbruch im Ehrenhof kündete, weckte sie nicht. Sie schlief tief und traumlos. Im Festsaal ließen die Lakaien die riesigen Kronluster über die in der Decke eingelassenen Seilrollen herab und löschten die Kerzen; sie sollten demnächst durch elektrische Glühbirnen ersetzt werden.

Die Strauß-Kapelle packte ihre Pulte und Noten zusammen. Der Meister stand ein wenig abseits; er war müde, wischte sich den Schweiß von der Stirn und trank noch ein Glas Sekt.

Plötzlich hörte er die Stimme des kaiserlichen Adjutanten neben sich: „Seine Majestät läßt Ihnen sagen, er war heute abend sehr zufrieden mit Ihnen, Meister..."

Franzl aber schlich sich auf Zehenspitzen aus Sissys Schlafzimmer. Er wollte seinen Engel nicht wecken.

Dritter Teil

1. Einsame Weihnachten

Franzl war wie vor den Kopf geschlagen. Nach allem, was geschehen war, konnte er es gar nicht fassen. Nach der Abreise des Großfürsten aus Wien mit ‚Großem Bahnhof' und allem Drum und Dran hatte er gehofft, sich auf ein gemeinsames Weihnachtsfest mit Sissy in ihrem lieben Gödöllö freuen zu dürfen. Der Staatsbesuch war — die Panne mit Sissy ausgenommen — glatt über die Bühne gegangen und hatte nicht mehr und nicht weniger gebracht, als die Diplomaten erwartet hatten. Außer gegenseitigen Versicherungen beiderseitigen Friedenswillens war nichts herausgekommen.

Aber privat schien der Abend in Schönbrunn für Franzl erfolgreich gewesen zu sein. Hatte er doch geglaubt, Sissy wieder ganz für sich gewonnen zu haben, ihr wieder so nahe gekommen zu sein wie einst und die Mauer von Eis und Schweigen, die sie seit Rudolfs Tod um sich errichtet hatte, endgültig zum Einsturz gebracht zu haben.

Doch er hatte sich offenbar gründlich getäuscht. Am anderen Morgen, als er Sissy aufgesucht hatte, war sie bereits wieder kühl und unnahbar gewesen und war ihm ausgewichen. Er hatte nicht viel Zeit, er mußte den Großfürsten zum Bahnhof bringen, und dann wartete eine Menge anderer Geschäfte auf ihn. Doch am Abend wollte er wieder mit ihr beisammen sein und sie nach dem Grund ihrer Zurückhaltung fragen.

Am Abend jedoch war Sissy nicht mehr in Schönbrunn. Sie war in die Hermesvilla übersiedelt, und als er ihr dorthin nachfuhr, empfing sie ihn zwar freundlich aber kühl.

Schließlich kam das Gespräch beim Abendtisch auf das kommende Weihnachtsfest.

„Ich freue mich schon so auf unseren Lichterbaum in Gödöllö, mein liebster Engel", gestand er ihr ein.

„Möchtest du denn nach Gödöllö?" fragte sie.

„Aber selbstverständlich! Du etwa nicht?"

„Nein, Franzl. Ich habe andere Pläne", antwortete sie mit
abweisendem Bedauern in der Stimme.

„Andere Pläne?" fragte er überrascht. „Was soll das heißen?"

„Ich will die Festtage in Spanien verbringen. Baron Nopsca wird alles vorbereiten. Ich reise mit kleiner Begleitung
und unter dem Namen ‚Gräfin Hohenems' zeitgerecht ab;
am Heiligen Abend, mein Lieber, werde ich in den Gärten
der Alhambra sein."

Er war wie vom Donner gerührt, starrte auf seinen Teller
und schob ihn schließlich von sich. Das Essen schmeckte
ihm nicht mehr.

„Womit habe ich das verdient?" fragte er gepreßt.

„Verdient? Nein, du hast gar nichts verbrochen, im Gegenteil. Aber du weißt doch, wie es seit Rudis Tod ist. Ich
kann die vertrauten Örtlichkeiten nicht mehr sehen, verstehst du? Alles erinnert mich an ihn, und ich denke daran,
wie es hätte sein können, wenn —"

„Wenn was, Sissy?" fragte er streng. „Gib nicht immer
meiner Mutter die Schuld. Laß sie in Frieden ruhen; sie hat
das Beste gewollt, du weißt es."

„Suchst du Streit?" fragte sie und erhob sich.

Auch er stand auf, tief gekränkt. Er wußte nicht, was er
sagen sollte. Er war mit Hoffnungen hierhergekommen, die
sich als Illusion erwiesen. Die Jahre ließen sich nicht zurück-
drehen, nichts war so wie früher.

„Du bist müde und willst allein sein", meinte er bedrückt.
„Ich hoffe, du fühlst dich wohl."

176

„Durchaus; würde ich sonst eine Reise nach Spanien planen?" versetzte sie.

„Nun", sagte er traurig, „ich halte dich nicht zurück. Ob Weihnachten in der Alhambra schöner ist als in unserem Gödöllö, weiß ich nicht. Doch ich wünsche dir schon heute dafür alles Gute. Für mich wird es traurig sein ohne dich, mein Engel."

Plötzlich tat er ihr leid; in jäh aufkeimender Liebe warf sie sich an seine Brust. Schluchzend bat sie ihn um Verzeihung.

„Ich kann nicht anders, versteh mich doch!" bat sie ihn.

Mitleidig strich er ihr übers Haar, küßte sie stumm auf die Stirne und ging.

Sie ließ sich auf ihren Platz am Tisch fallen und starrte auf Franzls Teller. Er hatte kaum einen Bissen gegessen, und der Raum mit dem gedeckten Tisch drohte über ihr zusammenzubrechen.

„Ich habe alles zerschlagen", klagte sie sich an. „Ich mache alles kaputt! Warum habe ich ihm bloß so weh getan?!"

Sie wußte es nicht. Sie war innerlich zerrissen, der Stachel, mit dem sie Franzl verletzt hatte, jetzt wühlte er schmerzvoll in ihrem eigenen Fleisch.

Sie hörte drunten vor der Villa Franzls Wagen anfahren, lief zum Fenster und schaute ihm voll Reue nach. Wie anders hätte dieser Abend doch werden können... Ich bin eine sonderbare Frau, sagte sie sich.

Ich quäle mich selbst und mache uns beide unglücklich. Vielleicht haben jene Leute recht, die behaupten, ich wäre von der Krankheit der Familie Wittelsbach befallen und verrückt...

Ein Grauen vor sich selbst beschlich sie. Sie rief nach ihren Hofdamen, um nicht mit sich allein zu sein. Sie ließ den Tisch abtragen und schlug ein Kartenspiel vor. Alles, alles war ihr recht; nur nicht nachdenken wollte sie, nicht nachdenken über sich selbst und ihr Schicksal.

Ja, sie wollte wirklich nach Spanien. Sie verkündete es ihren Damen als festen Entschluß und bat die Ferenczsy, den Baron zu veranlassen, die Reise vorzubereiten. Zwar hätte sie jetzt noch alles rückgängig machen und ihren Entschluß ändern können. Sie wußte: damit hätte sie ihrem Franzl eine ganz große Freude gemacht. Und heimlich gestand sie sich ein: auch sich selbst...

Doch auch ihrer eigenen Neigung entgegen wollte sie streng sein und den einmal gefaßten Entschluß durchsetzen. Ein Weihnachtsabend in den Mauern der Alhambra — einmal etwas anderes; es verhieß Ablenkung! Sie würde vielleicht gar nicht dazukommen nachzudenken, in Wehmut zu verfallen, so wie es einsamen Leuten am Heiligen Abend oft beschieden ist.

Frau von Mikes zog ihre Stirn bedenklich in Falten und wiegte vielsagend den Kopf.

„Was Majestät hier vorhaben, gefällt mir, mit Verlaub zu sagen, wenig", gab sie ihre Meinung offen kund. „Majestät gehören am Heiligen Abend an die Seite ihres Mannes. Majestät wissen das ganz genau. Warum wollen Sie ihm und sich selbst weh tun? Es will mir nicht in den Kopf; Sie lieben ihn doch!"

„Gewiß, ich liebe ihn", gab sie zu. „Aber es ist mein Los, ich bin ein Zugvogel, es hält mich nicht länger in meinem Wiener Nest. Ich muß wieder fort; und Sie werden mich nicht davon abbringen, auch wenn Sie mir noch so zureden, Mikes."

„Aber ich meine es gut, und Majestät wissen das", erklärte die Hofdame eindringlich. „Wollen es Majestät nicht doch noch einmal überlegen?!"

„Nein, es bleibt dabei", erklärte Sissy entschieden. „Und Baron Nopsca soll sich unverzüglich an die Arbeit machen. Sie müssen ja nicht mitkommen, Mikes, wenn Sie nicht wollen!"

„Wenn Majestät es mir erlauben — ich bliebe zu Weihnachten lieber bei meiner Familie", erklärte die Hofdame mit Nachdruck.

„Gut, Mikes. Ich verzichte auf Ihre Dienste bei dieser Reise", versetzte Sissy pikiert. „Übrigens, gibt es noch immer keine Nachricht aus Prag?"

Sie war enttäuscht; an sich zeigte sich die Mikes sehr anhänglich ihr gegenüber. Diesmal aber schien sie mit Nachdruck darauf hinweisen zu wollen, daß sie Sissys Reiseplan nicht billigte. Nun, im Grunde vermochte ihr Sissy dies nicht übelzunehmen. Sie war ja selbst im Innersten unglücklich über ihre Zerrissenheit. Auch konnte die Mikes nichts dafür, daß deren Verwandte in Prag nichts über den Verbleib Sophie Choteks erfahren konnte. Frau von Ferenczy und Frau von Andrassy waren hingegen bereit mitzukommen. Sie hatten ohnedies ihr ganzes Leben der Kaiserin geweiht, warum also nicht auch während dieses Weihnachtsfestes. Ein Privatleben, wie es Frau von Mikes für sich beanspruchte, kannten sie kaum.

Sissy ordnete an, daß auch Sarolta von Majlrath verständigt werden sollte. Frau Feifal nahm es rein von der geschäftlichen Seite. Sie wurde dafür bezahlt — also reiste sie, wohin immer man es von ihr haben wollte, und sorgte für die Haarpracht der exzentrischen Kaiserin.

Der Baron hätte auch gerne das Weihnachts- und Neujahrsfest in Wien oder wenigstens in Budapest verbracht;

nun sah er seine still gehegten Hoffnungen in dieser Hinsicht entschwinden. Auch war er nicht mehr der Jüngste; der Arzt riet ihm seit längerem schon auszuspannen und von seinem Amt zurückzutreten. Doch zwei Seelen wohnten in seiner Brust. Sein Körper verlangte nach Ruhe, sein Herz und sein Hirn aber gehörten der Kaiserin. Ein Leben ohne sie konnte er sich gar nicht mehr vorstellen. So nahm er denn auch den Reiseplan Sissys dementsprechend zur Kenntnis und machte sich an die Arbeit.

Es kam die Adventzeit heran und mit ihr der Abschied. Sissy wollte es möglichst kurz und schmerzlos machen. Sie fühlte, daß Franzl tief unglücklich über diese Reise war, obwohl er sich bemühte, es sie nicht merken zu lassen. Er verbarg seinen Kummer hinter einer harten Miene, und nur der Blick seiner Augen verriet Sissy seine Traurigkeit.

In diesen Tagen suchte er Trost für seinen Schmerz bei Kathi Schratt. Sie versuchte ihn zu trösten. Aber sie stand selbst vor einem Dilemma. Das Neujahr wollte sie in Monte Carlo verbringen und auch die Sylvesternacht an der Riviera feiern. Auch sie hatte also Reisepläne.

Vergeblich bemühte er sich, Sissy zu verstehen. Es fiel ihm schwer zu begreifen, was sie dazu bewog, sich so zu verhalten, weil er nicht nur spürte, sondern auch aus ihren Bekenntnissen wußte, daß sie ihn liebte. So aber wurde ihm ihr widersprüchliches Wesen zu einem Rätsel, das er nicht zu ergründen vermochte. Aber es reizte ihn.

So stand er denn eines Tages wieder am Bahnsteig des Südbahnhofes und sah Sissy ihren Hofzug besteigen: Er hatte es sich nicht nehmen lassen, wenigstens diesen kurzen Augenblick noch mit ihr beisammen zu sein.

Eines Tages, durchfuhr es ihn, wird sie vielleicht nicht wiederkommen... Es wird ein Unglück geschehen oder viel-

180

leicht auch, daß sie sich ganz in ihr Refugium zurückzieht, das Achilleion auf der Insel Korfu. Wenn ich sie sehen und bei ihr sein will, werde ich dann nach Griechenland fahren müssen.

Er sah ihr Gesicht am Fenster des Salonwagens. Sie grüßte ihn mit wehmutsvollem Lächeln. Es war kein Zweifel, auch ihr fiel der Abschied schwer.

Und wenn sie sich ein Haus auf dem höchsten Berg der Erde baut oder meinetwegen auf einer Insel in der Südsee — ich führe hin zu ihr sagte er sich. Und nichts könnte mich davon abbringen, nicht einmal die verdammte Politik.

Sissy sah ihn lächeln. Es war ein eigenartiges Lächeln; er lächelte nämlich über sich selbst. Nein, natürlich würde er auch um Sissys willen seine Pflichten als Kaiser nicht vernachlässigen. Er hatte eben wie ein verliebter Junge gedacht.

Der Zug fuhr aus der Halle. Der Kaiser stand am Bahnsteig und blickte ihm nach, bis er auf den in endlose Ferne verlaufenden Geleisen verschwand.

„Kommen Sie", sagte er zu seinem Adjutanten, der stramm an seiner Seite stand. „Wir wollen heimfahren."

Sissy verwirklichte ihren Plan. Sie bereiste während der Weihnachtstage des Jahres 1892 den Süden Europas. Über Sizilien ging die interessante Fahrt zur Inselgruppe der Balearen.

Hier ist es zwar wärmer, und Sissy meinte, man sei gut der Kälte ausgewichen. Doch die Gräfin Festetics war anderer Meinung.

„Majestät, wir verbringen ja die meiste Zeit auf dem Schiff, und hier, auf offener See, ist es nicht gerade gemütlich", bekannte sie offen.

Die Weihnachtsfeiertage über befand sich die Reisegesellschaft in der Stadt Valencia, die Sissy kreuz und quer und nach allen Himmelsrichtungen durchstreifte. Ihre Hofdamen waren völlig erschöpft, und Sarolta meinte, Sissy liefe nur durch die Gegend um des Gehens willen. So, als ob sie etwas totlaufen wolle, was in ihr revoltiere.

Zahlreiche Einkäufe wurden gemacht, für die Hermesvilla und für Korfu, und dann ging es nach Granada, zur Alhambra, dem Wunderwerk maurischer Baukunst, das Sissy andächtig bestaunte.

„Um dies zu sehen, lohnt es sich schon, hierhergefahren zu sein", fand sie.

Die größte Freude aber bereitete ihr Franzls langes, sehnsuchtsvolles Telegramm:

HEUTE WILL ICH MEINE INNIGSTEN GLÜCK-WÜNSCHE ZU DEINEM GEBURTSTAG UND DEM WEIHNACHTSFEST MIT DER BITTE VERBINDEN, DASS DU AUCH FÜR DIE ZEIT, DIE UNS NOCH GE-GEBEN IST, EBENSO GUT UND LIEB FÜR MICH BIST, WIE DU ES IMMER FÜR MICH WARST! GOTT SEGNE UND BESCHÜTZE DICH UND GEBE UNS EIN GLÜCKLICHES WIEDERSEHEN!

DEIN FRANZL

Sissy wischte eine verstohlene Träne aus ihrem Auge...

2. Auf Irrfahrt

Franzl verbrachte die nächsten Wochen in steter Sorge um seine Sissy. Allen, die ihn fragten, erklärte er, es falle

182

ihm jedesmal ein Stein vom Herzen, wenn er die Nachricht von Nopsca erhalte, die Reisegesellschaft sei wieder irgendwo in der Weltgeschichte „glücklich gelandet". Eine genaue Reiseroute war nicht mehr eingehalten worden, seit man sich in Spanien eingeschifft hatte.

Schuld daran war die spanische Königsfamilie, die es für selbstverständlich hielt, den hohen Gast ihres Landes, die Kaiserin von Österreich-Ungarn, zu sich in den Escorial einzuladen. Doch damit wurde das genaue Gegenteil von dem bewirkt, was beabsichtigt worden war. Sissy hatte nicht die geringste Lust, sich am Hof in Madrid jener Etikette zu unterziehen, vor der sie aus Wien geflohen war, und Empfänge und Reden über sich ergehen zu lassen. Sie ließ sich aus gesundheitlichen Gründen entschuldigen und dampfte mit ihrer Reisegesellschaft unbekannten Zieles ab.

Baron Nopsca teilte bloß noch dem Kaiser mit, nun wisse er selbst nicht, wohin es jetzt gehe. Der weitere Verlauf der Reiseroute hinge von den jeweiligen Launen der Kaiserin ab. Franzl sah den Armen förmlich händeringend vor sich, während er diesen Bericht las.

Die „Reisemanie" der Kaiserin, wie sie von einigen Personen aus dem Hofstaat bezeichnet wurde, begann zum öffentlichen Ärgernis zu werden. Das Corps diplomatique vermerkte mißbilligend, daß die Kaiserin bei keinem einzigen Anlaß mehr ihrer Repräsentationspflicht nachkam. Vereine, die eine Unterstützung ihrer Tätigkeit durch die persönliche Teilnahme Sissys an Veranstaltungen erhofften, zeigten sich verdrossen und enttäuscht. Die Presse erging sich wieder in obskuren Mutmaßungen über den „wahren Grund" des Verschwindens von Sissy aus der Wiener Öffentlichkeit. Und das Volk auf der Straße machte bereits Witze über die „Reiserin".

Das konnte natürlich Franzl nicht gleichgültig lassen. Umso mehr, als gewisse Herrschaften einen größeren Einfluß von Kathi Schratt auf den Kaiser zu bemerken glaubten.

Schon begannen böse Zungen zu tuscheln. Es habe, so hieß es, wohl einen ganz argen Krach zwischen Franz Joseph und Elisabeth gegeben; und natürlich nur wegen „der Schratt", denn es sei ja offensichtlich, wie sehr sie der Kaiser bevorzuge. Voll Empörung darüber habe die Kaiserin Wien verlassen, und man werde sie hier auch so bald nicht wiedersehen.

So standen denn zu Beginn des Jahres 1893 die Gewitterwolken über Franzl und Sissy, und das Barometer stand auf Sturm. Doch Sissy setzte ihre Odyssee unbeirrt von allen Nachrichten aus Wien fort.

Es ging nach Malaga und dann nach Cadiz. Sissy tätschelte die Äffchen auf Gibraltar, und danach ankerte die kaiserliche Jacht „Miramar" vor Mallorca. Schließlich wurde auch noch ein Abstecher nach Barcelona unternommen. Stierkampf und Flamencotänze sollten Sissy auf andere Gedanken bringen.

Sissys Reisebegleiter wünschten längst nichts sehnlicher als die Heimkehr, doch noch immer hatte Sissy ihr seelisches Gleichgewicht nicht wiedergefunden. Die Festetics war schon ganz schwach auf den Beinen und die Ferenczy, die zu allem auch noch „gesunde Milch" für die Kaiserin beschaffen mußte, am Ende ihrer Nervenkraft.

Unter „gesunder Milch" verstand Sissy die Milch von gesunden Kühen. Sie trank gern Milch, fürchtete aber die Tuberkulose, die durch die Milch kranker Kühe übertragbar war.

Der Baron verfiel schließlich auf die Idee, im Laderaum

der Jacht einen Kuhstall einzurichten. Eine Kuh für Sissy wurde gekauft und überallhin mitgenommen; doch nun mußte Frau von Ferenczy das Futter für die Kuh beschaffen, was auch nicht gerade einfach war.

Dem „bayrischen Wildfang" Sissy, der bei Käse, Milch und Butter in Possenhofen am Starnberger See aufgewachsen war, wollte es gar nicht in den Kopf, daß es nicht überall, wo man anlegte, Heu in Fülle gab, um eine Kuh ernähren zu können. Sie leistete sich sogar den Spaß, ihre Kuh selbst zu melken. Die kaiserlich-königliche Reisegesellschaft mit ihrer „heiligen Kuh" samt stilgerecht bimmelnder Kuhglocke erregte denn auch an den Rivierahäfen einiges Aufsehen.

„Haben Sie schon gehört? — Sie sollte keinen Delphin, sondern eine Kuh als Wappentier nehmen."

„Ob sie wohl auf Korfu Kühe züchten will?!"

„Der arme Kaiser — nun ist sie ja wohl total übergeschnappt!"

Tatsächlich konnte man sich auf der Miramar schon kaum mehr richtig umdrehen. In fast jedem angelaufenen Ort hatte Sissy Souvenirs für Korfu gekauft. Dann stapelten sich auch noch Geschenke als Reisemitbringsel für Franzl, für Verwandte und Freunde. Und einige Möbelstücke im maurischen Stil für die Hermesvilla. Von Tag zu Tag wurde diese Irrfahrt ungemütlicher. Von Tag zu Tag auch hofften alle, daß Sissy die Heimfahrt befehlen werde. Man hoffte aber leider vergeblich.

Es wurde Februar, und die Gesellschaft machte Station in Turin. Von hier aus hätte es leicht nach Wien gehen können, doch Sissy ließ erkennen, daß sie auch noch in die Schweiz reisen wollte.

„In der Schweiz finden wir aber sicher genügend Kühe und Milch, Majestät", gab der Baron zu bedenken.

„Gut", entschied Sissy nach kurzem Nachdenken. „Dann schicken wir die arme Frau von Ferenczy mit meiner Kuh nach Wien. Ich möchte das brave, gute Tier nicht irgendwo aussetzen und auch nicht verkaufen. Ida wird bei der Gloriette für mich eine kleine Meierei einrichten. Wenn wir noch ein paar Kühe dazukaufen, haben wir dann in Schönbrunn die allerbeste Milch."

Frau von Ferenczy hatte zwar die Genugtuung, nun endlich wieder zurückfahren zu dürfen, aber das zweifelhafte Vergnügen, dies in Gesellschaft von Sissys Kuh zu tun.

Franzl war nicht wenig überrascht, als er die beiden in Schönbrunn ankommen sah.

„Wir sind gewissermaßen der Vortrab, Majestät", erklärte die Gräfin den sonderbaren Einzug in das Schloß. „Nun kann es wohl nicht mehr lange dauern, bis auch Ihre Majestät wieder hier ist."

Die Schönbrunner Schloßmeierei, die seit langem nicht mehr in Betrieb stand, wurde auf diese unvorhergesehene Weise wieder aktiv, was auch Franzl zugute kam, wenn er nicht — wie jetzt immer häufiger — in Kathi Schratts naher Villa frühstückte. Durch den Schönbrunnerpark brauchte er eine Viertelstunde zu ihr, und die Leute, die ihm begegneten, grüßten ihn verständnisvoll. Er dankte und freute sich schon auf das warme Zimmer, den duftenden Kaffee, den frischen Guglhupf und auf Kathis lustiges Geplauder.

Ein jeder gönnte dem arbeitsamen Kaiser und Landesvater seine Idylle in der Gloriettegasse.

„Hier bin ich Mensch, hier darf ich's sein", dieses Goethewort hatte hier für Franzl seine völlige Gültigkeit gewonnen. Nein, er hätte — trotz der frischen Milch aus der eigenen Meierei — diese „Kaffeemorgen" nicht mehr missen mögen.

Franzl hatte auf diese Art einen Ankerplatz gewonnen, der ihm sehr zusagte, doch Sissy blieb weiterhin ruhelos. Man schrieb schon die Fastenzeit, Ostern rückte näher, und Franzls mahnende Briefe, die nach einer Rückkehr Sissys verlangten, blieben ungehört.

„Was soll ich bloß mit meinem Zugvogel anfangen?" wandte er sich hilfe- und ratsuchend an Kathi. „Was würden Sie mir denn empfehlen, liebste Freundin? Man zerreißt sich schon die Mäuler über Sissy. Meinen Briefen aber begegnet sie mit immer neuen Ausflüchten, und dies voller liebenswürdiger Worte und Freundlichkeit. Ich komme mir schon bald wie ein Bettler vor..."

„Sie sind zu bedauern, Majestät", nickte Kathi.

„Das will ich wohl meinen. Weihnachten habe ich ohne sie verbracht. Soll ich sie nun auch noch zum Osterfest vermissen?"

„Fahren Sie doch einfach hin; besuchen Sie sie. Vielleicht gelingt es Ihnen persönlich, sie zur Heimkehr zu bewegen."

„Meinen Sie wirklich?"

„Aber gewiß doch, Majestät. Dies wird wohl das Beste sein. Sie wird nicht gut ‚Nein' sagen können, wenn Sie ihr persönlich gegenüberstehen. Außerdem würde dieser Besuch bei Ihrer Frau gewissen böswilligen Gerüchten die Spitze nehmen."

„Der Einfall ist nicht schlecht... Die Frage ist nur, ob ich es mit meiner Arbeit in Einklang bringen kann."

„Aber das muß doch für ein paar Tage möglich sein, Majestät. Und auch Ihnen wird die Reise nicht schaden. Sie kommen endlich einmal wieder aus dem Trott heraus, in den Sie tagtäglich eingespannt sind."

„Da haben Sie recht, beste Freundin. Warum nicht? Andere Leute fahren auch weg."

„Sehr richtig, das ist endlich ein vernünftiges Wort. Sie sind Kaiser und König dem Namen nach — in Wirklichkeit aber sind Sie der Sklave aller", meinte Kathi. „Sie sind mir doch wohl nicht bös', wenn ich's sag', wie ich mir's ehrlich denke!"

„Ein Sklave... Hm, na ja, ein Beamter bin ich halt, der von früh bis abends arbeitet", brummte der Kaiser.

„Ein jeder Beamter, Majestät, nimmt sich seinen Urlaub, der ihm zusteht."

„Der hat auch nicht meine Verantwortung, meine Liebe", versetzte Franzl kopfschüttelnd. „Mein Betrieb ist halt recht vielschichtig und umfangreich."

„So vielschichtig und umfangreich kann er gar nicht sein, daß Sie jetzt zu Ostern ihre Frau nicht besuchen dürften. Alsdann, Majestät — es bleibt dabei — Sie fahren in die Schweiz!"

„Das wird aber eine Überraschung für Sissy", freute sich Franzl. „Ich werde gleich die nötigen Anweisungen geben, und ein Ostergeschenk bringe ich ihr natürlich auch mit!"

„Sehen Sie, Majestät, das ist eine Red'", freute sich Kathi aufrichtig. „Und recht liebe Grüße von mir zu überbringen, das dürfen Sie auch nicht vergessen!"

„Wird besorgt, teuerste Freundin, mit Vergnügen", versicherte Franzl, zog seine berühmte Zwiebeluhr, die er stets bei sich trug, aus der Uniformjacke und stellte stirnrunzelnd fest, daß es nun wohl an der Zeit wäre, sich zu verabschieden.

Noch schnell genehmigte er sich einen letzten Schluck Kaffee und einen letzten Bissen vom Guglhupf mit den berühmt vielen Rosinen, dann brach er auf und verabschiedete sich mit einem Handkuß.

„Adieu, meine Teuerste, bis zum nächsten Mal!"

188

Er setzte seine Kappe auf und eilte diesmal mit beflügeltem Schritt davon. Am Tor zum Garten der Villa drehte er sich noch einmal um, und Kathi winkte ihm vertraulich zu. Für sie war er nicht der Kaiser, sondern ein lieber Freund, der zu ihr kam, um sein Herz auszuschütten.

Und es kam ja nicht nur er; gestern abend war beispielsweise der Hofballmusikdirektor, der fesche Schani Strauß, bei ihr. Er kämpfte mit seiner neuen Oper, dem Zigeunerbaron, und spielte ihr auf dem Flügel gleich einen ganzen Akt vor, um Kathis Meinung zu hören.

„Wunderbar, Schani", hatte sie aufrichtig zu ihm gesagt, „aber ich fürcht', es wird halt doch wieder keine Oper, sondern eine Operett'n werden!"

Ganz konsterniert war er heimgegangen. Kathi konnte nicht verstehen, warum.

„Besser eine so wunderschöne Operette, als eine schlechte Oper, und der ‚Zigeunerbaron', der wird herrlich, wenn's so weitergeht!"

Aber der Strauß war eben sehr ehrgeizig. Und daß der „Ritter Pasman" aus dem Spielplan der Hofoper verschwunden war, lag seiner Meinung nach nicht an der Musik, sondern am Publikum. Er selbst hielt den „Pasman" für sein bisher gelungenstes Werk.

„Vielleicht einmal, in hundert Jahren, denken die Leut' darüber anders", tröstete ihn Kathi. „Und jetzt komponier weiter, Schani. Um jede Stund', die du nicht am Flügel sitzt, ist's schad'!"

Nun, in hundert Jahren würden die Leute vielleicht auch über ihre kaiserliche Freundin Elisabeth ein anderes Urteil fällen, als es die Gegenwart tat. Kaum jemand verstand diese seltsame Frau. Auch Franzl liebte sie zwar innig, doch ihr innerstes Wesen zu begreifen vermochte er nicht.

Sie fragte sich, wie Frau von Festetics die beiden sehe? —
Kathi entschloß sich, die Gräfin in der Meierei aufzusuchen,
wo diese mit dem zweifelhaften Vergnügen der Einrichtung
eines Kuhstalls beschäftigt war.

3. Ein Osterfest

So spannte Kathi ihren Sonnenschirm auf und marschier-
te in Richtung Schloßpark. Es war März, die Sonne brannte
schon kräftig, und man konnte ohne Sonnenschirm ganz
unversehens zu einer ungewollten Bräune kommen. Den
Damen jener Tage waren gebräunte Wangen gar nicht willkommen; sie bevorzugten die „interessante Blässe", diese
war damals modern. Das freute die Schirmfabrikanten, und
man konnte auf den eleganten Straßen Wiens Sonnenschir-
me in jeder Fasson und Preislage erblicken.

Der von Frau Kathi war ein Geschenk Sissys. Er war mit
hübschen Spitzen verziert und wippte kokett auf und nieder, wenn sie so wie eben jetzt dahintrippelte.

Durch das Parktor kommend, ließ sie den Tiergarten,
von dem der Geruch von wilden Tieren herüberwehte, links
liegen und stieg über gewundene Pfade die Anhöhe hinauf,
die zu einer kleinen Almwiese führte. Dort stand das aus
Holz erbaute Meiereigebäude samt den angrenzenden Stal-
lungen, die nun wieder in Schwung zu bringen waren — und
das ausgerechnet unter der Aufsicht der Gräfin, die sich in
den Salons der Hofburg durchaus wohler fühlte als zwischen Heu und Stroh.

Kathi war da ganz anders. Der Duft von frischem Heu
war ihr beinahe lieber als der Geruch von Kleister und Far-

190

be, welchen die Theaterkulissen verströmten. Sie stolperte beinahe über einen ungeschickt angelehnten Rechen und rannte fast mit einem Gärtner zusammen, der eben aus einer Sämereikammer gekommen war.

„Ist Frau von Ferenczy hier?" fragte sie den Gärtner.

„Küß die Hand, gnä' Frau", begrüßte der Gärtner ehrerbietig die Schauspielerin. „Die Frau Gräfin schreit schon seit einer halben Stund' herum. Sie ist nebenan bei der Kuh und macht das arme Vieh ganz nervös und uns auch alle miteinand'. Wenn sie so weitermacht, wird noch die Milch sauer."

„Das wird sich schon legen. Ich geh' gleich 'rüber und seh' nach dem Rechten."

„Das ist g'scheit, gnä' Frau", lüpfte der Gärtner unter befreitem Aufatmen seinen speckigen Hut, der so aussah, als habe ihn schon sein in kaiserlichen Diensten stehender Großvater getragen, und von dem er sich offenbar aus Gründen der Tradition nicht trennen wollte.

Frau von Ferenczy war damit beschäftigt, das schon lange nicht mehr in Betrieb gewesene Stallgebäude — derzeit eine Rumpelkammer für Gartengeräte — wieder funktionstüchtig zu machen. Mit der ihr eigenen Energie befahl sie eine gewaltige Entrümpelung, die freilich auf den stillen und mitunter auch lauten Protest des Gärtnerpersonals stieß.

„Die Gartengeräte", hörte Kathi sie eben schimpfen, „haben in der Meierei nichts verloren. Die gehören in die Gärtnerei. Hinüber damit in den Meidlinger Gartentrakt."

„Und dann sollen wir die Sachen wieder zurückschleppen, wenn wir hier in Hietzing Ordnung schaffen müssen?" jammerte ein von dieser Maßnahme betroffener Gartenarbeiter ärgerlich. „Auch rund um die Meierei muß schließlich alles in Ordnung gehalten werden!"

Das schien Frau von Ferenczy einzuleuchten.

„Dann muß hier eben ein Geräteschuppen her", erklärte sie.

„Frau Gräfin, das müssen S' dem Herrn Hofgartendirektor sagen. Der muß sich das mit dem Schloßhauptmann ausschnapsen. Und der wieder braucht eine allerhöchstoberste Bewilligung."

„Die ‚allerhöchstoberste Bewilligung' will ich ihm schon beschaffen", stöhnte die Gräfin, die hier gegen die Mauern eines Instanzenweges stieß, den der Gärtner noch viel einfacher geschildert hatte, als er in Wirklichkeit war. „Nun macht doch erst einmal Platz für die Kuh. Das arme Tier muß endlich wissen, wo es hingehört!"

Als ob es einer Bestätigung bedurft hätte, klang ein dumpfes „Muh" aus dem Hintergrund. Kathi fand die Szene wie aus einem Lustspiel und machte sich lachend bemerkbar.

„Das ist wohl die Kuh, welche Ihre Majestät mit einem Hofzug nach Wien befördern ließ?" fragte sie amüsiert die Gräfin.

„Ja", seufzte die Gräfin, „die Kuh kostet ein Vermögen, wenn ich bloß an die Transportkosten denke. Von Geldangelegenheiten hat die Kaiserin leider nicht die geringste Ahnung."

„Wie sollte sie auch", fand Kathi. „Das erledigt doch alles ihr Schatzmeister und der Baron. Woher soll sie denn wissen, was man für eine Krone kaufen kann."

Frau von Ferenczy schüttelte bloß in stummer Verzweiflung den Kopf. Kathi hingegen sah die Sache ganz anders.

„Schuld ist die Umgebung der Kaiserin", erklärte sie. „Niemand wagt es, sie vernünftig über derlei Dinge aufzuklären.Immer wird bloß gedienert und genickt. Ihre Majestät kann einem wirklich leid tun!"

192

„Nun geben Sie auch noch dem Hofstaat die Schuld", ärgerte sich die Gräfin. „Anscheinend sollen wir alles ausbaden!"

„Wer wäre denn sonst schuld an diesem Unsinn? Wozu hat die Kaiserin einen ganzen Hof um sich, wozu ist denn der wohl da? Doch nicht, um von ihr alle Welt fernzuhalten, sie abzusondern und zu jedem Unsinn ja und amen zu sagen und ihn auch noch auszuführen! Offenbar hat die Kaiserin aus Unkenntnis Anordnungen erteilt. Sie hat nie mit Geld zu tun, diese Dinge werden ihr alle abgenommen. Ihr mögt es ja gut mit ihr meinen, tätet aber besser daran, zu gegebener Zeit ein vernünftiges Wort zu sprechen."

„Sie haben leicht reden", entgegnete die Gräfin. „Sie sind nicht jahraus, jahrein den ganzen Tag um sie, und des öfteren auch noch bei Nacht! Wenn sie ihre Migräne hat und kein Auge zutun kann, dann müßten Sie sie einmal erleben! Oder wenn sie ihre Ohnmachten hat, woran ihre unvernünftige Lebensweise die Schuld trägt. Wir alle reden ihr gut zu, wie jeder normale Mensch zu essen. Aber es nützt nichts, sie nährt sich wochenlang nur von Milch und Orangensaft, und höchstens von einem winzigen Stückchen halbrohen Steak. Von ihrer Bewegungsmanie will ich erst gar nicht reden! Und stellen Sie sich vor, seit neuestem turnt sie auf den Schweizer Wiesen, doch das Allerschlimmste kommt noch: im Meer badet sie manchmal nackt!"

Die Gräfin ließ ihren moralischen Abscheu unverhohlen erkennen. Die Schauspielerin hingegen schüttelte den Kopf.

„Sie finden anscheinend nichts dabei?!" rief die Gräfin empört. „Also, ich muß schon sagen! Ginge ich nackt baden, hätte ich das Gefühl, ich müsse nachher zur Beichte gehen!"

„Na, Neptun würde es überstehen", spöttelte Kathi gut-

193

mütig. „Vielleicht ist die Kaiserin bloß unserer Zeit ein wenig voraus! Wie nennt man das doch in England? ‚Emanzipation‘! Haben Sie schon von diesen Frauenrechtlerinnen gelesen, die es dort neuerdings gibt?"

„Der Himmel bewahre uns vor diesen Tendenzen!" rief die Gräfin voller Entsetzen aus. „Das müssen ja lauter Verrückte sein. Setzen Sie bloß Ihrer Majestät niemals solche Flausen ins Ohr…"

„Das hat sie wohl gar nicht nötig", fand Kathi. „Ich bin sicher selbst altmodisch. Wäre ich's nicht, würde ich ganz gerne auf einer Wiese turnen, und ein bißchen schlanker zu sein, täte mir sicher auch ganz gut…", stellte sie fest, mit bedenklichen Blicken ihre zunehmende Fülle betrachtend.

„Haben Sie eine Ahnung, wie es sich mit den weiteren Reiseplänen Ihrer Majestät verhält?"

Die Gräfin lachte: „Ich glaube, das weiß Ihre Majestät selbst nicht. Sie disponierte in der letzten Zeit nur mehr für die nächsten paar Tage. Es ist eine Odyssee, Baronin, eine Reise ohne Zweck und festes Ziel. Warum fragen Sie?"

„Weil Seine Majestät sich heute dazu entschlossen hat, die Kaiserin zu besuchen."

Das war freilich eine Überraschung. Frau von Ferenczy zeigte sich recht angetan.

„Eine ausgezeichnete Idee", erklärte sie rundheraus.

„Ja", nickte die Schratt.

„Vielleicht erreicht er, daß sie endlich wieder nach Wien kommt. Ich glaube, das läge auch in ihrem eigenen Interesse angesichts der öffentlichen Stimmung, die nicht gerade freundlich auf sie zu sprechen ist."

„Ihre Majestät legt keinen Wert auf die öffentliche Meinung, Baronin", stellte die Gräfin fest.

„Und gerade das ist ein großer Fehler", fand die Schauspielerin. „Auch ich habe einen Beruf, der mich zwingt, in der Öffentlichkeit zu stehen, und kann ein Lied davon singen, wie wichtig die öffentliche Meinung ist."

Ein lautes Gackern unterbrach das Gespräch.

„Das sind Hennen, die sich auf dem Schiff befanden", erklärte die Hofdame. „Denn Ihre Majestät sollte ja auch täglich frische Eier haben. Sie hat sogar gelegentlich davon Gebrauch gemacht."

„Nun legen sie wohl Ostereier."

„Es sieht ganz danach aus, Baronin. Sie müssen nur noch gekocht und gefärbt werden. — Nun, wenn Seine Majestät die Kaiserin besuchen fährt, kann er ihr ja welche mitbringen."

„Ich denke, da deckt er sich besser mit süßen Ostereiern vom Demel ein", entgegnete Kathi, „diese Hofzuckerbäckerei hat wirklich Sachen im Schaufenster am Kohlmarkt, daß einem das Wasser im Mund zusammenläuft."

„Seine Majestät wird die Kaiserin durch ein Telegramm oder einen Brief verständigen müssen, sonst reist sie am Ende weiter und ist gar nicht mehr da, wenn der Kaiser ankommt", warnte die Ferenczy.

„Ja, das wird er wohl tun müssen", nickte die Schauspielerin und verabschiedete sich.

Franzl saß aber bereits an seinem Schreibtisch und schrieb Sissy einen liebevollen Brief, in dem er schon voller Vorfreude auf ihr baldiges Wiedersehen sein Kommen für die Tage des Osterfestes ankündigte.

Das Ostergeschenk, das er ihr persönlich bringen wollte, wurde vom Hofjuwelier besorgt — es war ein schöner, kostbarer Ring, der in einer Schmuckschachtel ruhte, die mit Samt ausgeschlagen war und die Form eines Ostereies hatte. Eine bunte Schleife zierte sie verheißungsvoll.

Als er von Sissy Antwort erhielt — es dauerte nur wenige Tage, die er in erwartungsvoller Spannung zubrachte —, las er mit Freude ihren Vorschlag, sich in Territet zu treffen.

Er ließ alles für seine kleine Reise in die Schweiz vorbereiten. In dem weltabgeschiedenen kleinen Ort in Graubünden, der nur von einigen noblen Naturfreunden geschätzt wurde, angesichts des majestätischen Piz Terri, wollten sie ihre Osterfesttage gemeinsam verbringen.

Es würden nur wenige Tage sein, aber Franzl freute sich sehr, Sissy endlich wieder in die Arme schließen zu dürfen. Ihr Brief war so herzlich gewesen, daß er den Tag der Abreise kaum erwarten konnte.

Die Karwoche kam. In Wien bereitete sich alles auf die kirchlichen Zeremonien vor, welche dem Auferstehungsfest vorangehen sollten. Am Gründonnerstag pflegte Franzl alljährlich die „Fußwaschung" vorzunehmen, eine symbolische Geste der Demut, die vor einer Menschenmenge in St. Stephan an zwölf Greisen zu vollziehen war, welche der Armenschicht entstammten. Vor dieser Zeremonie konnte er sich nicht drücken, ganz Wien wartete darauf, es war eine uralte Tradition, der Genüge getan werden mußte.

Die Kirche war überfüllt von Menschen, der Ordnungsdienst hatte alle Mühe, das Gedränge am Stephansplatz im Zaum zu halten. Der gewaltige alte Dom war erfüllt vom Duft des Weihrauchs und von dröhnendem Orgelklang. Der Kaiser und König von Gottes Gnaden hatte sein Knie zu beugen vor den Ärmsten der Armen und ihre bloßen Füße zu benetzen — so wie es einst Christus seinen Aposteln tat.

Unterdessen stand auf dem Südbahnhof der Hofzug schon unter Dampf und wartete auf seinen Passagier, um ihn in die Schweiz zu bringen. Als der weihevolle Akt vollzogen war, warf sich Franzl in seinen Wagen und fuhr direkt zum Bahnhof. Wie ein Jüngling sprang er in seinen Salonwagen. Auf die Minute genau nach Plan dampfte der Zug aus der Halle.

Das kleine, kostbare Osterei hatte er natürlich nicht vergessen. Es lag wohlverwahrt und hübsch bunt verpackt in einem Schränkchen. Er fühlte sich wie von einer schweren Last befreit. All seine Sorgen hatte er in Wien zurückgelassen. O ja, er konnte Sissys Drang nach Freiheit und Natur durchaus verstehen, doch er selbst durfte diesem Verlangen nicht nachgeben, er mußte seine Pflicht erfüllen, die ihn an die düstere Arbeitsstube in der Hofburg band. Doch heute war es anders. Heute fühlte er sich frei wie die frühen Schwalben am Ostermorgen…

„Sissy!" Er hielt sie endlich wieder in seinen Armen, schaute ihr froh in die dunklen Augen und küßte sie. „Endlich… endlich! Es war so schrecklich einsam ohne dich!"

Die Osterglocken läuteten, und das Bergvolk zog talwärts, den Kirchen zu. Hell leuchtete der Firn im Licht der Frühlingssonne auf den Gipfeln.

„Hier ist es wunderschön", stellte er fest.

„Ja, Franzl. Und hier atme ich Freiheit", erklärte sie und küßte ihn. „Hier ist alles ganz anders, Franzl. Diese Menschen sind frei — verstehst du? So frei, wie ich sein will!"

Sie sagte es mit schwerer, dunkler Stimme, fast bedrückt. Es klang auch wie ein Geständnis, eine Bitte um Verständnis.

„Mein liebster, süßer Engel", sagte er und zog sie wieder an sich. „Freiheit finden wir nur in uns selbst. Aber ich verstehe dich… Und habe dir hier aus Wien etwas mitgebracht. Wien liebt und erwartet dich…"

4. Die Reise geht weiter

„Es ist auch für mich wie eine Auferstehung", gestand ihr Franzl beglückt, als sie am Ostermontagmorgen bei einem guten, ländlichen Frühstück beisammensaßen, um hernach mitsammen in die kleine Kirche zu gehen.

„Das Wetter schlägt um", stellte Sissy mit einem Blick durchs niedrige Fenster auf den umwölkten Piz Terri fest.

„Mag es", sagte Franzl glücklich. „Bei mir herrscht jetzt Sonnenschein, mein liebster Engel."

Sissy lächelte, ergriff seine Hand und schaute ihn voll und bewundernd an.

„Bei mir auch, du Lieber", gestand sie ihm ein. „Ach, ich wundere mich oft, wie du mich und meine Manien überhaupt ertragen kannst. Du siehst nicht sonderlich gut aus, Franzl. Die Sorgen haben tiefe Falten in deine Stirn gegraben. An einer oder zweien bin bestimmt ich schuld, nicht wahr?"

„Aber, Sissy... Ich liebe dich. Hab' ich doch gespürt, daß du auch in der Ferne an mich denkst. Nur ein Problem beunruhigt mich sehr."

„O je", zog Sissy die Stirn kraus. „Jetzt muß es wohl heraus, dein ganzes Sorgenbinkerl. Kannst du es nicht auf ein bißchen später verschieben?"

„Du hast recht, es ist so schön... Aber ich fürchte, die Journalisten werden uns nicht lang in Ruhe lassen. Man wird herauskriegen, wo ich so plötzlich hingereist bin!"

Sie lachte: „Endlich einmal bist du ausgerissen, Franzl. Sag selbst: hatte ich nicht recht? Du solltest der ganzen Gesellschaft öfter eine lange Nase drehen!"

Nun lachte auch er, schüttelte aber gleich darauf ernst den Kopf.

198

„Nein, das geht leider nicht. Und auch du kannst es dir auf die Dauer nicht leisten, fortzubleiben. Ganz abgesehen davon, daß der arme, alte Baron mit seinen sechsundsiebzig Jahren das nicht mehr lang durchsteht und die Ferenczy erst wieder langsam Farbe gewinnt, seit sie wieder in Wien ist. Du strapazierst deine Leute und dich selbst ein bisserl zu arg, mein Engel. Aber vor allem ist es aus Gründen der Politik nicht länger zu machen. Du mußt zurück nach Wien. Oder noch besser: du solltest nach Ungarn."

Draußen hatten die Wolken inzwischen den Himmel überzogen. Das Wetter schlug in dieser Bergwelt oft überraschend um. Doch auch die Stimmung im Raum verfinsterte sich, und ein Schatten der Enttäuschung fiel über Sissys Gesicht.

„Bist du deshalb hierhergekommen?" vermutete sie bitter. „Ich dachte, es wäre ein Besuch, weil dich dein Herz zu mir rief..."

„Das ist auch so, mein Engel", versicherte Franzl schnell und eifrig. „Nur kommt meine Sorge um dich hinzu. Du solltest einmal lesen, was die Zeitungen über uns schreiben. Unsere Pressestelle hat den ganzen Tag über nur noch Dementis zu fabrizieren und zu verschicken. Und viel davon bezieht sich auf dich und deine Gesundheit. Das allerneueste Geschreibsel will wissen, Mister Barker wäre gar kein Sprachlehrer, sondern ein verkappter englischer Nervenarzt!"

„Wie bitte?" staunte Sissy und platzte dann mit ihrem Lachen heraus.

Es war ein Lachen, das Franzl gut kannte. Sie lachte noch immer so frei wie in ihrer Kindheit, prustete dabei wie in Übermut und hielt sich die Hand vor den Mund.

„Verzeih, Franzl", lachte sie, „aber ich kann nicht anders! Barker, ein Verrücktendoktor! Es ist zu komisch!"

Franzl konnte ihr nicht böse sein, aber er lachte nicht.

„Nein", entgegnete er ernst, „nein, mein Engel. Es ist gar nicht komisch. Du scheinst dir nicht im klaren darüber zu sein, was man damit sagen will. Die Sache hat einen sehr ernsten Hintergrund. Man folgert: die österreichische Kaiserin hat die ‚Wittelsbacher Krankheit' geerbt. Die hat einen Sohn geboren, der den Thron erben sollte. Er erschoß sich — geisteskrank... Nun verfällt sie selbst in Wahnsinn, und man schickt sie von Ort zu Ort und hält sie von der Monarchie fern, damit die Öffentlichkeit nicht merken soll, wie es um die Kaiserin und Königin bestellt ist. Eine Irre trägt die Krone... Engel, begreifst du nicht, daß sich Habsburg das nicht leisten kann?"

Sissy nestelte verwirrt an ihrer Uhrenbrosche und erhob sich plötzlich. Mit belegter Stimme sagte sie: „Es wird Zeit, daß wir gehen, Franzl."

„Es könnte sein", knurrte er, bitterernst geworden, „daß wir uns denselben Satz in ganz anderem Sinn und von anderen Leuten gesagt anhören müssen..."

Und er erhob sich gleichfalls. Sissy überlief es kalt, und daran war nicht nur der Wetterumschwung schuld.

„Komm, wir gehen zur Messe", sagte sie.

„Ja", meinte er bedrückt, „manchmal glaube ich wirklich: wir können nur noch beten..."

Die Eidgenossen hatten die Gendarmerie aufgeboten, doch die war gar nicht nötig. Kaiser und Kaiserin sowie deren Gefolge zeigten sich in der kleinen Bergkirche als Messebesucher wie andere auch.

Als sie die Kirche verließen, regnete es. Sturmböen kamen auf. Eine davon riß Sissy den Schirm aus den Händen. Franzl fing die Entsetzte gerade noch auf, und Sarolta lief dem davonfliegenden Schirm nach. Schwere Tropfen prasselten auf Territet herab. Eilig suchte die ganze Gesellschaft das schützende Dach des Hotels. Franzl zog sich mit Sissy auf ihre Zimmer zurück.

Beide hatten einander viel zu sagen. Franzl hatte das beglückende Gefühl, daß sie ihn ebenso entbehrt hatte wie er sie. Mit jedem Wort kamen sie wieder einander näher; es war, als habe es die grausame Trennung nie gegeben, und nur die fremden Wände des Zimmers erinnerten Franzl daran.

Sissy fragte ihn nach dem Funktionieren „ihrer Molkerei", in die sie offenbar einigen Ehrgeiz setzte. Und sie erkundigte sich natürlich auch nach dem Befinden von Kathi Schratt, von der ihr Franzl Grüße überbracht hatte.

„Sie ist eine liebe, gute Seele. Bei Frau Ferenczy und ihr weiß ich dich wenigstens in guter Hut, Franzl", gestand sie.

„Aber das ist doch kein Ersatz", wehrte er ab, „alle beide zusammen können mir dich, meine liebe Frau, nicht ersetzen!"

„Das weiß ich natürlich; aber es ist ja nicht für ewig."

„Das will ich doch sehr hoffen, Sissy. Weißt du, was ich möchte? Dich gleich mit mir nach Hause nehmen. Ja, das will ich!" sagte er bittend. „Nicht wahr, mein Engel, du kommst doch mit? Siehst du ein, daß es sein muß?"

Sie bekam große, runde Augen, würgte ein wenig, schüttelte aber dann stumm den Kopf.

„Nein, Franzl, es geht nicht", erklärte sie. „In der Jacht habe ich so viele Sachen für Korfu verstaut. Nein, ich muß erst noch einmal nach Korfu, dann aber komme ich ganz bestimmt!"

Schwer enttäuscht seufzte er auf. Sie machte eine flehende Gebärde, bat um Verständnis, während er doch welches von ihrer Seite erhofft hatte.

„Du machst mich gar nicht glücklich", stöhnte er.

„Sieh doch, Löwe, es geht nicht anders", lächelte sie verzagt, und da konnte er ihr einfach nicht widerstehen und küßte sie.

„Du wickelst mich immer um den kleinen Finger", drohte er scherzhaft. „Dieses eine, einzige Mal gebe ich noch nach. Aber du mußt versprechen, von Korfu unverzüglich nach Wien zu kommen, hörst du?"

„Ich verspreche es", erklärte sie feierlich.

Nun lachten sie beide, als wären sie noch Kinder. Der Zauber ewiger Jugend, den Sissy gepachtet zu haben schien, strahlte auch auf ihn zurück. Die Jahre zählten nicht, da sie doch einander liebten.

Der Regen prasselte gegen die Scheiben. Sie saßen Seite an Seite in großen Lehnstühlen am Fenster und blickten hinaus durch den Regen auf den wolkenverhangenen Berg. Stille breitete sich aus im Raum, die nur durch das Heulen des Windes unterbrochen wurde.

„Möchtest du Tee?" fragte Sissy leise.

„Ich möchte gar nichts", gestand Franzl, „als mit dir hier beisammen sein, wenn es ginge immer und ewig. Doch leider muß ich morgen wieder fort. Das Schicksal hat uns nur wenige Stunden vergönnt. Und deshalb bitte ich dich: laß mich nicht zu lange auf deine Heimkehr warten, Sissy."

„Sicher nicht, Franzl. Es ist nur ein kurzer, aber notwendiger Abstecher nach Korfu. Ich muß mich um die vielen, teuren Sachen kümmern, die ich für das Achilleion eingekauft habe. Und ich schicke von Genua aus die Sachen nach Wien, die für die Hermesvilla bestimmt sind."

„Für die hast du auch eingekauft?"

„Und ob! Du wirst staunen. Es ist für die Zeit, da wir beide dort zusammen sind.."

202

„Was ist es denn? Ich bin schon gespannt, Sissy."

„Oh, allerlei schöne Dinge aus den Ländern, in denen ich gewesen bin. Es ist auch was Spezielles für meinen ‚Löwen' dabei", meinte sie schelmisch. „Das wird aber nicht verraten. Daß es dir Freude machen wird, bin ich mir ziemlich sicher."

„Mir macht alles Freude, was von dir kommt, mein Engel", versicherte Franzl. „Übrigens, Giselas Tochter, die Gustl —"

„Oh", bat Sissy flehentlich, „erinnere mich doch jetzt nicht daran, daß ich schon Großmutter bin!"

„Aber du bist die jüngste und entzückendste Großmutter der ganzen Monarchie", versicherte er lachend. „Ich wollte dir nur berichten, daß sie sich wahrscheinlich demnächst verloben wird. Hat dir's denn Gisi nicht geschrieben?"

„Hat sie nicht. Kommt aber vielleicht noch. Es wird doch noch nicht fix sein, denke ich. — Wer ist denn der Erwählte?"

„Es ist Erzherzog August."

Nun, aus Kindern wurden eben selbst Eltern und Großeltern — das war eben der Lauf der Welt. Sissy aber brannte jetzt eine Frage auf der Zunge.

„Gibt es inzwischen neue Nachrichten von Johann Salvator?"

„Nichts", antwortete er abwehrend. „Alle Spuren, denen man nachging, haben sich als Falschmeldungen erwiesen. Es bleibt letztlich tatsächlich nur noch die Möglichkeit, daß er mit der Santa Margaritha gesunken ist."

„Seine arme Mutter... sie liebte ihn so. Wie nimmt sie es denn auf?" wollte Sissy teilnehmend wissen.

„Sie nimmt es nicht zur Kenntnis. Eine Todeserklärung ist nicht erfolgt, und sie klammert sich an den immer dünner werdenden Faden der Hoffung, daß ihr liebster Sohn vielleicht doch noch lebt."

„Eine arme Frau, die Erzherzogin. — Und Franz Ferdinand?" fragte Sissy plötzlich.

Für Franzl kam diese Frage wie ein Überfall, doch er ließ sich nicht aus der Ruhe bringen.

„Er hat Weihnachten auf der Überfahrt nach den USA, also an Bord, verbracht. Er schrieb, es sei sehr schön gewesen und äußerst stimmungsvoll. Die Bordkapelle hat ihm das Lied ‚Stille Nacht, Heilige Nacht' gespielt. Da hat er vor Rührung schluchzen müssen."

„Der arme Junge. Und jetzt? Was macht er?"

„Nun, wir erwarten ihn bald wieder zurück", sagte er. „Zuletzt schoß er auf Büffel vom fahrenden Zug aus. Er hat die Schießwut, es ist nicht zu leugnen. Aber vielleicht legt sich das, wenn er verheiratet ist."

„Mit Sophie Chotek?" fragte Sissy forschend.

„Die Komtesse Chotek? Wie kommst du darauf?" fragte Franzl pikiert. „Nein, das kommt gar nicht in Frage. Aber lassen wir diese Familiengeschichten. Mein gegenwärtiges Hauptproblem liegt in der Innenpolitik, nämlich die Wahlrechtsreform. Taaffe arbeitet daran. Ich glaube, es wird sein letztes Werk sein in den nun schon bald vierzehn Jahren, die er für mich treu seines Amtes waltet. Wir brauchen diese Reform! Ich bin der Meinung, daß jeder Mann in der Monarchie, der das einundzwanzigste Lebensjahr vollendet hat, wahlberechtigt sein soll."

„Und die Frauen?" fragte Sissy. „Die dürfen nicht wählen?"

„Das ist wohl eine Frage der Zeit. Sie verstehen nichts von Politik. Da gibt es höchstens ein paar tausend im ganzen Reich, denen man ein gesundes Urteil zubilligen könnte. Die große Masse der Frauen will auch gar nichts damit zu tun haben."

„Da bin ich nicht sicher", meinte Sissy zweifelnd. „Aber den Männern wird es sicher willkommen sein."

„Auch das ist nicht sicher. Die Leute werden es vielleicht als eine lästige Pflicht empfinden. Man ist so schrecklich konservativ bei uns! Ganz anders als hier in der Schweiz. Vielleicht ist das der Grund, weshalb es in diesem Lande so viele politische Emigranten aus aller Herren Länder gibt, die hier Zuflucht suchen —"

„— wie ich", lächelte Sissy. „Irgendwie fühle ich mich in einer Gesellschaft mit all den Anarchisten, Nihilisten, Sozialisten, und wie sie sich alle nennen mögen, sicherer. Das kommt vielleicht daher, daß ich in manchen Punkten mit ihnen übereinstimme."

„Die Kaiserin von Österreich liebäugelt mit freisinnigen Ideen! Sag das nicht laut, es wäre wieder ein Fressen für die Skandalpresse", warnte Franzl.

„Ach, ich weiß ja, daß das alles nur schöne Illusionen sind", meinte sie. „Aber schön sind sie doch: zu träumen von einer Welt ohne Unterdrückung, ohne Krieg, ohne Hunger und Elend."

„Glaubst du nicht", meinte er ernst, „daß ich nicht alles tue, was in meinen Kräften steht, um dies alles zu vermeiden? Auch die Wahlrechtsreform ist ein Schritt dazu. Meistens scheitert alles an den Menschen selbst, und ich sollte mich nicht wundern, wenn nicht auch die Reform schiefgeht."

Die Stunden schwanden dahin. Noch eine Nacht verbrachten sie gemeinsam in Territet, am Dienstagmorgen hieß es schon wieder Abschied nehmen. Diesmal fiel er den beiden besonders schwer.

„Möchtest du nicht doch mitkommen, Sissy?" fragte Franzl ein letztes Mal. „All die Sachen für dein Achilleion können ja auch ohne dich nach Korfu schwimmen!"

„Nein, Franzl. Denn ich weiß: ich werde dann für längere Zeit nicht nach Griechenland oder sonstwohin kommen, weil ich dann eben bei dir bleiben muß... Leb wohl!"

5. Hinterlistige Attacken

Franzl war längst unterwegs nach Wien, wo er sich mit den Problemen der Wahlrechtsreform herumzuschlagen hatte. Sissy saß in dem Zimmer, neben sich den Stuhl, in dem Franzl gesessen hatte, und der nun leer war. Sie hatte sein Ostergeschenk, einen wunderschönen Diamantring, an ihrem Finger und betrachtete ihn; er erinnerte sie an die gemeinsamen Tage mit Franzl!

Und doch eilten die Gedanken der Ruhelosen schon wieder voraus zu ihrem Achilleion, dem Sonnenpalast auf Korfu. Nun, da sie fern von ihm war, hatte es sich in ihren Träumen wieder verklärt. Nur manchmal wurde die Erinnerung an die Enttäuschung in ihr wach, die ihr das Bauwerk nach seiner Fertigstellung bereitet hatte.

Es zog sie jetzt wieder dorthin. Sie wollte die „Miramar" entladen und die Aufstellung bestimmter Möbel- und Erinnerungsstücke sowie etlicher antiker Statuen persönlich überwachen. Und sie hoffte auch — das war ein ihr Gewissen versöhnender Gedanke —, daß es ihr einmal doch wohl gelingen würde, Franzl zu einem längeren Besuch auf der Sonneninsel zu bewegen.

„Einmal muß er ja doch hin; einmal muß er sehen, wie

206

schön es dort ist. Dann wird er ja wohl begreifen, weshalb es mich immer wieder nach Korfu zieht, diesem schönsten Fleck auf Erden!"

Sie wollte aber nicht viel länger in Territet bleiben. Ja, es sollte bald losgehen. Vielleicht kam sie dann auch noch zur Verlobung ihrer Enkelin Augusta zurecht nach Wien. Sissy blies also wieder einmal zum Aufbruch, sehr zum Leidwesen ihrer Reisegesellschaft, die gehofft hatte, sich in Territet ein wenig länger ausruhen zu können.

Der alte Baron Nopsca dachte nun ernstlich an seine Demission, doch Sissy beruhigte ihn: in Wien wäre dann für längere Zeit mit dem Reisen Schluß.

„Die Botschaft hör ich wohl, allein mir fehlt der Glaube", zitierte der Baron seufzend der Frau von Majlrath den klassischen Spruch. „Sie mag hiezu die besten Absichten haben — aber es liegt nicht in ihrer Natur, sie zu verwirklichen."

„Man kann sie nicht mit den gleichen Maßstäben messen wie alle anderen Menschen", erklärte Frau von Festetics. „Aber ich habe so ein merkwürdiges Gefühl, als ob es diesmal anders kommen wird und wir gar nicht nach Korfu reisen müssen."

Sie sollte mit ihrer Prophezeiung recht behalten. Die Reiseroute führte über Mailand nach Genua, von dort nach Neapel, wo noch einiges zu verladen war, und dann war sie tatsächlich zu Ende. Ein Telegramm Franzls hatte Sissys Pläne zunichte gemacht. Es half alles nichts — die Miramar mußte ohne sie nach Korfu weiterfahren. Der Hofzug wurde nach Neapel zitiert, um sie von dort nach Wien zu bringen.

Was war geschehen? Das Telegramm gab darüber nur unvollständige Auskunft. Es hieß nur, sie müsse dringend und unverzüglich nach Wien, ihre Anwesenheit wäre unbedingt erforderlich. War etwa ein furchtbares Unglück geschehen?

Nach mehreren telegraphischen Anfragen erfuhr Sissy schließlich den Grund für ihre Rückberufung, der sie aber sehr verärgerte. Zu lange hatte sie es sich geleistet, nur in ihren Träumen zu leben. Ein wenig Schuld an allem war aber auch Sissys Umgebung, welche ihr unangenehme Nachrichten nach Tunlichkeit vorenthielt.

In ungarischen Zeitungen waren Meldungen aus der französischen Linkspresse abgedruckt worden, welche man geradezu nur als verleumderische Greuelmärchen mit dem Zweck der Destabilisierung der innenpolitischen Verhältnisse in der Donaumonarchie bezeichnen konnte. Da wurde nicht nur die alte Mär, daß der Sprachlehrer Barker in Wirklichkeit ein Irrenarzt sei, wiederholt, sondern auch noch behauptet, in der Schweiz habe sich Sissy in einem Anfall von Wahnsinn von einem Felsen gestürzt. Auf diese Nachricht hin sei der Kaiser Hals über Kopf nach Territet gereist, um den Leichnam heimlich nach Wien zu bringen. Dies sei bei Nacht und Nebel mit des Kaisers eigenem Hofzug erfolgt. In der Schweiz hingegen spiele indessen eine Hofdame die Rolle der Kaiserin weiter; infolge der geringen Ähnlichkeit wage man aber nicht, die falsche Kaiserin in Wien zu präsentieren. Man sei erst noch auf der Suche nach einem geeigneteren Double.

Nun war es Sissy klar, daß Franzl nicht mehr anders konnte, als sie zu veranlassen, sich in der Öffentlichkeit zu zeigen, um all die haltlosen Gerüchte und böswilligen Verleumdungen, ihren Geisteszustand betreffend, zu entkräften. Ebenso klar war es auch, daß dies nicht schnell genug geschehen konnte. Denn nicht nur die oppositionellen ungarischen Blätter, auch viele Klatsch- und Skandaljournale würden diese Lügengeschichte aufgreifen und breittreten.

Seit der Affäre von Mayerling und dem Verschwinden von Johann Orth gab das Haus Habsburg der Presse mehr Stoff für Artikel, als es seinem Ansehen förderlich sein konnte. Ja, dieses Ansehen wurde nun geradezu systematisch untergraben.

Dabei wurde immer deutlicher, wie sehr Rudi recht hatte, als er die Presse für seine Absichten einspannte, sich ein eigenes Korrespondententeam aufbaute und sich an der Herausgabe einer Tageszeitung — „Die Presse" — aktiv beteiligte. Dies erschien seinem Vater als „nicht standesgemäß", obwohl es in Wirklichkeit, den veränderten Zeitverhältnissen entsprechend, eine Notwendigkeit gewesen wäre. Das k.u.k. Preß- und Informationsbüro in der Hofburg genügte diesen Anforderungen längst nicht mehr. Die Mitarbeiter dieses Büros fühlten sich als Beamte und nicht als Journalisten, und dementsprechend arbeiteten sie auch — brav, bieder, aber unzweckmäßig.

Im Hofzug herrschte einige Aufregung, als bekannt wurde, was sich in der Weltpresse rund um Sissy tat. Nur Baron Nopsca blieb anscheinend ungerührt und versuchte, die Damen zu beruhigen. Er hatte die meisten dieser Artikel selbst gelesen und unterschätzte ihre Wirkung auf die Öffentlichkeit. Oder er betrieb eine Vogel-Strauß-Politik und wollte sie nicht wahrhaben.

„Aber, meine Damen, morgen ist das alles längst wieder vergessen! Die Zeitungsschreiber brauchen jeden Tag eine andere Sensation, das ist ihr Geschäft, davon müssen sie leben. Und haben sie keine, wird eben eine zurechtphantasiert. Diesmal ist Ihre Majestät das Opfer, morgen ist es vielleicht der Präsident der Vereinigten Staaten oder irgendein

Schauspieler oder sonst irgendwer. Das kann man doch nicht ernst nehmen!"

„Baron", ärgerte sich Sissy, „Sie hätten mir diese Artikel zeigen und mich informieren müssen!"

„Ich hielt es nicht für nötig; Majestät sind doch erhaben über derlei Zeitungsgewäsch!" verteidigte sich Nopsca.

„Erhaben? Sie sehen ja, daß mein Mann anders darüber denkt", rügte Sissy. „Offenbar bin ich nicht erhaben genug über ein solches Geschreibe. Jetzt muß ich doch tatsächlich wegen dieser Schmierblätter meine Pläne ändern!"

„Nun", meinte der Baron beruhigend, „Majestät werden sich wieder öffentlich zeigen müssen, weiter nichts. Man wird eben sehen: es gibt Ihre Majestät, die Kaiserin — und wie es sie gibt! Dann werden all die dummen Gerüchte von selbst verstummen."

„Wir hätten es gar nicht erst so weit kommen lassen dürfen, Majestät", meinte die Festetics, und damit sprach sie die Gedanken aller aus. „Majestät müssen zugeben, selbst den Grund geliefert zu haben."

„Ja, ja", wehrte Sissy ab, „schimpft nur alle recht tüchtig mit mir. Damit habe ich gleich den Vorgeschmack dessen, was ich in Wien vom Kaiser zu hören bekomme. Als ob ich kein Recht hätte zu reisen, wohin ich will! Mich um mein Eigentum zu kümmern, das ich nach Korfu schaffen möchte! Wer bin ich — Sklavin oder Kaiserin?!"

Sissy war empört. Unwillkürlich aber drängte sich ihr zugleich auch die Frage auf, was die Zeitungen schreiben würden, wenn erst der Heiratsplan des neuen Kronprinzen bekannt werden würde. Franzl würde strikt auf der Einhaltung der Hausgesetze bestehen, und Franz Ferdinand, der Sturschädel, nicht ein Iota von seinem Vorhaben abweichen wollen... Ja, sie würden miteinander kämpfen. War dieses Duell der gegensätzlichen Wünsche und Meinungen aber geheimzuhalten? — Wenn das kein wahres Fressen für die Journalisten wurde!

Sissy seufzte, aber niemand außer ihr kannte diesen Grund. Alle schoben es auf die Zeitungskampagne. Nopsca dachte nun ernstlich an seine Demission. Er sah hier einen guten Grund, um um seine Entlassung aus dem Dienst der Kaiserin anzusuchen. Vorwürfe machte er sich keine — er hatte all die Jahre über treu gedient und sein Bestes gegeben. Ja, er war — noch mit sechsundsiebzig Lenzen auf dem Buckel — im Dienst für die Kaiserin förmlich aufgegangen. Und es war ein Dienst rund um die Uhr gewesen...

In Wien empfing Franzl sie ostentativ auf dem Südbahnhof in einer Art, welche die Aufmerksamkeit der Menge erregen mußte. Sie fuhren in offener Kutsche über den Ring zur Hofburg. Jeder konnte es sehen: die Kaiserin war wieder da. Franzl bat sie, den Schleier abzunehmen, so daß auch jeder ihr Gesicht sehen konnte.

„Du hättest nicht länger fortbleiben dürfen", erklärte er. „An sich hätte ich ja allen Grund, diesen Schmierfinken dankbar zu sein. Nun habe ich dich endlich dort, wo ich dich schon die längste Zeit haben wollte — nämlich bei mir daheim."

„Aber ich wäre doch ohnedies längstens in einem Vierteljahr zurückgekommen, ich hatte es dir ja versprochen", verteidigte sie sich.

„Du siehst ja, daß es nicht grundlos war, daß ich dich schon in der Schweiz darum bat heimzukommen. Du hattest den Bogen überspannt, du hättest deine Repräsentationspflichten nicht derart links liegen lassen dürfen."

„Und wobei habe ich in den nächsten Tagen zu repräsentieren?"

„Es hat sich innerhalb des Adels eine Privatinitiative gebildet. Lokalitäten, ja sogar Villen wurden zur Verfügung gestellt, und Gelder wurden gesammelt. Nun hast du die Aufgabe, Notstandsquartiere und Armenküchen zu eröffnen, wo sozial schlecht gestellte Bürger Unterkunft finden und billiges Essen bekommen werden."

„Das ist eine schöne Aufgabe", fand Sissy.

„Ja", nickte der Kaiser, „es wird viel getan für die unteren sozialen Schichten, aber es ist nicht genug. Die Kirche und private Initiativen — das reicht nicht. Durch die wachsende Industrialisierung und die damit verbundene Landflucht wächst ein Proletariat heran, das nicht nur mir Sorgen bereitet. Diesen Menschen muß man helfen, man muß ihnen menschenwürdige Daseinsbedingungen schaffen. Viele arbeiten für einen Bettellohn und hausen in Elendsquartieren, und noch fehlen die gesetzlichen Handhaben, um das zu ändern."

„Und wie steht es mit der Wahlrechtsreform?" fragte Sissy.

„Einfach katastrophal", klagte der Kaiser. „Taaffe führt einen förmlichen Eiertanz auf. Zur Zeit sind einfach alle dagegen!"

„Dagegen?" staunte Sissy. „Ich dachte doch, es müßten alle dafür sein?!"

„Da irrst du dich, mein Engel, und ich habe das kommen sehen. Alle haben Angst, weit weniger Stimmen zu bekommen, als sie brauchen, um ihre Interessen durchzusetzen. Das betrifft vor allem die nationale Interessen vertretenden Parteien, und hier wieder vor allem die Tschechen und die Parteien kleinerer Volksgruppen. Oder kannst du dir etwa vorstellen, daß ein Student in Görz die Partei der ‚Ungarischen kleinen Landwirte' wählen wird?"

212

„Du lieber Himmel", staunte Sissy. „Und was wirst du tun?"

„Das, was ich in meinem Krönungseid beschworen habe: ich muß versuchen, die Interessen aller unter einen Hut zu bringen."

„Das ist ja eine unlösbare Aufgabe", erkannte Sissy.

„Im Augenblick sieht es tatsächlich so aus", nickte Franzl. „Aber kommt Zeit, kommt Rat. Wir wollen die Flinte nicht vorzeitig ins Korn werfen. Ich hoffe auf einen allgemeinen Sieg der Vernunft. Aber ich kann natürlich nicht gegen mein Volk regieren."

„Du Armer! — Und ich mache auch noch solche Geschichten", klagte sich Sissy voll Reue an.

„Ja, mein Engel, das wirst du dir in der nächsten Zeit ein wenig abgewöhnen müssen. Ich brauche dich jetzt. Du mußt mir zur Seite stehen. Vor allem in Ungarn!"

„Ja, das werde ich, Franzl", versprach sie ihm.

„Die Ungarn rufen nach ihrer Königin. Sie wollen sie sehen und bei sich haben. Damit stopfen wir auch gleichzeitig allen Klatschmäulern den Mund."

„Dann muß ich wohl also nach Gödöllö?" fragte sie. „Und ich dachte, ich bliebe jetzt für eine Weile in Wien und dürfte wenigstens meine Hermesvilla einrichten mit den Dingen, die ich aus Genua mitgebracht habe!"

„Eine Zeitlang bleibst du in Wien. Aber dann mußt du nach Budapest. Ich denke, du solltest direkt in der Burg in Ofen Quartier nehmen und Audienzen geben. Die Menschen sollen mit dir in Berührung kommen."

„Sie sollen sehen, daß da wirklich die Königin und keine Schauspielerin ist?"

„So ungefähr", nickte Franzl ernst. „Nimm es nicht zu leicht, Sissy. Die Ungarn sind in diesem Punkt sehr empfindlich. Hätte ich wirklich ein Täuschungsmanöver vor, dann wäre das Ende eine Revolution."

„Aber ich mag doch die Ungarn", sagte Sissy.

„Du darfst nicht vergessen: Graf Andrassy ist tot", erklärte Franzl.

Endlich hatten sie die Hofburg erreicht. Sissys erste „Schaufahrt" war zu Ende — es sollten ihr aber noch viele folgen.

6. Augusta verlobt sich

Jedesmal, wenn Frau von Mikes Post aus dem Damenstift in Prag bekam, steigerte sich ihre Spannung, und sie öffnete den Briefumschlag mit zitternden Fingern. Doch auch diesmal wieder berichtete ihre Verwandte nur negativ:

„Liebe Jovanka,

das Schloß der Choteks liegt nicht weit von hier. Ich bin selbst hingefahren und habe mich in der Umgebung des Schlosses als Detektiv betätigt. Du könntest auch nicht mehr tun als ich; es würde mich zwar freuen, wenn du mich besuchst, doch in der Sache der Komtesse Sophie kämest du auch nicht weiter. Die schweigen alle — nicht ein Sterbenswörtchen dringt in die Öffentlichkeit über den Aufenthalt dieser armen Person.

Deine Bozena."

Und wieder mußte sie Sissy enttäuschen. Glücklicherweise hatte die Kaiserin jetzt eine Menge anderer Dinge im Kopf, so daß die Angelegenheit ihres Neffen darüber ein wenig in Vergessenheit geriet.

Denn Sissy war in den nächsten Tagen nicht nur hin und wieder „im Geschirr" in Sachen Monarchie unterwegs; man konnte sie auch oft in der Hermesvilla antreffen, wo sie die unterwegs eingekauften Schätze in den einzelnen Salons und Zimmern mit Geschmack und Liebe unterbrachte. Auch widmete sie der Meierei ihr Augenmerk und lobte Frau von Ferenczy sehr.

„Wir müssen noch einige Kühe kaufen", erklärte sie, „die eine, die wir mitbrachten, fühlt sich sonst einsam. Lachen Sie nicht, Ferenczy. Diese Tiere sind sensibler, als wir glauben!"

Und dann hatte sich auch noch das „Wohltätigkeitskomitee adeliger Damen" zur Audienz angesagt und verlangte, daß Sissy den Vorsitz übernehmen möge. Da es sich um einen sozialen Zweck handelte, konnte Sissy die Bitte nicht gut abschlagen, schränkte aber gleich ein, daß sie bald nach Ungarn müsse.

Die Zeitungen begannen über ihre Tätigkeit zu berichten. Die Falschmeldung über den Felsabsturz wurde Lügen gestraft durch ihr häufigeres Erscheinen in der Öffentlichkeit. Franzl zeigte sich darüber zufrieden.

„Siehst du, mein Engel", kommentierte er beim Mittagstisch in der Hofburg, „du bist wieder da, und alles ist in Ordnung!"

Und er ergriff ihre Hand und lächelte dankbar.

Einige Tage später traf er Sissy im Lainzer Tierpark, um mit ihr spazierenzugehen. Doch ihre Stimmung war sehr angespannt.

„Was ist los?" wollte er wissen. „Fühlst du dich nicht wohl, mein Engel? Kann ich dir helfen?"

„Ach, es ist wegen dem Achilleion", gestand sie ihm. „Immer mehr erkenne ich, daß es für mich eine Fessel ist. Ich habe das Gefühl, dort sein zu müssen. Und bin ich dort, dann will ich wieder hierher zu dir. Ob es nicht doch vernünftiger wäre, es zu verkaufen? Schau, wir könnten den Erlös unseren Töchtern geben. Für Augusta, die sich nun bald verlobt, wird Gisi Geld nötig haben, und Marie-Valerie kann sicher auch welches gebrauchen."

Franzl wunderte sich über die wechselnden Stimmungen seiner Frau und schüttelte den Kopf.

„Nein, mein Engel. Wir haben ja schon einmal darüber gesprochen. Du hast dein Haus auf Gasturi so voll Liebe gebaut und hast es dir so sehr gewünscht. Und kaum war es fertig, wolltest du es schon wieder loswerden."

„Ich will frei sein, Franzl, von allem frei, auch von Besitz, der bindet. Verstehst du das nicht? Am liebsten würde ich leben wie der heilige Franz von Assisi."

Nun lachte Franzl wirklich.

„Ach, Sissy, was sind denn das wieder für krause Ideen! Ich glaube eher, würdest du so leben, wie er gelebt hat, wäre es dir bald auch nicht recht. Und was unsere Töchter betrifft, so brauchst du dir ihretwegen keine Sorgen zu machen. Die finden auch so ihr Auskommen. Du solltest dein Achilleion noch für einige Zeit behalten. Denn wenn du es jetzt wirklich schon verkaufst, dann begreift das niemand, und die Presse erklärt dich neuerlich für verrückt. Lies einmal, was sie jetzt über den König von Bayern schreiben!"

„Der arme Otto... Es ist ja wirklich grauenhaft. Und gemein dazu von Prinz Luitpold, der den armen Ludwig auf

216

dem Gewissen hat. Otto, der doch schon wahnsinnig war, nach Ludwigs Tod zum König zu machen! Nun lebt dieser arme, irre ‚König‘ wie ein Tier, bewacht von Krankenwärtern, in dem einsamen Schloß Fürstenried und unterhält sich mit Gespenstern, die nur er und sonst niemand sieht…"

Sissy schauderte. Heimlich lebte auch sie in ständiger Angst, von dem Erbübel ihrer Familie befallen zu werden. Und die Journalisten trugen mit ihren Artikeln auch nicht gerade zur Linderung dieser Furcht bei.

Franzl befürchtete dies nicht; dazu kannte er seine Sissy zu genau. Doch exzentrisch war sie, das stimmte, und ein so unvermuteter Verkauf des eben erst fertiggestellten Schlosses auf Korfu könnte den unliebsamen Gerüchten neue Nahrung geben.

Seufzend fügte sich Sissy. Halb und halb hatte sie den Vorschlag ohnedies nicht ernst gemeint, obwohl ihr das Achilleion tatsächlich weniger Freude machte, als sie erhofft hatte. Immer wieder mußte sie an die weisen Worte des alten Ziegenhirten beim Volksfest zur Eröffnung des Achilleion denken; und in Gedanken hörte sie die Stimme des Alten:

„Das Glück ist kein Ort, sondern ein Zustand. Man muß ihm in seinem Herzen Platz machen, meine Tochter. Dann läßt es sich dort nieder, wo immer du auch sein magst. — Ein Haus aus Stein, eine Kette aus Gold, das sind Fesseln. Um Glück zu empfinden, bedarf es dieser Dinge nicht."

„Du bist ein reicher Mann", hatte sie zu dem zerlumpten Alten gesagt, „viel reicher als ich!" — Und wie recht hatte er doch. Ob sie ihm wiederbegegnen würde…?

Sissys Verkaufspläne wurden jedenfalls vorerst zurückgestellt, und kein Wort wurde weiter darüber geredet. Dennoch reifte in ihr immer mehr der Entschluß, sich von dem

Schloß ihrer Träume zu trennen. Und dabei prangte der gekrönte Delphin — das Sinnbild des gekrönten Meergottes Neptun, der sich in einen Delphin verwandelt hatte — auf ihrem Briefpapier, ihren Koffern und dem kostbaren Geschirr im Achilleion.

Die blonde Gisela und ihre Tochter kreuzten in der Hermesvilla auf. Anlaß dazu war die Verlobung von August und Augustine, die im kleinen Familienkreis gefeiert wurde. An der Festtafel saßen alle drei: Elisabeth, Gisela und Auguste, das Enkelkind. Sissy betrachtete es voll Verwunderung, Liebe und zugleich einem Tropfen Wehmut im Herzen. Sie war Großmama und würde womöglich in absehbarer Zeit sogar Urgroßmutter werden.

Wohin waren die Jahre davongeeilt? Wie schnell war sie doch vergangen, diese Zeit am Wiener Hof, an Franzls Seite! Und nun eilte sie, so schien es, fast noch rascher dahin.

„Auf euer Wohl, Kinder! Auf eure glückliche Zukunft!" prostete Franzl den beiden Verlobte zu, die einander küßten.

Auch Sissy erhob ihr Glas und stieß mit an. Was war das nur, daß sie dieses Fest wie durch einen Schleier erlebte...?

Sie hörte die Gläser klingen, das Brautpaar lachen, Franzls Stimme neben sich, und der Geruch von Wein erregte in ihr Übelkeit. Sie erhob sich und wankte hinaus, in den Nebenraum, um frische Luft zu schöpfen.

An ihren Schläfen pulsten die Adern. Sie lehnte sich gegen das Fenster, durch das frische Waldluft und der Duft von Flieder drangen.

„Was ist mit dir?" hörte sie Franzls besorgte Stimme neben sich. „Sissy, fühlst du dich nicht gut? Du bist leichenblaß! Soll ich den Doktor rufen?"

„Nein, nein, Franzl", wehrte sie ab und nahm sich zusammen. „Entschuldige bitte. Mir ist nur ein bißchen übel, es geht schon vorüber."

Sie entnahm ihrem Täschchen ein Riechfläschchen und führte es mit einer hilflosen Gebärde an die Nasenflügel, mit einer Gebärde, die Franzl an die kleine, blutjunge Sissy aus Possenhofen erinnerte, und plötzlich begriff er die Ursache ihrer Erregung.

„Mein Engel", meinte er lächelnd, „wir werden nun einmal nicht jünger! Ist es nicht ein Glück, zu erfahren, daß wir in unseren Kindern weiterleben?"

Er küßte sie verstehend und strich ihr übers Haar. Schutzsuchend schmiegte sie sich stumm an ihn.

„Komm, wir gehen zu den Kindern zurück", drängte er sie, nahm ihren Arm und führte sie hinüber zu der fröhlichen Verlobungsrunde.

Für Sissy war es dennoch kein Fest, an das sie sich später gern erinnerte. In der darauffolgenden Nacht fand sie keinen Schlaf, und am folgenden Morgen riet ihr der Arzt zu einem kurzen Aufenthalt in Bad Gastein, der ihr seelisches Gleichgewicht wiederherstellen sollte. Zu Franzls Verzweiflung wurden wieder die Koffer gepackt.

Sie nahm von den Hofdamen nur die Mikes mit. Die freute sich sogar auf den kleinen Abstecher zu dem Kurort. Frau Feifal, die Unentbehrliche, kam auch mit, und ebenso der Baron, der es sich noch einmal überlegt hatte, seinen Dienst aufzukündigen. Die Ferenczy und die Festetics blieben beide in Wien.

Doch die Zeit der Erholung dauerte nicht sehr lang.

„Es hilft nichts, Majestät, der Kaiser hat befohlen: wir müssen zurück", entschuldigte sich der greise Nopsca.

„Ja, ja, ich weiß", nickte Sissy und gab ihre Zustimmung zum Aufbruch.

Der Aufenthalt in Wien währte nur wenige Stunden. Kaum, daß Sissy Zeit hatte, mit Franzl zu sprechen und seine Anweisungen zu hören, die er ihr für Budapest mitgeben wollte. Die Opposition hatte lange Zeit hindurch eine gefährliche Wühlarbeit geleistet, um das Ansehen und die Beliebtheit der Dynastie zu untergraben. Nun galt es, verlorenes Terrain zurückzugewinnen.

„Es wird kein Honiglecken sein, Sissy", verabschiedete sich Franzl von ihr. „Es ist diesmal kein Jagdausflug in Gödöllö, sondern ein schweres Stück Arbeit, das auf dich zukommt. Aber mit deinem Charme wirst du die Herren Magnaten ebenso herumkriegen wie immer wieder — mich..."

Er lachte, küßte ihr zum Abschied die Wangen und die Hand.

Und dann hörte sie den Jubel der Menge, als sie die Kutsche bestieg, ein Jubel, der ihr galt, und ein frohes Erkennen, das ihr aus allen Gesichtern am Straßenrand entgegenleuchtete.

„Eljen! Eljen!" rief begeistert eine Gruppe ungarischer Offiziere, als sie beim Schwarzenbergpalais in die Prinz-Eugen-Straße einbogen. Geradewegs so, als wäre Sissy bereits in Budapest. Sie strich sich über die Stirn und verscheuchte ihre dummen Gedanken.

7.   In der Burg zu Ofen

Nun war Sissy endlich in Budapest. Hier hatten die Leute ihre verehrte Königin lange genug vermißt. Daß sie nun wieder da war, veranlaßte die Opposition zu mißgünstigen Sticheleien; aber die Mehrzahl der Budapester nahm sie mit Begeisterung auf.

Überall, wo sie sich zeigte, riefen die Leute begeistert „Eljen!", und Sissy hatte wieder das Gefühl, unter Freunden zu sein. Sarolta von Majlrath war ihre ständige Begleiterin, doch auch ein Hofstaat aus Damen des ungarischen Adels kümmerte sich um Sissys Wohlbefinden.

Dabei kam auch die längst fällige Ablöse des alten, treuen Barons Nopsca zur Sprache. Der Obersthofmeister war in Ehren ergraut und wohl wirklich nicht mehr länger fähig, dieses strapaziöse Amt auszuüben; das hatte sich bei den letzten Reisen immer deutlicher gezeigt.

Nein, Sissy brauchte einen jüngeren, guten Organisator, einen Mann, der auch improvisieren und sich durch Überraschungen nicht aus der Ruhe bringen lassen würde. Ob er vielleicht hier in Budapest zu finden war? Auch war mit Frau von Ferenczy und Frau von Andrassy auf Dauer nicht mehr zu rechnen. Franzl hatte gemeint, sie habe ihren Hofstaat „verbraucht", und nun müsse dieser aufgefrischt werden. Und da Sissy die Ungarn mochte, schien sich in Budapest eine gute Gelegenheit zu bieten, dafür zu sorgen.

In Ungarn war man hochentzückt, daß die Königin gerade hier ihre Wahl treffen wollte. Unter den in Frage kommenden Bewerberinnen fiel Sissys Wahl auf die junge Gräfin Irma Sztaray. Die Gräfin, die für die Königin förmlich schwärmte, bezeichnete es als den glücklichsten Tag ihres Lebens, als sie von der Hofkanzlei die Benachrichtigung erhielt, daß sie nach Ofen in die Burg kommen und sich Sissy vorstellen sollte.

In ihrem schönsten Kleid erschien Irma voll Herzklopfen in der Burg und wurde nach kurzem Warten vorgelassen. Als sich die Flügeltür zu Sissys Empfangszimmer öffnete, fiel Irma in einen tiefen Hofknicks in sich zusammen und wagte kaum aufzublicken. Da fühlte sie aber auch schon Sissys Hand, welche die ihre ergriff und sie emporzog.

„Nein, das mag ich nicht", erklärte Sissy. „Wir müssen Freundinnen werden und einander Vertrauen schenken. Ich hasse Liebedienereien und schätze Aufrichtigkeit. Sie werden mit mir Ihre liebe Not haben, Gräfin, denn ich bin eine launenhafte, exzentrische Frau."

„Majestät, ich werde alles tun, was in meinen Kräften steht", versprach Irma Sztaray mit schwärmerischem Blick.

Sissy lächelte milde: „Das ist leichter versprochen als gehalten, mein Kind. Ich bin ein Wandervogel; nun bin ich hier in Budapest, aber ich sehne mich schon wieder fort. In meiner Gesellschaft werden Sie die weite Welt erleben und die Menschen kennenlernen. Sie werden fremde Völker und fremde Länder sehen. Wenn Sie reiselustig sind wie ich, wird es ein Erlebnis werden. Sind Sie jedoch ein seßhaftes Wesen, dann passen wir nicht zueinander und fangen erst besser gar nicht an, uns aneinander zu gewöhnen."

Doch Irma zeigte sich begeistert.

„Mit Majestät gehe ich bis ans Ende der Welt, wenn es sein muß", rief sie begeistert. „Oh, ich kann mich schon anpassen. Man hat mir mancherlei erzählt von den Strapazen —"

„Man hat Sie also vor mir gewarnt?" lächelte Sissy.

„Man hat mich darauf aufmerksam gemacht, gewiß", bestätigte Irma, „doch das schreckt mich nicht ab, im Gegenteil. Majestät machen mich zum glücklichsten Menschen —"

„Na, hoffentlich sagen Sie das auch noch in einem halben Jahr, Gräfin", meinte Sissy skeptisch. „Übrigens — kennen Sie irgend jemanden, der als mein Obersthofmeister und Reisemarschall in Frage käme?"

Irma Sztaray dachte kurz nach.

„Herr von Berewiczy", meinte sie nach kurzer Überlegung. „Oh ja, den könnte ich mir vorstellen. Das ist ein schneidiger Offizier bei den Husaren. Ein ganz toller Reiter, Majestät. Einmal hat er eine Wette gewonnen, einen Hürdenlauf verkehrt im Sattel sitzend zu bestehen."

„Verkehrt im Sattel?" staunte Sissy. „Den Mann möchte ich wirklich kennenlernen!"

„Aber er ist ein Grobian", warnte Irma.

„Das soll mich nicht stören", lachte Sissy. „Wir werden ihm schon, wenn er uns gefällt, die nötigen Manieren beibringen!"

Sissy war schon gespannt, den sagenhaften Reiter kennenzulernen.

Herr Adam von Berewiczy war ein Offizier und Gentleman. Vor allem war der schneidige Husar, dem seine Uniform so gut stand, daß alle Komteßlein und Baroneßlein bei den diversen Garnisonsbällen Kulleraugen bekamen, wenn sie seiner ansichtig wurden, Offizier vom Scheitel bis zur Sohle. Seine Stimme schnarrte, seine Stiefel knarrten auf den Parketten, und seine Sporen, mit denen er zur Welt gekommen zu sein schien, klirrten, wenn er die Hacken zusammenschlug, daß es knallte.

Mit einem Wort: Herrn von Berewiczys Erscheinen war jedesmal mit einer Reihe von akustischen Eindrücken verbunden, die seiner Persönlichkeit das rechte Gewicht verliehen, und die seinem optischen Effekt mit Tressen, schimmernden Epauletten und glänzenden Orden durchaus entsprachen.

Die Gräfin Sztaray hatte jedenfalls nicht zu viel versprochen. Die über ihn gesammelten Auskünfte wiesen ihn als einen guten Organisator aus, der auch bei seiner Truppe auf Zucht und Ordnung hielt. Er war ein brillanter Reiter, vortrefflicher Schütze, und daß er außerdem noch eine gehörige Portion Mut besaß, daran war nicht zu zweifeln.

Mit Berewiczy gewann die Kaiserin einen fähigen Leiter ihrer Reiseunternehmungen und mit der Sztaray eine liebenswerte Begleiterin. Diese beiden verliehen dem ganzen Team neue Züge; nur Frau Feifal war und blieb die alte. Sie saß in ihrem Bereich ebenso fest im Sattel wie Herr von Berewiczy auf seinem Pferd.

Wieder wollte Sissy das Weihnachtsfest nicht im nahen Gödöllö verbringen, sondern in den Süden reisen. Der Kaiser, der jetzt am Donnerstag immer nach Budapest kam und erst am Montagmorgen wieder nach Wien abreiste, verband das Angenehme — das Beisammensein mit seiner lieben Frau — mit dem Nützlichen, nämlich der Abwicklung von Regierungsgeschäften in der Ofener Burg.

Er war enttäuscht, als er von Sissys neuen Reiseplänen erfuhr. Von seinem Arbeitszimmer aus blickte er auf die Donau und den wunderschönen Kai sowie das herrliche Parlamentsgebäude und genoß diesen schönen Anblick seiner ungarischen Residenzstadt mit stolzem Behagen. Seit Sissy hier war, hatte sich das Verhältnis der Ungarn zur Dynastie wieder gebessert und gefestigt. Es war kein Zweifel, daß die Ungarn in Sissy die warmherzige Fürsprecherin und Wahrerin ihrer Interessen erblickten, während sie dem Kaiser mehr Respekt als Liebe entgegenbrachten. Er war für sie der Vertreter der Dynastie, welche oft die Interessen Österreichs vor jene der Ungarn gestellt hatte — wenigstens schien es ihnen so. Als junger Monarch hatte er den Kossuth-Aufstand niedergeschlagen und auf Drängen seiner Ratgeber hin viele Rebellen hinrichten lassen. Ludwig Kossuth, der Führer des Aufstandes, lebte neunzigjährig in seinem Pariser Exil. Heimlich hielten ihm noch viele Ungarn die Treue.

Franzl hätte es gern gesehen, wenn sich sein Verhältnis zu den Ungarn bessern ließe. Sissy konnte ihm dabei helfen. Sie hatte allein durch ihre Schönheit und ihren Charme ganz leicht den Weg zum Herzen dieser ritterlichen Nation gefunden. Nun war sie endlich wieder hier, und die Früchte ihrer Anwesenheit waren überall schon zu erkennen.

Aber jetzt wollte sie schon wieder fort, viel zu früh für Franzls Geschmack, als Ehemann wie auch als Politiker. Sie wollte diesmal den in Europa so unfreundlichen Winter im fernen Algerien und auf Madeira verbringen.

„Kannst du denn nicht wenigstens diesmal deine Reisepläne zurückstellen, mein Engel?" fragte er sie bei einem gemeinsamen Frühstück, bei dem die überschlanke Sissy nichts als ein paar Orangenspältchen aß.

Sie war eben erst von der Waage gestiegen, die ihr ein Gewicht von sechsundvierzig Kilo angezeigt hatte.

„Nein, mein Löwe", schüttelte Sissy energisch den Kopf. „Ich tue hier alles, was du willst, wie ich es dir versprochen habe. Aber das verdient doch wohl eine Belohnung, nicht wahr?"

Franzl hörte ihren Magen verdächtig knurren und meinte, sie möge sich doch ein vernünftiges Frühstück gönnen.

„Entschuldige, Franzl", bat sie und erklärte, streng zu sich selbst: „Weil er so knurrt, kriegt er zur Strafe kein Mittagessen."

„Gegen diese Manie scheint Hopfen und Malz verloren zu sein", seufzte Franzl kopfschüttelnd.

„Und mit meiner Reisemanie ist es ebenso", versicherte Sissy ernsthaft. „Am besten, du gibst es auf, Franzl. Die Schwalbe fliegt im Herbst davon, im Lenz, da kehrt sie wieder..."

„Wenn sie nur wiederkehrt!" rief Franzl. „Du weißt ja,

daß ich dir keine Bitte abschlagen kann. Doch die ‚Miramar' liegt in Triest im Dock. Du hast jetzt nur den alten ‚Greif' zur Verfügung. Ich habe nicht damit gerechnet, daß du in diesem Winter noch auf Reisen gehst, sondern wirklich gehofft, du bliebest endlich einmal hier."

„Ach, der Greif; auf den freue ich mich schon richtig", sagte Sissy, als habe sie ihm nicht richtig zugehört. In Gedanken war sie offensichtlich schon an Bord.

„Der Greif ist ein alter Kahn, mein Engel. Das macht mir Sorgen, einem Sturm hält der nicht mehr stand."

„Ach, Franzl! Die Überfahrt nach Nordafrika ist ein Katzensprung. Die schafft er doch noch. Da kann doch überhaupt nichts passieren."

„Du weißt selbst, daß das nicht der Fall ist. In den Wintermonaten ist auch das Mittelmeer kein ruhiger Teich mit spiegelglatter Oberfläche. Ich werde keine ruhige Minute mehr haben, wenn ich dich auf dem alten Dampfer weiß, den ich eigentlich schon längst verschrotten lassen sollte."

„Glücklicherweise hast du es noch nicht getan, so daß ich auf ihm nach Algier fahren kann", lächelte Sissy. „Das wird eine spannende Fahrt, Franzl. Nur schade, daß du nicht mitkommen kannst. Und wann, mein Löwe, spannst du endlich aus und kommst mich auf Korfu besuchen?"

„Wenn du ein Jahr in Wien und Budapest bleibst, dann komme ich sicher für eine Woche nach Korfu und besichtige dein Achilleion", versprach Franzl lächelnd.

„Du schlimmer Löwe", konterte sie. „Du weißt ganz genau, daß ich das niemals zuwege bringe."

„Nun, dann fürchte ich, werde ich deine Schöpfung wohl niemals zu sehen bekommen", bedauerte Franzl und beendete sein Frühstück. „Überleg dir's noch einmal, mein Engel. Ich muß weg, die Herren Magnaten warten auf mich.

Und denk daran: eine Fahrt auf dem alten ‚Greif' ist weder sicher noch ein Vergnügen."

„Da gibt es nichts zu überlegen", meinte Sissy bedauernd. „Anfang Dezember reise ich, so leid es mir tut. Aber ich glaube, daß mir der Abschied von dir diesmal sehr schwer fallen wird."

„Dann bleibe doch hier! Denkst du, mir wird der Abschied leichtfallen?" fragte er mit neuer Hoffnung.

Doch Sissy schüttelte bloß den Kopf.

„Ich werde Herrn von Berewiczy beauftragen, alles Nötige in die Wege zu leiten", sagte sie leise.

Traurig ging Franzl. In den Gesprächen mit den ungarischen Magnaten kam er freilich bald auf andere Gedanken, doch in seinem Herzen brannte dennoch der Schmerz, Sissy so bald wieder entbehren zu müssen.

Und er dachte an die Hermesvilla in Wien, die er für sie hatte errichten lassen. Ja selbst das Achilleion wäre ihm recht gewesen, hätte er sie doch dann wenigstens an einem bestimmten Ort, in einem sicheren Domizil gewußt. Denn die Zeiten waren weder ruhig noch sicher. Anarchistische Terroristen trieben ihr Unwesen. In Italien war es die Irredenta, in Ungarn waren es Kossuths heimliche Anhänger, und im Ausland hatte fast jeder Gekrönte ein Attentat zu befürchten.

Als Herr von Berewiczy mit den Eigenschaften des alten ‚Greif' konfrontiert wurde, zwirbelte er nur unternehmungslustig seinen schwarzen Schnurrbart und meinte: „Mit dem Kasten werden wir schon fertig werden, Majestät."

Das war eine ganz andere Tonart, als sie von Baron Nopsca gewöhnt war, und Sissy zeigte sich hierüber sehr amüsiert. — Um aber ein gewohntes Gesicht mehr in ihrer

Gesellschaft zu haben, ließ sie Herrn Christomanos kommen, der an Stelle von Mister Barker, welcher die unschuldige Ursache so vieler Mystifikationen war, wieder den Sprachunterricht vornehmen sollte.

Christomanos, der schwärmerische Grieche, erhielt die Nachricht in seinem mit Bildern von Sissy behangenen Studierzimmer in seiner Wiener Wohnung. Er konnte sein Glück gar nicht fassen.

„Das ist die Freundschaft zweier Seelen", mutmaßte er entzückt, „die voneinander nicht lassen können!"

Und er küßte in seinem Überschwang das nächste Bild von Sissy, das er in die Hände bekam.

8. Gefahr auf dem Greif

Sissy hatte sich von ihrem Plan nicht abbringen lassen. Sie war schon durch die Basare und Eingeborenenviertel der Küstenstädte von Algier gewandert, war wieder einmal auf Kamelen geritten und hatte zu Weihnachten Franzls lieben Brief vorgefunden, in dem er ihr von seiner drückenden Einsamkeit schrieb und seine guten Wünsche darbrachte:

„Ich wünsche Dir in treuer Liebe Glück und des Himmels Segen. Und ich bitte um Deine weitere Güte und Nachsicht. Deine Güte und Fürsorge und die Freundschaft von Kathi sind die einzigen Lichtpunkte in meinem Leben. An Dich denke ich beständig mit unendlicher Sehnsucht, und ich freue mich schon jetzt auf das leider noch so ferne Wiedersehen.

Dein Franzl"

Sissy las den Brief mit viel Rührung und beantwortete ihn mit einem schwungvollen Bericht über ihre Reiseeindrücke und der beruhigenden Versicherung, daß die Fahrt auf dem Greif bislang anstandslos und ohne Gefahr verlaufen sei. Der Greif sei immer noch ein ganz passables Schiff, und sie sei froh darüber, daß ihn Franzl noch nicht verschrotten habe lassen.

Herr von Berewiczy erwies sich als ein sehr nützlicher Reisebegleiter. Sissy konnte sich beglückwünschen, ihn in ihr Team aufgenommen zu haben. Zwar schnarrte und knarrte er in einem fort bei jeder Gelegenheit und zeigte sich auch mitunter saugrob, ja, er fuhr selbst die Kaiserin an, wenn es ihm notwendig schien, daß sie „ihm pariere". Das war, besonders in den dunklen Winkeln von Algier, wo man einander leicht aus den Augen verlieren konnte, notwendig. Denn die Messer saßen hier locker, die Taschendiebe hatten jahraus, jahrein Hochsaison und, wie Herr Berewiczy vielsagend versicherte, seien weiße Frauen gefragt; man zahle einen hohen Preis für eine schöne Europäerin, und manch ein Mädchen wäre hier bereits spurlos verschwunden.

Weit weniger gefährlich, dafür aber wunderschön hatte es die Reisegesellschaft danach auf Madeira. Besonders Jovanka von Mikes war ganz und gar hingerissen, sie hatte so einen herrlichen Fleck Erde noch nie gesehen und bereute es wahrhaftig nicht mitgekommen zu sein. Genauso ging es Irma von Sztaray. Die ganze Gesellschaft war bester Laune, das Wetter war prächtig, und man genoß den Sonnenschein. Und die talwärts holpernde Schlittenfahrt über buckliges Kopfsteinpflaster machte allen einen Heidenspaß. Umsomehr, als ein jeder wußte, daß jetzt in Wien das naßkalte Schneetreiben eines unerfreulichen Winters die allgemeine Laune trübte.

Nun hatte Sissy einen ganz abenteuerlichen Plan: sie wollte zu den Azoren fahren. Das wäre freilich ein kühnes Reiseabenteuer gewesen, doch hier zeigten sich die Grenzen des alten „Greif", der zwar frisch gestrichen und überholt worden, aber dessenungeachtet ein altes, schwer manövrierbares Schiff geblieben war. Der Kapitän riet dringend von dem Vorhaben ab, Herr Berewiczy wollte den Willen der Kaiserin durchsetzen, und es kam zu einem Streit, in den sich auch noch Herr Christomanos einmischte.

Der Grieche war den Matrosen ein Dorn im Auge. Sie bewitzelten, wie er stets um die Kaiserin herumdienerte und ein überspanntes Wesen an den Tag legte, das ihnen gegen den Strich ging. Parfümiert, wie er war, geschniegelt und geziert in seinem Benehmen, wurde er bald die Zielscheibe ihres Spottes, und als er nun glaubte, gegen ihren Kapitän auftrumpfen zu dürfen, wäre er um ein Haar über Bord befördert worden.

Schließlich trennte Sissy die aufgeregten Streithähne.

Der Kapitän beharrte darauf, die Verantwortung zu tragen und dem Kaiser versprochen zu haben, daß nichts unternommen werde, was Sissy in Gefahr bringen könne. Für eine Reise zu den Azoren aber wäre der „Greif" nicht mehr genügend seetüchtig. Käme man in einen Sturm, wie er um diese Jahreszeit in jenen Breiten zu erwarten sei, könne es passieren, daß man mit Mann und Maus sänke, denn der alte Kahn sei nicht mehr genügend wetterfest.

Und wie um seine Worte zu bestätigen, lief das Schiff mitten in der Debatte auf eine Sandbank vor der Küste auf und konnte weder vor noch zurück…

„Da haben wir es", rief der Kapitän ärgerlich. „Ich muß jetzt auf die Brücke. Notfalls muß Ihre Majestät in einem

230

Rettungsboot an Land gebracht werden. Wir werden inzwischen versuchen, das Schiff wieder flottzubekommen."

Doch Sissy sträubte sich hartnäckig. Sie wollte das Manöver aus nächster Nähe beobachten und meinte, für die Rettungsboote wäre es noch immer Zeit, wenn ernsthafte Gefahr drohe.

Alles war höchst aufgeregt und Frau Feifal wieder einmal einer Ohnmacht nahe. Herr von Berewiczy aber behielt die Nerven und erwies sich, wie auch der erfahrene Kapitän, durchaus als Herr der Situation. Sissys Gesellschaft mußte in zwei Booten für alle Fälle Platz nehmen. Ein drittes war bereit, ausgeschwenkt zu werden, und dazu bestimmt, Sissy selbst sicher an Land zu bringen.

Unterdessen mühten sich die Maschinen des „Greif" ab, von der Sandbank freizukommen. Es war, wie sich herausstellte, ein schweres Stück Arbeit, bei dem die Schrauben kaputtgehen und der Kiel beschädigt werden konnte.

Endlich meldete der Kapitän den Erfolg; mit einem Ruck machte sich das Schiff von seinem Hindernis los und glitt unter heftigem seitlichen Schwanken in sein Fahrwasser zurück. Es war noch einmal alles gutgegangen. Eine sofortige Untersuchung des Kielraumes zeigte keinen Wassereinbruch.

„Na sehen Sie, Kapitän", meinte Berewiczy, „Ihr Schiff ist viel besser, als Sie selbst glauben. Sie müssen mehr Vertrauen zu ihm und zu sich selbst haben!"

„Es würde mir nichts ausmachen, wäre nicht Ihre Majestät an Bord", versicherte der Kapitän, „und hätte ich nicht die volle Verantwortung für ihre Sicherheit übernommen."

„Ach was — Verantwortung habe ich auch", entgegnete Berewiczy. „Deswegen mache ich mir aber doch nicht in die Hosen. Nun aber frisch losgedampft, bitte ich mir aus, ‚volle Kraft voraus', wie es bei der Marine heißt, nicht wahr? Nehmen Sie den ‚Greif' mal tüchtig zwischen die Schenkel und reiten Sie auf ihm eine Attacke, daß Ihrer Majestät die Augen übergehen!"

„Sie scheinen den ‚Greif' mit einem Husarenpferd zu verwechseln", grinste der Kapitän.

In Alicante nahm man Erzherzog Ludwig Salvator an Bord. Er war unverheiratet und ein Aussteiger, hatte aber keineswegs auf Titel und Würden verzichtet und lebte jahraus, jahrein fern der Heimat als ein Naturbursch auf seiner Jacht vor der Küste; er sprach spanisch wie ein Spanier und ging unrasiert und mit struppigem Haar durch die Gegend, gefolgt von Kindern und Hunden.

Ohne Zweifel beneidete Sissy diesen Verwandten um seine Freiheit und seine Lebensart. Von der Öffentlichkeit kaum beachtet, hatte er es verstanden, unterzutauchen und sich aus dem Staub zu machen. Und daher verstand sie sich gut mit ihm. So wurde es ein vergnügtes Beisammensein, obwohl Herr von Berewiczy über den hohen Gast die Nase rümpfte und ungescheut meinte, ein scharfes Rasiermesser und ein ordentliches Bad würden der Kaiserlichen Hoheit guttun.

Ludwig Salvator war wie Sissy ein Kunstfreund und galt in der Familie als „heimlicher Gelehrter". Allmählich aber entwickelte er sich zu einem Sonderling. Er ging nach den Balearen und ließ sich dort nieder, schrieb über die Inseln und deren Bewohner und machte schließlich aus seiner Jacht eine schwimmende Kommune. Er teilte, was er besaß, mit seiner Mannschaft und ließ sich selbst wie alle anderen zum Dienst einteilen; er scheute sich keineswegs, das Deck zu schrubben oder beim Kohleverladen mitzuhelfen. Nur wenn es um seine wissenschaftlichen Arbeiten ging, dann

232

wollte er ungestört sein. Tauchte er in Wien auf, um der Staatsdruckerei ein neues Manuskript zu überbringen, dann staunten die Fachleute über sein Wissen und die flüssige und interessante Art seines Stils; doch bei Hof rümpfte man über ihn die Nase. Der Zustand seiner alten Uniform spottete jeder Beschreibung, doch er scheute sich nicht, damit auch den Kaiser zu besuchen und vor allem — falls sie da war — die Kaiserin.

Der Mann, der keineswegs wie ein Prinz ausschaute und sich auch nicht als solcher fühlte, war weitgereist und ein guter Kenner der Wetterverhältnisse.

„Ich an deiner Stelle würde jetzt versuchen, mit dem Greif Marseille zu erreichen", meinte er, „solange es noch Zeit ist. Das Wetter gefällt mir gar nicht, in den nächsten Tagen wird es Sturm geben. Im Augenblick sieht es noch heiter und sonnig aus, aber ich bin sicher, es braut sich etwas zusammen."

„Aber wird es denn so arg werden, Kaiserliche Hoheit?" zweifelte Herr von Berewiczy.

Der Erzherzog lächelte wissend. „Vielleicht noch ärger", brummte er, „befolgt meinen guten Rat und macht, daß ihr hinüber nach Marseille kommt. In den nächsten Wochen wird es hier die Frühjahrsstürme geben, und die sind kein Mailüftchen wie draußen in Schönbrunn. Da würde es für den Greif reichlich beschwerlich, und für seine Passagiere auch. Denk an Frau Feifal, Sissy", warnte er humorvoll, „die Arme trifft womöglich der Schlag!"

„Das könnte man unmöglich verantworten", stimmte Herr von Berewiczy zu. „Denn ich wäre kaum imstande, das Haar Ihrer Majestät zu frisieren. Es sei denn, sie ließe es kurz schneiden; und dann würde es auch noch höchstens eine Militärfrisur werden…"

„Nein, danke", lachte Sissy, „meine Haarpracht gebe ich nicht auf, nicht einmal Herrn Berewiczy zuliebe. Dann dampfen wir schon lieber gleich nach Marseille. Es ist nur schade, lieber Ludwig, daß es ein so kurzes Wiedersehen war."

„Kurz, aber herzlich", lachte der Prinz. „Dann gute Reise!"

Und wieder stach der „Greif" in See und ließ den Sonderling unter den Prinzen in seinem selbstgeschaffenen Paradies zurück. Auch der Kapitän meldete Bedenken an und warf hin und wieder einen besorgten Blick auf das Barometer, das auf der Kommandobrücke fallende Tendenz anzeigte.

„Es kommt Sturm auf, Majestät", meldete er mißvergnügt, „und noch dazu viel früher, als ich befürchtete. Wir nähern uns einer Schlechtwetterzone. Ich fürchte, daß wir Marseille unter diesen Umständen gar nicht erreichen."

„Papperlapapp", wehrte Berewiczy ab. „Wer wird denn gleich die Flinte ins Korn werfen? Halten Sie nur immer Kurs, Kapitän. Irgendwo werden wir schon landen."

„Ja, auf dem Meeresgrund", prophezeite der Kapitän. „Herr von Berewiczy, hier auf dem Schiff bin ich der Kapitän und nicht Sie. Meinetwegen kommandieren Sie Ihre Husaren, aber nicht meine Matrosen."

„Streitet doch nicht schon wieder", rief Sissy.

„Oh, meine Herren, nehmen Sie doch Rücksicht auf die zarte Gesundheit Ihrer Majestät und befleißigen Sie sich einer vornehmeren Ausdrucksweise", mischte sich auch noch Herr Christomanos ein, der eben auf Deck seine Griechischlektion abhielt und sich durch den lauten Wortwechsel von der Kommandobrücke empfindlich gestört fühlte.

Der streitbare Husar, der den parfümierten Griechen

234

nicht ausstehen konnte, schrie, Herr Christomanos möge allen seinen griechischen Göttern danken, daß sie ihn nicht dazu bestimmt hätten, unter ihm dienen zu müssen. Denn bei der Kavallerie hätte man schon einen richtigen Mann aus ihm gemacht.

Das war dem „Seelenfreund" Sissys zuviel.

„Muß ich mir das bieten lassen, Majestät?" rief er fassungslos.

Und bei diesem Sturm auf Deck merkten die Streitenden gar nicht, daß sich auch über den Mastspitzen des „Greif" das erste unheilverkündende Säuseln hören ließ.

Der Kapitän aber merkte es. Er verlangte kategorisch, daß die Brücke geräumt werde. Nun könne er hier niemanden brauchen als seinen Ersten Offizier; es werde schwierig genug sein, den alten Kahn durch die Brecher zu steuern, die es bald genug zu spüren geben werde.

„Sturm kommt auf", jammerte Frau Feifal. „Ich spüre schon, daß ich seekrank werde!"

„Diese alte Schachtel geht mir auch auf die Nerven", behauptete Herr von Berewiczy ungeniert. „Auf diesem Kahn scheine ich der einzig vernünftige Mensch zu sein. Ihre Majestät natürlich ausgenommen!"

Und er knallte respektvollst dabei seine Hacken zusammen.

Der „Greif" geriet in ein heftiges Schlingern, so daß die nicht seefesten Passagiere nach Herrn Berewiczys Rat hinunter in ihre Kabinen gingen und sich hinlegten. Manch einer von ihnen erschien aber bald darauf wieder an Deck und beugte sich über die Reling. Das taten vor allem jene, die in der Messe dem Mittagessen mit zu viel Appetit zugesprochen hatten.

Herr von Berewiczy sah grün, blau und gelb aus im Gesicht. Er wechselte seine Farbe alle fünf Minuten wie ein Chamäleon. Doch er war entschlossen, den Kampf gegen seine revoltierenden Magennerven siegreich durchzustehen und half der armen Gräfin Sztaray, die sich kaum mehr auf den Beinen zu halten vermochte.

Das war auch kein Wunder. Denn der ganze Horizont rund um das Schiff schien auf und nieder zu wogen, das Schiff senkte und hob sich, wenn es in ein Wellental hinabglitt und sich hernach wieder aus ihm heraus auf einen Wogenkamm emporarbeitete.

Doch dies war erst der Anfang. Noch blies kein allzu heftiger Sturm. Die See kündigte durch den hohen Wellengang bloß an, was in jener Richtung los war, auf die der „Greif" zudampfte. Man befand sich im Golf de Lion und fuhr Kurs Marseille, so wie es die Kaiserin befohlen hatte.

„Majestät, sollten wir nicht doch lieber umkehren?" gab der Kapitän zu bedenken. „Noch wäre es nicht zu spät. Anderenfalls wird es ziemlich schlimm werden. Und es ist nicht ausgeschlossen, daß wir in Seenot geraten und das Schiff beschädigt wird."

„Aber merken Sie denn nicht, daß ich mich auf diesen Sturm schon freue?" entgegnete ihm die abenteuerlustige Sissy.

Herr von Berewiczy beglückwünschte sich im geheimen, im Dienst dieser mutigen Dame zu sein. Anders Herr Christomanos.

„Wenn es denn schon sein muß, daß ich aus diesem Leben scheide", klagte er in seiner Kabine, „dann bleibt mir wenigstens ein Trost: ich sterbe mit meiner Kaiserin..."

9. In Sturm und Not

Sissy hätte doch besser auf den Rat des Kapitäns hören sollen. Denn nun überzog sich der Himmel mit tief dahinjagenden Wolkenfetzen. Eiskalt blies es von der offenen See her gegen die unsichtbare Küste, die Wogenberge türmten sich immer höher, und von Sissys Mitreisenden waren nun alle, bis auf den tapferen Herrn von Berewiczy, unter Deck verschwunden.

Das Brausen des Sturms wurde lauter und lauter. Es orgelte und dröhnte mit der Urgewalt eines gefährlichen Orkans, und der Greif begann zu schlingern.

„Wir müssen den Kurs ändern, Majestät", erklärte der Kapitän der Kaiserin, die sich neben ihm auf der Kommandobrücke aufhielt. „Jetzt die Küste anzusteuern, wäre heller Wahnsinn. Wir würden zerschellen."

Der Rudergast meldete, daß das Schiff kaum mehr dem Steuer gehorche. Die Breitseiten waren dem Greif am gefährlichsten. Dann schwankte das Schiff von Backbord nach Steuerbord, und Frau Feifal in ihrer Kabine glaubte, ihren Geist aufgeben zu müssen.

„Daß es gar so arg wird, habe ich nicht erwartet", gestand Sissy ein. „Nun fahre ich doch schon so viele Jahre zur See und dachte, ich hätte einige Erfahrung. Doch dieser Sturm ist so ziemlich das ärgste, was ich bisher erlebt habe. Damit habe ich nicht gerechnet."

„Majestät sind eben doch mehr eine Landratte", bemerkte der Kapitän. „Auf diese Weise können wir Marseille nicht mehr erreichen. Wir müssen umkehren und versuchen, mit dem Greif vor dem Orkan zu fahren. Und dann sehen, daß wir irgendeinen halbwegs sicheren Hafen erreichen."

„Umkehren?" — Sissy mußte schreien, um noch verstanden zu werden. Man vermochte sich auf der Brücke kaum noch verständlich zu machen.

„Gewiß, Majestät! Es scheint mir die einzige Möglichkeit. Der Greif hält dem Wetter nicht stand; den Kurs zu halten, ist ganz unmöglich!"

„Da haben wir es", knurrte Herr von Berewiczy, „nun müssen wir vor dem Wettergott kneifen. Eine Schande ist das, eine wahre Schande!"

„Besser, diese Schande auf sich zu nehmen, als bei den Fischen zu landen", brüllte der Kapitän und begleitete seine Worte mit den entsprechenden Gesten.

Frau von Mikes, die eben ihre Nase aus dem Kajütenabgang streckte, mißverstand diese Geste völlig.

„Wir sinken!" stieß sie hervor. „Jetzt hat unsere letzte Stund' geschlagen... der Himmel sei unseren Seelen gnädig!"

„Ich glaube, das ist die Mikes, und sie ist gerade dabei, in Ohnmacht zu fallen", wies Sissy auf den Kajütenabgang hin, auf dessen Treppe die gute Mikes eben in sich zusammensank.

„Soll sie ruhig; sie wird bald wieder aufwachen", schrie der Kapitän. „Habe ich nicht befohlen, daß alle Passagiere unter Deck zu bleiben haben? Was hat die Gräfin hier zu suchen?"

Tatsächlich überspülten jetzt schwere Brecher das Deck, und einer davon sorgte auch wirklich dafür, daß Frau von Mikes, pudelnaß gebadet, zur Besinnung kam und schleunigst wieder unter Deck Zuflucht suchte.

„Würden Sie bitte hinuntergehen und nach dem Rechten sehen?" ersuchte Sissy Herrn von Berewiczy. „Beruhigen Sie die Leute. Die Mikes erzählt womöglich die schrecklichsten Dinge und verursacht noch eine Panik."

238

„Das wäre das letzte, was wir jetzt gebrauchen könnten", meinte der Kapitän.

„Zu Befehl, Majestät", gehorchte Herr von Berewiczy und kämpfte sich an einem Seil bis zum Abgang vor.

Auch er war triefnaß, als er ihn erreichte, und er kam beinahe schneller unten an, als er beabsichtigt hatte. Sein Erscheinen wurde in der Messe mit allgemeinem Gejammer begrüßt. Man hatte sich zu einem Gebet versammelt. Draußen vor den Bullaugen war denn auch tatsächlich die Hölle los, man sah kaum mehr Tageslicht, sondern alles war in ein gefährliches Giftgrün getaucht, sooft sich der Greif so weit hob, daß man überhaupt einen Blick nach draußen werfen konnte.

„Nur keine Panik, Herrschaften", verlangte indes Herr von Berewiczy energisch, „das Schiff ist in guter Hand. Nehmen Sie sich ein Beispiel an der Tapferkeit Ihrer Majestät, die jetzt auf der Kommandobrücke ausharrt und den Elementen trotzt. — Wenn Sie gestatten, genehmige ich mir jetzt einen Cognac!"

Den hatte er bitter nötig. Auch Frau Feifal hätte gern ein Schlückchen getrunken, doch sie konnte sich kaum bewegen und lehnte völlig apathisch in einem Fauteuil. Nur ab und zu warf sie einen erbarmungswürdigen Blick hinauf zur Decke.

„Nein", klagte sie, „was ich noch alles durch Ihre Majestät erleben muß! Womit habe ich das verdient? Was, um alles in der Welt, habe ich verbrochen, um so enden zu müssen?"

„Wer sagt denn, daß Sie enden müssen?" tröstete sie Herr von Berewiczy. „Madame, ich glaube, Sie werden uns noch alle überleben!"

In diesem Augenblick ging eine schwere Erschütterung

durch den Schiffsrumpf. Ein allgemeiner Aufschrei war die Folge, und selbst der optimistische Berewiczy hatte das Gefühl, jetzt sei etwas schiefgegangen. Ahnungsvoll lief er wieder hinauf, wo eben der Kapitän in das Sprechrohr schrie, um sich mit dem Maschinenraum in Verbindung zu setzen.

„Mit dem Steuerruder ist etwas nicht in Ordnung", erklärte Sissy dem Offizier. „Doch keine Sorge, die Männer schaffen das schon!"

Berewiczy starrte Sissy erschrocken an. „Das Steuerruder?" rief er. „Etwas Schlimmeres kann uns jetzt gar nicht passieren. Wir treiben dann hilflos vor dem Sturm; ich bin zwar kein Seemann, aber soviel weiß ich auch, daß wir dann völlig manövrierunfähig sind!"

„Nein, nein, es ist ja nicht gebrochen", wehrte Sissy ab, und ihrer Stimme war anzumerken, daß dieser gefährliche Vorfall sie nicht aus der Ruhe brachte. „Es klemmt; das ist freilich arg, weil man jetzt bei dem Wetter nichts reparieren kann."

„Wir sind also gewissermaßen in Seenot, Majestät", konstatierte von Berewiczy. „Wenn das Seine Majestät erfährt —"

„Bis er es erfährt, sind wir längst unterwegs nach Wien", meinte jedoch Sissy. „Sie werden doch nicht etwa auch noch durchdrehen? Das hätte ich von Ihnen am allerwenigsten erwartet."

„Durchdrehen — ich? Majestät kennen mich dann aber schlecht, wenn Majestät sowas von mir denken. Notfalls rudere ich Majestät höchstpersönlich in einem Rettungsboot an Land. Bloß den Griechen nehme ich nicht mit. Das ginge über meine Nervenkraft!"

„Wo ist er denn, der arme Christomanos?" erkundigte sich Sissy teilnahmsvoll.

240

„Er jammert zusammen mit den anderen Weibern",
schimpfte Berewiczy respektlos.

„Sie sind ein wenig zu hart", urteilte Sissy. „Er ist eben ein
anderer Mensch als Sie."

„Das kann man wohl sagen", versetzte Berewiczy verächtlich. „Wie fühlen sich Majestät?"

„Danke, mir geht es ausgezeichnet, und dieses Wetter ist
wunderschön. Man spürt bei diesem Toben der Elemente
die Urkraft der Schöpfung. Ich begreife nicht, wieso niemand hierfür Verständnis hat."

Er konnte nicht anders, als sie zu bewundern. Sie schien
unberührt von dem tobenden Hexenkessel ringsum nur einen Blick für die diabolische Schönheit des Geschehens zu
haben. Furcht kannte sie offenbar nicht, höchstens Sorge
für ihre Begleitung und die Mannschaft des Greifs, die hart
genug arbeiten mußte.

Der laute Wortwechsel zwischen Brücke und Maschinenraum war jetzt verstummt. Irgendwie hatte Sissy den Eindruck, als ruhe der Greif jetzt sicherer auf dem Wasser.

„Die Ladung war verrutscht, Majestät", erklärte der Kapitän, „dadurch kam der Greif einseitig ins Übergewicht,
und das Steuer gehorchte nicht mehr richtig. Majestät haben unterwegs zu viel eingekauft; antike Statuen aus Sand-
stein haben ihr Gewicht. Die Dinger haben sich von der Ver-
täuung losgerissen und selbständig gemacht."

„Um Himmels willen", rief Sissy erschrocken. „Hoffentlich ist keine der Plastiken beschädigt!"

„Nicht nur sie, auch zwei Matrosen sind beschädigt",
konterte der Kapitän ärgerlich. „Und das, obwohl wir jetzt
jeden Arm benötigen!"

Die beiden wurden vom Schiffsarzt bereits versorgt; es
handelte sich glücklicherweise nur um Prellungen.

Auf den Wogen wurden jetzt Schiffstrümmer sichtbar; sie stammten nicht vom Greif. Irgendein anderes Schiff hatte in dem Sturm dran glauben müssen.

„Hoffentlich konnten sich die Schiffbrüchigen retten", meinte Sissy, „es muß schrecklich sein, jetzt in einem Rettungsboot da draußen auf der Wasserhölle zu sein — aber noch immer besser, als ertrinken zu müssen."

„Majestät haben sich selbst einer großen Gefahr ausgesetzt", konnte sich der Kapitän nicht verkneifen zu bemerken. „Wenn Majestät mich fragen, dann war dies die letzte Fahrt des Greif. Wenn wir den Sturm halbwegs gut überstehen, ist das Schiff trotzdem so mitgenommen, daß der Aufwand kaum lohnt, es zu überholen."

Sissy dachte an die Sparsamkeit ihres Gatten, der es der „Greif" offensichtlich verdankte, daß er überhaupt noch in Dienst stand. Und sie dachte auch an den armen Christomanos und die nicht minder bedauernswerte Irma Sztaray und Frau von Mikes. Nein, sie hätte dieses Abenteuer tatsächlich nicht riskieren dürfen. Franzl hatte sie gewarnt, den „Greif" zu benutzten.

Doch das Wetter schien sich nun gottlob doch etwas zu beruhigen. Der Sturm flaute ab. Der Kapitän meinte zwar, vielleicht gönne der Wettergott dem Greif und seinen Passagieren nur eine Atempause, aber glücklicherweise irrte er sich.

„Es sieht so aus, als wäre es überstanden", bemerkte Sissy aufatmend. „Das Schicksal hat es noch einmal mit uns gut gemeint."

„Bloß, nach Marseille sind wir nicht gekommen", stellte Herr von Berewiczy fest.

„Wir werden den nächsten halbwegs sicheren Hafen aufsuchen und dort vor Anker gehen", erklärte der Kapitän.

„Eine Weiterfahrt ist unter den gegebenen Umständen nicht zu verantworten."

So nahm denn die Seereise auf dem altersschwachen „Greif" ein vorzeitiges und nicht planmäßiges Ende. Immerhin waren alle Teilnehmer an dieser abenteuerlichen Fahrt heilfroh glimpflich davongekommen zu sein; denn die Sturmfahrt hätte schlimm ausgehen können.

In den folgenden Tagen brachte die Presse in den Küstenstädten noch Meldungen über vermißte und gesunkene Schiffe. Sissy wußte, daß auch Franzl hiervon erfahren werde, und fürchtete, wegen ihrem Leichtsinn von ihm gescholten zu werden.

Sie sandte ein Telegramm an Franzl nach Wien, um ihm wenigstens die Sorge abzunehmen, es könne ein Unglück geschehen sein.

GLÜCKLICH GELANDET. ALLES WOHLAUF.
BIN AUF DER HEIMFAHRT.

SISSY

Daß „alles wohlauf" war, war zweifellos ein wenig übertrieben. Frau Feifal lag diese „Vergnügungsfahrt" noch lange in den Knochen, und Herr Christomanos, der nun wieder einmal verabschiedet wurde, bedauerte, die Sturmfahrt überlebt zu haben.

Er fand in der Folge eine Lehrstelle als Lektor für Alt-Griechisch an der Wiener Universität. Er betätigte sich auch als Schriftsteller und brachte seine Erinnerungen an seine Zeit mit Sissy zu Papier. Leider war darin so viel von Seelenfreundschaft die Rede, daß Franzl verärgert das Manuskript aufkaufen ließ, um es für immer in einer Schublade verschwinden zu lassen.

Sissy lachte, als sie es las: „Ich glaube gar, er dachte, daß ich in ihn verliebt wäre! Der gute Christomanos; er hat sich ein wenig zu viel eingebildet."

„Das kann man wohl sagen", fand Franzl. „Eine männliche Schönheit ist er ja gerade nicht."

„Kein Vergleich zu dir", versicherte Sissy ernsthaft und schloß ihn herzlich in ihre Arme.

„Bin ich froh, daß alles gut abgegangen ist", seufzte Franzl aus vollem Herzen und küßte sie.

Der Greif war nach gefahrvoller Fahrt wieder in Alicante, von wo er nach Marseille aufgebrochen war, vor Anker gegangen. Franzl hatte, als er von den Gefahren erfuhr, in der seine Sissy geschwebt hatte, alles liegengelassen. In Cap Martin waren beide zusammengetroffen und feierten ihr Wiedersehen.

„Hoffentlich wirst du nun vernünftig, mein Engel", meinte Franzl.

„Aber du weißt doch", lachte Sissy, „daß du eine ganz und gar unvernünftige Frau hast, mein Löwe! Ich weiß wirklich nicht, was ich noch alles anstellen werde!"

10. Die schönen Tage von Cap Martin

In Cap Martin residierte die ehemalige Kaiserin von Frankreich, Eugenie. Sie alterte einsam. Ihr Sohn war im Kolonialkrieg gefallen, ihr Gatte, Napoleon III., nach seiner Gefangenschaft bei den Preußen erkrankt und an den Folgen einer Operation gestorben. Franzl hatte die einstmals gefeierte Schöne bereits bei der Eröffnung des Suezkanals kennengelernt, der ja von österreichischen Ingenieuren erbaut worden war. Napoleon III. hatte er in keiner

244

angenehmen Erinnerung. Da war die Niederlage von Solferino und der Tod seines Bruders, des Kaisers Maximilian von Mexiko, der vielleicht noch am Leben wäre, hätte Napoleon III. nicht zur falschen Zeit seine Truppen aus Mexiko abgezogen.

Die Exkaiserin wußte wohl, daß sich aus all diesen Gründen das österreichische Kaiserpaar ihr gegenüber reserviert verhalten würde. Dennoch ließ sie sich in der von Sissy gemieteten Villa melden und anfragen, ob ein Besuch willkommen sei.

Sie suchte diese Begegnung, von der sie sich offenbar Zuspruch und Anregung erwartete. Und sie versicherte sogleich, sie hätte niemals auch nur die Spur eines persönlichen Grolls gegen die Habsburger gehegt. Hier, am Gestade des Mittelmeeres, schien sie ein wenig von ihrer inneren Ruhe wiedergefunden zu haben. Oder vielleicht hatte sie auch nur resigniert.

An dem Krieg, der Napoleon III. und seiner Familie Krone und Macht gekostet hatte, waren Österreicher nicht beteiligt gewesen. Vielmehr schienen die Napoleoniden Opfer des Hohenzollern'schen Machtstrebens gewesen zu sein. Der Speer der Hohenzollern richtete sich insgeheim auch gegen die Habsburger; das war vielleicht auch ein Grund, daß sich Eugenie jetzt zu Franzl und Sissy hingezogen fühlte.

Die treibende Kraft in ihrem und ihres Gatten Drama war Wilhelms Reichkanzler, Fürst Bismarck, gewesen. Dem wurde freilich in der Folge von seinem Herrscherhaus schlecht gedankt. Der „eiserne Kanzler", wie man ihn nannte, der in seiner Laufbahn alles tat, um die Macht der Hohenzollern zu vergrößern und zu festigen, wurde suspendiert, als das Königshaus glaubte, auf seine Dienste verzichten zu können.

Im Jahre 1870 — es war am 4. Juli — bot der Cortes, das Parlament der Spanier, über Betreiben Bismarcks dem Hohenzollern-Prinzen Leopold die Krone an, nachdem die spanische Königin Isabella vertrieben worden war. Isabella war eine Habsburgerin. Offiziell hielt sich Kaiser Wilhelm aus der Sache heraus, doch man wußte sowohl auf dem Ballhausplatz in Wien als auch in Versailles, daß hier die Interessen Wilhelms wahrgenommen werden sollten. Während man in Wien keine diplomatischen Möglichkeiten sah, auf den preußischen „Verbündeten" einzuwirken, und die Deutschnationalen sogar den offenen Eintritt Österreichs in einer eventuellen kriegerischen Auseinandersetzung verlangten, war man in Versailles nicht gebunden und versuchte, die Machtintrige Potsdams abzublocken.

Napoleon befahl seinen Botschafter Benedetti nach Potsdam zu Kaiser Wilhelm. Er verlangte, der deutsche Kaiser möge dem Erbprinzen den Rücktritt von der Kandidatur befehlen, widrigenfalls er dies als einen gegen Frankreich gerichteten Akt ansehen müsse. Natürlich dachte man in Potsdam nicht im Schlaf daran, diesem Verlangen Folge zu leisten. Leopold trat zwar freiwillig von der Kandidatur zurück, doch Wilhelm weigerte sich, eine Erklärung abzugeben, daß es in der Folge nicht doch einen Kronanwärter aus dem Haus Hohenzollern geben werde. Bismarck ließ die Presse wissen, „seine Majestät habe es abgelehnt, den französischen Botschafter in dieser Angelegenheit nochmals zu empfangen".

In der Folge kam es zu jenem unseligen Krieg von 1870/71, bei dem Frankreich den kürzeren zog. Österreichische Truppen nahmen nicht daran teil, weil Napoleon III. mit Franz Joseph in Bündnisverhandlungen eingetreten war. Es war allerdings wegen der Forderungen Ita-

246

liens, das sich über Napoleons Wunsch dem Bündnis anschließen wollte, noch zu keiner Einigung gekommen. Eugenie zeigte sich noch nachträglich für die Haltung Österreich-Ungarns dankbar, während sie für Preußen nur Worte der Bitterkeit fand.

Die Deutschen unter General Moltke fielen in den Elsaß ein, eroberten Lothringen und zogen gegen Paris. Der französische Marschall Bazaine — er war seinerzeit aus Mexiko abgezogen worden, was die Niederlage Maximilians zur Folge hatte — wurde mit 200.000 Mann bei Metz eingeschlossen. Mac Mahon, der mit einer Streitmacht der Franzosen versuchte, Metz zu befreien, besiegten die Preußen am 1. September in der Schlacht von Sedan. Napoleon III. und Wilhelm versuchten persönlich von ihren Generalstabsplätzen aus das Geschick dieser Entscheidungsschlacht zu lenken; als Napoleon einsehen mußte, daß er verloren hatte, übersandte er dem Preußenkönig seinen Degen und unterzeichnete im Schloß Bellevue bei Frenois die Kapitulation.

Er wurde sofort nach der Kapitulationsunterfertigung gefangengenommen und im Schloß Wilhelmshöhe bei Kassel interniert. In dem bedrohten Paris aber brach die Revolution aus. Zum drittenmal wurde das Land Republik. Kaiserin Eugenie ging ins Exil, ohne ihren gefangengehaltenen Mann wiedergesehen zu haben. Und auch die Republik, die den Kampf gegen die Besetzer aufnahm, mußte sich geschlagen geben. Am 1. März wurde die französische Hauptstadt vom Feind eingenommen.

Inzwischen waren über zwanzig Jahre vergangen. Eugenie schien ihre innere Ruhe wiedergefunden zu haben und war noch immer eine Frau, der man ansah, daß sie einst eine vielbewunderte Schönheit gewesen war.

Natürlich redete man über den Tod ihres Mannes Napoleon III., der an den Folgen einer Nierensteinoperation starb. Die Royalisten hatten daraufhin seinen Sohn zu Napoleon IV. ausgerufen. Doch der wohlerzogene, bescheidene und sympathische junge Mann war ein Thronanwärter ohne Reich. Seine und Eugenies Bemühungen um eine Heirat mit einer Prinzessin aus einem regierungsfähigen Haus scheiterten, da man die Napoleoniden allgemein als nicht ebenbürtig ansah. Im Februar 1879 gedachte er sich in Südafrika beim Krieg gegen die aufständischen Zulus hervorzutun; doch er geriet mit einem Spähtrupp in einen Hinterhalt der Eingeborenen und wurde von den Zulus grausam erschlagen.

Nun ruhten Vater und Sohn Seite an Seite in einem Mausoleum in Farnborough, wo auch Kaiserin Eugenie einst ihre letzte Ruhestätte zu finden hoffte.

„Nimm dir an Eugenie ein Beispiel", mahnte Franzl seine Sissy. „Sie ist kein so unruhiger Geist wie du. Eigentlich ist ihr Schicksal tragisch. Doch, wie mir scheinen will, besitzt sie nun eine innere Ruhe, die mir bewundernswert scheint."

„Eugenie war auch kein ‚bayrischer Wildfang', wie ich", verteidigte sich Sissy.

„Irgend etwas davon haftet dir noch immer an, mein Engel", lachte Franzl nachsichtig. „Obwohl —"

„Ich weiß, was du sagen willst, Franzl. Erspare dir deine ‚Komplimente'. Eine Frau an ihr Alter zu erinnern, ist keins."

„Nun", lachte Franzl, „im Ernst: Eugenie tut mir wirklich leid. Aber was könnte man für sie tun? Ich habe lediglich das Gefühl, sie braucht nichts und möchte auch nichts, als in Frieden ihre Tage zu Ende leben. Und wenn ich bedenke, welche Rolle ihr Mann beim Tod meines armen Maximilian gespielt hat und wie er sich mit den Italienern in der

Schlacht von Custozza gegen uns verbündete, dann kann ich eigentlich seinen verlorenen Krieg gegen Preußen und sein weiteres Schicksal nur als eine Strafe des Himmels ansehen."

„Die Italiener haben ihm ein Denkmal errichtet — die Franzosen hatten für ihren gestürzten Herrscher nur Spott und Hohn übrig. Aber im Grunde wollte auch er für sein Land nur das Beste", verteidigte ihn Sissy. „Man soll niemandem etwas nachtragen — über das Grab hinaus."

„Das tue ich ja auch nicht", bestritt Franzl. „Mag er in England in Frieden ruhen. Trotzdem, was du auch sagst: du kannst mir nicht verdenken, daß ich ihn in keiner guten Erinnerung behalte. Als er mir in Salzburg nach Maximilians Erschießung einen Kondolenzbesuch machte, wäre ich ihm am liebsten an die Kehle gefahren — wenn es die Etikette erlaubt hätte…"

„Dann war die Etikette wenigstens einmal zu etwas gut", meinte Sissy. „Denn ein solcher Affront hätte Maximilian auch nicht wieder lebendig gemacht."

Sissy machte von Cap Martin aus Ausflüge in die Umgebung, und gelegentlich schaute sie nicht nur über die Zäune hübscher Villengärten. Wo sie ein offenes schmiedeeisernes Tor fand, trat sie einfach ein und schlenderte zum Entsetzen von Frau von Mikes in fremden Gärten umher, um Blumen, Springbrunnen und Teiche mit Zierfischen zu bestaunen. Ihr heller Sonnenschirm tauchte zwischen exotischen Gewächsen auf, wippte zwischen Büschen auf und nieder, und sie trippelte auf fremden Kieswegen hierhin und dorthin, ganz ohne Sorgen, daß jemand dagegen Einspruch erheben könnte.

„Wenn ich mir die Bemerkung erlauben darf, Majestät gehen etwas zu weit", warnte Herr von Berewiczy, dessen

Ordnungssinn durch ein solches Benehmen empfindlich gestört wurde.

„Aber wieso?" mißverstand ihn Sissy. „Ein fremdes Haus betrete ich doch nie!"

„Man geht auch in keinem fremden Garten spazieren, Majestät, ohne dazu eingeladen zu sein! Und fremde Häuser zu durchstöbern — na, das fehlte gerade noch!"

Sissy rümpfte bloß das Näschen. Sie verließ sich auf ihre Würde als Kaiserin und Königin. Doch sie war nicht in der Monarchie, wo es sich wohl jeder als Ehre angerechnet hätte, von ihr besucht zu werden. Hier dachten manche Leute anders.

Und als eines schönen Vormittags Sissy wieder unerlaubt einen Garten betrat, stand sie unversehens vor der erstaunten Besitzerin der Villa, der der Garten gehörte. Die Frau hatte Sissy schon eine Weile von einem Fenster aus beobachtet und fand es unerhört, wie Sissy, begleitet von Frau von Mikes und Irma Sztaray, in ihrem Garten spazierenging, als ob sie hier zu Hause wäre.

„Darf ich fragen, was Sie hier suchen?" rief die Dame ein wenig bissig.

„Oh", antwortete Sissy ohne jedes Schuldgefühl, „guten Morgen! Ich sehe mir nur Ihren hübschen Garten an. Ich mag Blumen, müssen Sie wissen."

„Soso, Sie mögen Blumen!" knurrte die Villenbesitzerin zurück.

„Oh ja, und die Ihren blühen wunderschön. Und sie haben auch einen wunderhübschen Ausblick aufs Meer!" lobte Sissy ungeniert.

„So, habe ich das? Das freut mich aber, Madame! Und Sie laufen hier einfach herum, um meine Blumen und meine Aussicht zu genießen?!"

250

Sissy ging ein Licht auf, daß sie hier keineswegs so willkommen war, wie sie es von der Heimat her gewohnt war.

„Aber ich nehme Ihnen doch nichts weg", verteidigte sie sich pikiert.

„Scheren Sie sich sofort von meinem Grund und Boden!" donnerte die Frau jedoch wie aus der Pistole geschossen. „Was fällt Ihnen ein, in fremden Gärten herumzuschnüffeln!"

Sissy war völlig perplex. Noch nie war bisher jemand derart mit ihr verfahren. Empört reckte sie sich zu voller Lebensgröße auf und blitzte die Frau aus ihren dunklen Augen an, ohne jedoch damit auch nur den geringsten Eindruck zu machen.

Und dazu tauchten noch ringsum in den Gärten neugierige Gesichter auf; der Wortwechsel war laut genug zu hören. Frau von Mikes fand es an der Zeit, sich einzuschalten.

„Was fällt Ihnen ein!" rief sie, sich schützend vor Sissy stellend. „Diese Dame ist die Kaiserin von Österreich!"

Die andere schaute erstaunt, dann wollte sie sich förmlich ausschütteln vor Lachen.

„Und ich bin die Kaiserin von China!" lachte sie höhnisch, wurde aber plötzlich ernst: „Raus hier, alle mitsammen!" verlangte sie energisch. „Oder soll ich die Gendarmerie verständigen?!"

Die solcherart hinausgeworfene Sissy zitterte vor Empörung am ganzen Leib und war den Tränen nahe. Herr von Berewiczy zwirbelte zornig seine gewichsten Schnurrbartspitzen und rollte die Augen, als ob ihn ein Pferd getreten hätte.

„Unerhört! Dieser Affront! Wäre dieses Frauenzimmer ein Mann, ich würde ihn auf Säbel fordern!" rief er und ballte drohend die Fäuste. „Was heißt fordern! Das war ja die reinste Majestätsbeleidigung! Von Rechts wegen gehört die Person gehenkt!"

Franzl wurde erst aus der drastischen Schilderung der Frau von Mikes klug, denn Sissy war unansprechbar. Doch die Mikes konnte sich nur mit Mühe verständigen, denn die Sztaray plapperte unausgesetzt dazwischen und meinte, der Konsul in Nizza müsse augenblicklich diplomatischen Protest einlegen.

Zum allgemeinen Erstaunen begann Franzl zu lachen.

„Köstlich", rief er der entsetzten Sissy zu, „mein Engel, diese Geschichte ist einfach köstlich!"

„Köstlich?" fauchte sie empört, „das nennst du köstlich?!"

„Aber ja doch! Ich finde es höchst komisch. Ein Glück, daß sie dich nicht auch noch verprügelt hat! Stell dir vor, sie wäre dir mit einem Besen gekommen!"

„Mir, mit einem Besen?!" staunte Sissy. „Das ist doch wohl nicht dein Ernst oder?!"

„Na, viel hätt' nicht gefehlt, und die wär' dazu imstand' gewesen", versicherte die Mikes durchaus glaubwürdig.

„Im Vergleich zum Sturm in der Löwenbucht war es ein harmloses Abenteuer", fand Franzl sich beruhigend. „Und im übrigen geht auch eine Kaiserin nicht, ohne höflich um Erlaubnis zu fragen, in fremden Gärten spazieren."

11.   Erinnerungen an der Riviera

Am Nachmittag kam Kaiserin Eugenie zum Tee, man saß auf der Terrasse und genoß den weiten Blick hinaus auf die tiefblaue Adria.

„Es ist schön hier in Cap Martin", stellte Franzl fest, die würzige Luft tief einatmend. „Ich muß mir noch eine gehörige Portion von diesem salzigen Duft mitnehmen auf meine Heimfahrt nach Wien! In der Hofburg kriege ich ja wieder nichts in meine Lungen als Aktenstaub."

„Müssen Majestät denn schon bald wieder zurück?"

„Ja, es geht leider nicht anders. Die Pflicht ruft — Sie kennen das ja."

„Nun, gottlob nicht mehr", meinte Eugenie erleichtert. „Ich werde Sie und Elisabeth vermissen. Ich habe ja sonst kaum Gesellschaft hier, mit wem sollte ich auch schon reden? Hin und wieder kommen alte Royalisten, die davon träumen, daß wieder alles in Frankreich werden könnte wie früher — doch sie liegen in ständigem Streit mit den Anhängern der Bourbonen, die sich als rechtmäßige Erben der Krone sehen und uns Napoleoniden zur Hölle wünschen. Für mich ist das alles vorbei, und ich bin froh darüber, daß es so gekommen ist."

„Ich beneide Sie", sagte Sissy. „Sie sind die Last der Krone los, Franzl und ich müssen sie weitertragen; und wer kann sagen, was uns noch alles bevorsteht."

„Ich kann dir prophezeien, was demnächst auf uns zukommt", meinte Franzl. „Und ich sehe dich jetzt schon die Nase rümpfen. Aber ich kann dir das nicht ersparen, diesmal mußt du wieder ,ins Geschirr', wenn es soweit ist."

„Du lieber Himmel — was steht uns denn bevor?" fragte Sissy mit besorgter Miene.

„Die Milleniumsfeiern in Budapest", erklärte Franzl ernst. „Die Festlichkeiten der tausendjährigen Stephanskrone. Ganz Ungarn rüstet schon jetzt, obwohl wir noch Zeit haben. Es sollen die größten Feiern werden, die Budapest jemals erlebt hat!"

„Ein tausendjähriges Reich — wie schön", fand Eugenie.

„Gegen Ende des neunten Jahrhunderts wurde Ungarn von den Magyaren erobert", erzählte Franzl. „Dieses Volk kam aus Finnland. Seine Herrscher, die Arpaden, pflanzten an der Donau ihr Banner auf. Im Jahre 997 begann Stephan der Heilige mit dem Glaubenskrieg. Mit Feuer und Schwert kämpfte er gegen das Heidentum der Arpaden und wurde vom Papst Sylvester II. mit der Krone von Ungarn, der „Stephanskrone", belohnt. Habsburg regiert in Ungarn erst seit 1437. Der erste habsburgische König von Ungarn war Albrecht V. Die Ungarn verehren Sissy, und gerade deshalb darf sie beim Millenium nicht fehlen. Das würden sie uns nie verzeihen. Da mußt du schon vernünftig sein, mein Engel, und alles, was damit zusammenhängt, über dich ergehen lassen. Aber du bist nicht allein, für mich ist es auch kein Vergnügen."

„Ich weiß, du wirst mit mir leiden", scherzte Sissy.

„Das ist kein ,Leiden'", widersprach er. „Das ist Herrscherpflicht. Die Feiern gelten nicht uns; sie gelten der Krone, dem Symbol des tausendjährigen christlichen Ungarns, das oft genug ein Bollwerk war. Wir üben die Macht nur aus, die uns die Krone, das Recht, sie zu tragen, verleiht. So sieht es die ungarische Verfassung."

„Um deretwillen du dich nicht zum König von Böhmen krönen lassen kannst."

„Weil ich sie sonst brechen würde", erklärte Franzl. „Die Rechte der Ungarn und die der Böhmen im Gleichgewicht zu halten, ist eine Gratwanderung, die unser armer Taaffe, wie ich befürchte, jetzt eben nicht besteht. Ich fürchte sehr, die Vorlage des Wahlrechtsgesetzes wird ihn zu Fall bringen. Er ist auch schon zu alt; er steht das nicht mehr durch, er schafft es nicht mehr."

254

Eugenie lächelte und schaute, dem allen entrückt, hinaus aufs weite Meer.

„Weder mein Mann noch ich haben noch solche Sorgen", meinte sie aufatmend. „Mein Mann ist noch besser dran als ich; er sorgt sich um gar nichts mehr. Der Undank, den er nicht verdient hat, trifft ihn nicht. Wäre er nicht gewesen, hätte man das kleine Mädchen aus Lourdes, diese Bernadette Soubirous, ins Irrenhaus gesteckt. Und sehen Sie, was inzwischen aus diesem Ort mit der Wasserquelle — die übrigens, kurz nachdem sie zu fließen begann, auch meinen kranken Sohn geheilt hat — geworden ist. Oh, ich könnte noch eine Menge ins Treffen führen. Und was folgte nach dem Sturz meines Mannes in Paris? Die Schrecken der Kommune. Nun, die hatten sie verdient."

„Und meinem Mann liegt der Ungarnaufstand, den er niederwerfen mußte, kaum daß er auf den Thron gekommen war, noch schwer im Magen", meinte Sissy. „Und die Ungarn haben ihn auch nicht vergessen. Die Berichte aus Paris über den Tod Kossuths haben mich übrigens tief erschüttert. Ich hoffe, sein Tod wird das Fest nicht überschatten; so bald wird man ihn nicht vergessen, den alten Mann, der in der Fremde sein Dasein beenden mußte."

Franzl saß da mit gerunzelter Stirn und sagte kein Wort. Nach der Niederschlagung des Aufstandes hatte er Todesurteile unterschreiben müssen. Seine Berater und seine Mutter hatten ihn dazu gedrängt. Als junger Mensch, der er damals noch war, hatte er wegen diesen Urteilen schlaflose Nächte verbracht; niemand wußte, wie schwer es ihm gefallen war.

Tatsächlich hatten ihm in der Folge viele Ungarn nicht verziehen, und Ludwig Kossuth hatte bis zu seinem Tod in Ungarn seine Anhänger gehabt. Und Franzl war sich im klaren, daß der Geist der Rebellion — das Streben nach Unabhängigkeit — mit Kossuth keineswegs gestorben war.

Oft dachte er an die Pläne seines Sohnes Rudolf, der die Monarchie in einen Bundesstaat umwandeln wollte. Dann wären die Böhmen, die Ungarn, die Österreicher und auch all die vielen kleinen Volksgruppen in dem großen, mächtigen Reich Mitteleuropa Herren in ihren eigenen Häusern gewesen. Doch das war Zukunftsmusik. Er konnte sie nicht mehr verwirklichen. Er war schon froh, wenn es ihm gelang, das neue Wahlrecht durchzusetzen.

Vielleicht schaffte es später einmal der Thronfolger Franz Ferdinand. Er war aber kränker als zuvor von seiner Weltreise heimgekehrt, und die Ärzte schickten ihn wegen seiner Lungen auf die Mendel in der Schweiz.

Franzl seufzte, und Sissy blickte ihn fragend an.

„Es ist wegen Franz Ferdinand", erklärte er. „Die große Reise ist zu Ende, und die Ärzte schicken ihn auf die Mendel."

„Der Arme.. Und —? Du weißt, was ich fragen will", meinte sie zögernd.

Aufgrund Eugenies Anwesenheit wollte sie sich nicht klarer ausdrücken. Doch Franzl begriff sofort.

„Er hat den Plan mit der Komtesse noch immer nicht aufgegeben", antwortete er rundheraus. „Ich weiß nicht, was ich tun soll und wie ich mit dem Burschen fertig werde!"

Sissy lächelte, fast befriedigt, wie es Franzl zu seinem Ärger schien: „Das ist die Liebe, Franzl. Denkst du, nur wir beide haben ein Recht darauf?"

„Sie haben es wirklich gut, Eugenie", seufzte Franzl.

Die Exkaiserin schaute von einem zum anderen. Sie hatte zwar nicht ganz begriffen, worum es ging, dachte sich aber ihren Teil.

„Ja, die Jugend", meinte sie. „Gottlob bin ich darüber hinaus und habe auch sonst keine Schererei mehr mit Prinzessinnen und Prinzen. Für mich zählt das alles nicht. Und ich brauche auch keine Kronen und Diademe. Sie haben noch nie jemandem wirklich Glück gebracht."

Eugenie verabschiedete sich sehr herzlich vom Kaiser, der schon am nächsten Tag wieder abreisen mußte, und von Sissy, die noch in Cap Martin verbleiben wollte. Denn diese hatte — wieder einmal — sprunghaft einen neuen Reiseplan gefaßt. Nach dem, was sie nämlich soeben von Franzl gehört hatte, wollte sie hinauf auf die Mendel, um dort einem gewissen Sanatoriumsgast einen Überraschungsbesuch abzustatten. Davon sagte sie allerdings Franzl kein Wort. Sie war sicher, er würde es durch seinen Nachrichtendienst oder später sowieso erfahren.

Sissy war jetzt wirklich nicht zum Streiten aufgelegt, und sicher hätte dieser Plan einen Streit ausgelöst oder sogar ein Verbot, gegen das sie dann machtlos gewesen wäre. Da behielt sie ihre Absicht lieber für sich; denn sie wünschte doch zu gerne, aus Franz Ferdinands eigenem Mund zu erfahren, ob er wirklich noch standhaft an seiner Liebe festhielt und wie er es bloß anstellen wollte, seine Sophie zu heiraten, ohne auf Titel und Thronanspruch zu verzichten.

„Weißt du", erzählte Franzl, nachdem Kaiserin Eugenie sie verlassen hatte, „daß ein oppositionelles Blatt in Budapest die Meldung brachte, du hättest zu Kossuths Beerdigung einen riesigen Kranz mit Schleife geschickt, mit der Aufschrift: ‚Letzte Grüße von Elisabeth'?"

Sissy staunte.

„Wenn es tatsächlich einen solchen Kranz gegeben haben sollte, dann war er von einer anderen Elisabeth", versicherte sie. „Wer weiß, wie viele Elisabeths es in Kossuths Leben gegeben hat! Er soll ja in Paris ein wahrer Salonlöwe gewesen sein."

Franzl schüttelte besorgt den Kopf: „Du kannst dir natürlich denken, daß diese Meldung brav nachgedruckt wird und unsere Anhänger verstimmt. Dir traut man nämlich durchaus einen solchen exzentrischen Einfall zu, mein Engel."

„Ich schwóre, Löwe, daß ich an Kossuths Kranz völlig unschuldig bin", versicherte Sissy. „Und kann nur hoffen, daß nicht auch noch die Geschichte von heute Vormittag in die Zeitung kommt. Und die Leute am Ende tatsächlich noch lesen, daß eine alte Hexe mich verprügelt hat!"

„Du treibst schon manchmal tolle Dinge, liebste Sissy, daß einem die Haare zu Berge stehen. Deine Sturmfahrt durch den Löwengolf...!"

„Und wirst du jetzt den alten Greif verschrotten lassen?"

„Mal sehen", meinte Franzl ausweichend, „was man mir über den Zustand des Schiffes zu berichten hat. — Deine Möbel und Statuen sind übrigens inzwischen mit der Miramar heil auf Korfu angekommen."

„Das ist schön. Ich muß ja auch wieder einmal nach Korfu, und du solltest es wirklich ansehen, bevor —"

„Bevor du es verkaufst, das willst du doch sagen, nicht wahr? Vorläufig wird das Achilleion nicht verkauft! Das wäre denn doch ein allzu unüberlegter Streich, das Schloß wieder zu verkaufen, bevor es fertig eingerichtet ist!"

„Ja, das sehe ich ein", nickte sie, „also bleibt mir das Achilleion erhalten. Nun ja, ich hänge an dem Haus, das mag schon sein, aber es hängt auch schwer an mir."

„Das, mein Engel, hättest du dir vorher überlegen müssen", lächelte er und ergriff zärtlich ihre Hände.

Sie erhob sich.

258

„Machen wir noch einen Spaziergang am Meer, Franzl?"
fragte sie. „Es wird ein wunderschöner Abend. Ich sehe es
so gern, wenn die Sonne groß und glühend am Horizont
versinkt und sich in den Wogen spiegelt."

„Ja, gehen wir", meinte Franzl. „Morgen sind die freien
Tage von Cap Martin für mich ohnedies schon wieder zu
Ende, und es heißt für uns Abschied nehmen."

Sie schlenderten über die Uferpromenade bis zu einem
Punkt, wo sich ihnen vom Felsen aus ein weiter Rundblick
bot. Die Sonne stand schon tief über dem Meer. Vor Cap
Martin konnte man Fischer sehen, die sich in ihren Booten
zur abendlichen Ausfahrt bereitmachten.

„Einfache, zufriedene Menschen", sagte Sissy. „Ich habe
einige von ihnen kennengelernt. Aber es gab schon welche,
denen ich anmerkte, daß sie mich beneideten."

„So wie du sie", lächelte Franzl. „Wir Menschen sind
eben nie zufrieden mit dem, was wir haben und was wir
sind. In der Wiege war ich ein kleines, ahnungsloses Kind
wie jedes andere. Und meine Wiege hätte genausogut in der
Hütte eines Fischers stehen können... aber sie stand nun
einmal in Schönbrunn!"

„Schönbrunn", sann Sissy und lehnte sich eng an ihn,
denn vom Meer her strich ihnen ein kühler Wind entgegen.
„Unser liebes, altes Schönbrunnerschloß... — Ob der Bruder des Zaren sich gern daran erinnert?"

„Das weiß ich nicht", lächelte Franzl. „Aber für mich
bleibt unser letzter Kaiserwalzer eine unvergeßliche Erinnerung!"

„Du bist ein ganz schrecklicher Löwe", sagte Sissy und
lächelte ihn an.

ENDE

Leseprobe zu Band VI

„Sissy — Schwarzer Diamant der Krone"

Franz Ferdinand fühlte sich etwas besser. Die herbe, saubere Luft auf der Mendel tat ihm gut. Und auch die von Professor Eisenmenger verordnete Mastkur verfehlte nicht ihre Wirkung. Nach seiner großen Reise, die ihn über weite Meere nach fernen Kontinenten geführt hatte, war er abgekämpft und müde wiedergekehrt, und seinem Aussehen nach hatte sich sein Zustand in besorgniserregender Weise verschlimmert.

Ein Jahr lang war er fortgewesen — ein Jahr, das ihm nicht enden zu wollen schien. Und es hatte das Bild, das er heimlich in seinem Herzen mit sich trug, nicht löschen können: das Bild von Sophie, jener Frau, die er liebte.

Wo immer er auch seine postlagernde Adresse gehabt hatte, nie war von ihr ein Brief, eine Karte gekommen. Nicht eine einzige Zeile hatte ihn erreicht. Die Ungewißheit über ihr Schicksal nagte an ihm, und er verwünschte oft ungestüm die Grausamkeit seines Onkels, des Kaisers. Und dies, obwohl er wußte, daß dieser keine andere Wahl hatte, als auf der Einhaltung des Familienstatuts zu bestehen. Das Hausgesetz der Habsburger gestattete keine Eheschließung mit einer „nicht Ebenbürtigen", wie Sophie es war. Die Komtesse Chotek entstammte wohl dem ältesten und vornehmsten Adel Böhmens, und ihre Familie hatte sich um das Haus Habsburg und die Monarchie verdient gemacht; doch dies alles zählte nicht — am allerwenigsten zählte die Liebe.

Der Prinz lag, sorgfältig in Decken gewickelt, auf einem Liegestuhl im Garten des Sanatoriums und erwartete die Visite Professor Eisenmengers. Der kam auch schon und besuchte seinen erlauchten Patienten.

„Nun, kaiserliche Hoheit, wie fühlen wir uns heute?" fragte er besorgt, denn er erkannte auf den ersten Blick, daß der Prinz heute nicht bei guter Laune war.

„Wie soll sich ein Mensch schon fühlen, der von seiner Umgebung abgeschnitten ist?" lautete die barsche Gegenfrage. „Jawohl, abgeschnitten! Ich komme mir ja fast vor wie ein Gefangener. Vielleicht bin ich das auch, oder?"

„Kaiserliche Hoheit erregen sich völlig unnötig; natürlich sind Sie kein Gefangener."

„Ist wenigstens Post für mich da?"

Eine vage Hoffnung war in den Blicken des Prinzen aufgeflackert. Eisenmenger, der diese tägliche Frage erwartet hatte, mußte auch heute wieder verneinen und hob bedauernd die Schultern.

„Also wieder nichts", knurrte Franz Ferdinand. „Das geht doch nicht mit rechten Dingen zu! Werden etwa meine Briefe abgefangen?"

„Wer sollte denn das tun?" fragte der Professor entsetzt.

„Was weiß ich! Die Zensur, die Geheimpolizei, irgendwelche Aufpasser, die man hinter mir hergehetzt hat."

„Es gibt nichts dergleichen, Kaiserliche Hoheit, versichere ich Ihnen! Sie sind zur Erholung hier und benötigen Ruhe."

„Und wie kann ich Ruhe finden, wenn —"; er sprach den Satz nicht zu Ende, starrte finster vor sich hin und ließ es wort- und reglos geschehen, daß der Arzt ihm besorgt den Puls fühlte und einen Blick auf die Fieberkurve warf, die ihm sein Assistenzarzt gereicht hatte.

262

„Immer noch leicht erhöhte, schwankende Temperatur", stellte er fest.

Stirnrunzelnd betrachtete er den Prinzen, der dumpf vor sich hinbrütete. Franz Ferdinand besaß einen eisernen Willen; er kämpfte gegen das ererbte Lungenleiden an, er hatte nicht mit seinem Schicksal abgeschlossen. Doch in der letzten Zeit mehrten sich die Anzeichen von Apathie, und das erfüllte den Arzt mit Sorge.

Plötzlich hörte er, wie Franz Ferdinand sagte: „Schicken Sie mir meine Pistole, Professor. Ich möchte meine Pistole haben!"

Eisenmenger erschrak. Unwillkürlich dachte er an Selbstmord. Doch er las nicht Depression, sondern Zorn in den Blicken des Erzherzogs, der jetzt mit einer heftigen, fordernden Kopfbewegung zu ihm aufblickte.

„Wozu, Kaiserliche Hoheit, benötigen Sie denn jetzt diese Waffe?" fragte er dennoch vorsichtig.

„Dumme Frage — zum Schießen natürlich", kam es barsch zurück. „Ich komme hier ja um vor Langeweile!"

Kopfschüttelnd entfernten sich Eisenmenger und sein Assistenzarzt. Das Sanatorium war vom Wiener Hof gemietet; es beherbergte zur Zeit nur einen einzigen Patienten, nämlich den Erzherzog. Doch dieser eine genügte Eisenmenger vollauf, ein zweiter vom gleichen Kaliber hätte ihn selbst sanatoriumsreif gemacht.

Franz Ferdinand erhielt seine Pistole samt einer Schachtel Munition in wenigen Minuten. Eine Krankenschwester brachte sie und überreichte sie ihm mit einem furchtsamen Blick. Franz Ferdinand sah ihr nach, wie sie ängstlich davoneilte, und bemerkte hinter den Glasfenstern des Gebäudes einige Gesichter, die zu ihm hinüberstarrten. Die Annahme, er werde wie ein Gefangener unter Beobachtung gehalten, verstärkte sich wieder in ihm. Verächtlich wandte er sich um, lud die Pistole und nahm eine alte, hohe Tanne aufs Korn, von deren dichtbenadelten Zweigen Tannenzapfen von besonderer Größe herabhingen.

Er suchte sich einen der Zapfen aus und drückte ab. Was für ein hervorragender Schütze er war, hatte er vor wenigen Monaten erst bei einer gefährlichen Tigerjagd in Indien bewiesen. Er traf den Tannenzapfen haarscharf. Prasselnd polterte er, durch das Geäst fallend, schließlich auf die Wiese. Vom Sanatorium her, wo sich die Schwester beim Knall des Schusses erschrocken umgedreht hatte, wurde ein bewundernder Ausruf laut; doch Franz Ferdinand kümmerte sich nicht darum, er schoß Zapfen um Zapfen von den höchsten Ästen der Tanne. Es war mehr als ein Zeitvertreib. Er mußte seinen Zorn abreagieren, den Zorn über die Ohnmacht, zu der er verurteilt war.

Ein leichtes Gefährt kam den Serpentinenweg zum Sanatorium hinaufgefahren. Kutscher und Pferd waren erleichtert, als die drei Damen, die sie bergwärts gefahren hatten, ausstiegen und ihn eine der Frauen entlohnte. Ein sehr reichliches Trinkgeld belohnte den urigen Schweizer für seine Mühe.

Professor Eisenmenger hatte die Besucherinnen erwartet. Als er den Wagen kommen hörte, stürzte er vor das Portal und empfing die Ankömmlinge mit ausgesuchter Höflichkeit.

„Guten Tag, Professor, wie geht es Ihnen? Darf ich Ihnen meine Hofdamen vorstellen: Gräfin Sztaray und Gräfin Mikes."

„Majestät, ich bin entzückt", verbeugte sich Eisenmenger und begrüßte auch die beiden Damen, um sich sofort wieder der Kaiserin zuzuwenden.

264

„Wie geht es dem Erzherzog?" wollte Sissy wissen.

„Oh, den Umständen entsprechend — aber sein psychischer Zustand macht mir Sorge. Bei dieser Krankheit ist die seelische Verfassung eines Patienten nicht ohne Bedeutung. Depressionen fördern einen negativen Krankheitsverlauf."

„Weiß er, daß wir kommen?"

„Natürlich nicht, Majestät haben ja ausgesprochen befohlen — und ich hoffe selbst auch, daß Ihr Besuch eine so angenehme Überraschung für ihn bedeutet, daß sich die Laune seiner Kaiserlichen Hoheit bessert."

„Das wollen wir doch hoffen", lächelte Sissy. „Was tut er im Moment?"

„Er schießt", antwortete Eisenmenger verlegen.

„Wie bitte?" staunte Sissy.

Eisenmenger hob die Hände mit einer Gebärde, die deutlich genug zum Ausdruck brachte, daß er hieran völlig unschuldig sei.

„Majestät können es hören! Da, wieder ein Schuß! Das ist er..."

„Ich dachte, es sei eine Jagd im Walde", meinte Sissy kopfschüttelnd. „Und das ist Franz Ferdinand?!"

„Er hält Jagd ab im Liegestuhl, Majestät. Er schießt höchst erfolgreich auf Tannenzapfen. Wenn das so weitergeht, ist bald rings um das Sanatorium keine einzige Tanne mehr verschont... Könnten ihm Majestät das nicht ausreden?!"

Eisenmenger war ein Naturfreund, und was sein Patient hier anstellte, ging ihm wider den Strich. Die Kaiserin lachte.

„Ich denke, er wird sich bald mit anderen Dingen beschäftigen und auch auf andere Gedanken kommen. Ich glaube schon, daß ich das schaffen kann. Nun, wir wollen ihn jetzt einmal aufsuchen..."

Eisenmenger ging voran. Sissy bat jedoch ihre beiden Begleiterinnen, in der Halle zu warten oder auf der Terrasse einen Imbiß zu nehmen. Sie wollte Franz Ferdinand allein sehen und sprechen.

Als Franz Ferdinand ihren leichten Schritt hinter sich vernahm, wandte er sich gar nicht um. Er nahm an, es handle sich wieder um eine Schwester, die vielleicht kam, um seine Temperatur zu messen. Er zielte wieder in die Höhe; es lagen zwar schon, wie Eisenmenger ganz richtig bemerkt hatte, eine ganze Menge Zapfen ringsum, doch er hatte noch nicht genug. Es war, als könne der Schall der Schüsse etwas in ihm zum Schweigen bringen.

Er zielte. Doch er kam nicht dazu, abzudrücken. Denn zwei behandschuhte Hände legten sich überraschend um seinen Kopf und verdeckten ihm die Sicht. Und dazu sagte eine wohlbekannte, weiche, vertrauenerweckende Stimme:

„Nein, ich bin nicht Sophie... ich bin jemand anderer — auch jemand, der dich gern hat. Rate, wer gekommen ist!"

Es wallte heiß in ihm auf. Das hatte er nicht erwartet. Er warf die Pistole ins Gras und fuhr herum, so daß er sie sehen konnte. Sissy stand vor ihm.

INHALT

Erster Teil

Zweiter Teil

Dritter Teil

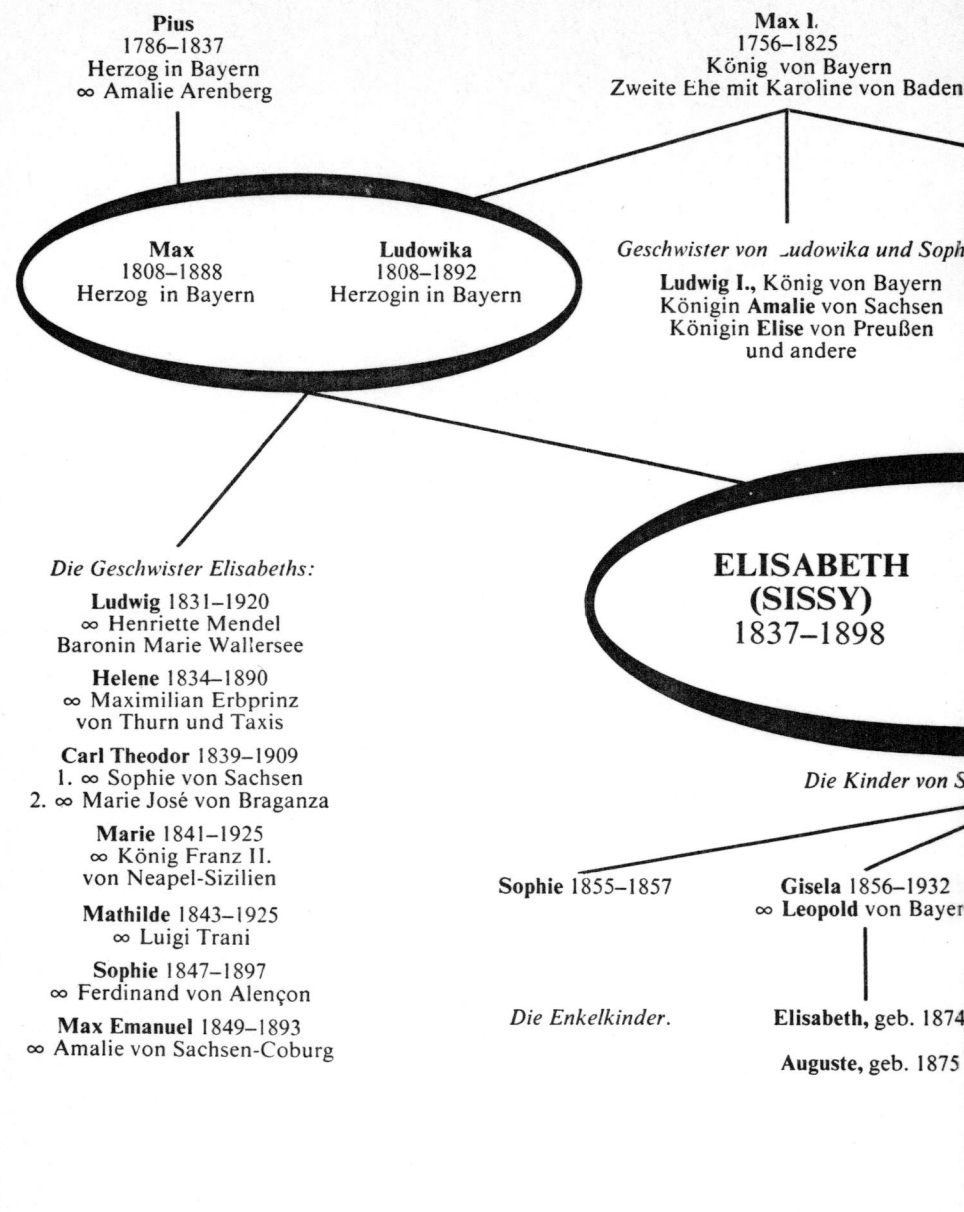

Pius
1786–1837
Herzog in Bayern
∞ Amalie Arenberg

Max I.
1756–1825
König von Bayern
Zweite Ehe mit Karoline von Baden

Max
1808–1888
Herzog in Bayern

Ludowika
1808–1892
Herzogin in Bayern

Geschwister von Ludowika und Soph

Ludwig I., König von Bayern
Königin **Amalie** von Sachsen
Königin **Elise** von Preußen
und andere

Die Geschwister Elisabeths:

Ludwig 1831–1920
∞ Henriette Mendel
Baronin Marie Wallersee

Helene 1834–1890
∞ Maximilian Erbprinz
von Thurn und Taxis

Carl Theodor 1839–1909
1. ∞ Sophie von Sachsen
2. ∞ Marie José von Braganza

Marie 1841–1925
∞ König Franz II.
von Neapel-Sizilien

Mathilde 1843–1925
∞ Luigi Trani

Sophie 1847–1897
∞ Ferdinand von Alençon

Max Emanuel 1849–1893
∞ Amalie von Sachsen-Coburg

**ELISABETH
(SISSY)**
1837–1898

Die Kinder von S

Sophie 1855–1857

Gisela 1856–1932
∞ **Leopold** von Bayer

Die Enkelkinder.

Elisabeth, geb. 1874

Auguste, geb. 1875

Franz II. (I.)
1768–1835
Kaiser von Österreich
Zweite Ehe: M. Therese von Bourbon-Neapel

Sophie 1805–1872 Erzherzogin	**Franz Karl** 1802–1878 Erzherzog von Österreich	**Ferdinand I.** 1793–1875 Kaiser von Österreich	**Marie Luise** 1791–1847 ∞ Napoleon I

FRANZ JOSEPH I.
1830–1916
Kaiser von Österreich

Maximilian
1832–1867
Kaiser von Mexiko

Karl Ludwig
1833–1886
Erzherzog von Österreich
Zweite Ehe: Maria Annunziata
von Bourbon-Neapel

Franz Ferdinand
1863–1914
Thronfolger
∞ Sophie Gräfin Chotek

d Franz Joseph:

Rudolf 1858–1889
∞ **Stephanie** von Belgien

Marie Valerie 1868–1924
∞ Erzherzog Franz Salvator

lisabeth (Erzsi), geb. 1883

Elisabeth (Ella), geb. 1892

Franz Carl, geb. 1893

Hubert, geb. 1894

Hedwig, geb. 1896

Theodor, geb. 1899

Gertrud, geb. 1900

Marie, geb. 1901

Klemens, geb. 1904

Mathilde, geb. 1906

Sissy

Ein Mädchen wird Kaiserin

„Ein Roman aus der vergangenen österreichischen Monarchie. Die historische Kulisse und die Personen sind der geschichtlichen Wirklichkeit entnommen und spiegeln eine wundersame Tatsachenwelt wider: den Aufstieg eines Mädchens zur Kaiserin! – Unter dem gleichen Titel wurde auch ein Film gedreht, der diesem Buch vollinhaltlich entspricht. Ein schöner Geschichtsroman, gefühlvoll und seltsam subtil-aufregend. Zwischen den Zeilen liegt das Fluidum einer früheren Welt, voll satter Farben und dem verblaßten Prunk des gewesenen Reiches. Liebe und Glück gaben dem Ganzen einen ergreifenden Inhalt. Sehnsüchte, in Träume verpackt, wurden Wirklichkeit. Das ist der rote Faden des Buches!"

MARIELUISE VON INGENHEIM

Sissy

Ein Mädchen wird Kaiserin

Sissy

Ein Herz und eine Krone

In dem Buch »Sissy – Ein Mädchen wird
Kaiserin« ist nur ein kleiner Teil des bewegten
Lebens der jungen Kaiserin geschildert worden.
Aufgrund der zahlreichen Leserbriefe stellen wir
nun der begeisterten Leserschaft den neuen
Sissy-Band vor: **»SISSY – Ein Herz und eine
Krone«**, ein Buch voller Dramatik und Spannung,
voll Humor und Herz. Das Buch will kein
trockenes, historisches Sachbuch sein, sondern
präsentiert sich bewußt als richtiges Lesevergnügen
für jung und alt.
Der Heldin dieses Buches, Sissy – der Rose vom
Bayernland –, fliegen gewiß die Herzen der Leser
zu.
Sie begleiten Sissy zu den großen
Staatsempfängen, sie sind bei den Ausritten auf
»Avolo« dabei, und sie zittern mit ihr im Sturm vor
Korfu auf der Jacht »Miramare«. – Wer will da
nicht die junge Kaiserin und Mutter auch
weiterhin durch ihr facettenreiches Leben
begleiten?

Sissy

Aus dem Tagebuch einer Kaiserin

Noch immer ist Sissy jugendlich-schön und begehrenswert, und Franz Joseph liebt sie über alles. Doch da brechen schwere Schicksalsschläge über sie herein. In Bayern kommt ihr Cousin, König Ludwig II., auf ungeklärte Weise ums Leben, und der geheimnisvolle Tod ihres Sohnes, des Kronprinzen Rudolf, erschüttert die Monarchie in ihren Grundfesten. Nur ihre Liebe und ihr Glauben aneinander läßt Sissy und Franz Joseph diese schwere Prüfung überstehen.

MARIELUISE VON INGENHEIM

Sissy
Aus dem Tagebuch einer Kaiserin

BREITSCHOPF

Sissy

Im Schloß der Träume

Man schreibt das Frühjahr 1889. Noch immer steht
Österreich, steht das Kaiserhaus im Bann der
Tragödie von Mayerling. Aufgewühlt und voller
Zweifel an der offiziellen Version versucht Sissy,
die Wahrheit über den Tod ihres Sohnes, des
Kronprinzen Rudolf, herauszufinden. Doch sie
stößt gegen eine Mauer der Ablehnung und des
Schweigens. Was sie dennoch in Erfahrung bringen
kann, ist schockierend genug. Heimlich bringt sie es
zu Papier und vertraut es einer Kassette an, die erst
lange nach ihrem Tod geöffnet werden soll.
Währenddessen entsteht fern, auf der Insel Korfu,
das Achilleion, ihre Zufluchtsstätte, wo sie inmitten
einer paradiesischen Natur Ruhe und inneren
Frieden wiederzugewinnen hofft. Franz Joseph, der
sie liebt, fürchtet, sie für lange Zeit zu verlieren.

MARIELUISE
VON INGENHEIM

Sissy

Im Schloß der Träume